KB265911

딸아, 아빠 미국 가서
야구 좀 보고 올게

딸아, 아빠 미국 가서

미국 MLB 로드트립

야구 좀 보고 올게

BASEBALL

한갑산

행복우물

SPOTV 메이저리그
한승훈 해설위원

사실은, 정말 떠날 줄은 몰랐다. 대도시와 소도시, 메이저리그와 마이너리그를 아우르는 미국 야구 로드트립은 한낱 꿈처럼 들렸고, 그런 계획으로 아내와 딸에게 3주간의 휴가를 얻어낼 수 있는 아빠의 존재는 유니콘처럼 느껴졌다. 하지만 한갑산 작가의 열정과 가족의 이해 덕에, 마르코 폴로의 『동방견문록』이 서구에 새로운 세계를 전했듯, 우리는 이 책을 통해 훨씬 더 넓고 광활한 야구를 만나게 됐다. 태평양 너머의 야구를 내 손 안에 두고 읽는 기분은 명승부를 보는 것만큼 짜릿함을 안겨준다. 이 책을 읽는 모두가 승자라는 점에선, 어쩌면 더 나을지도 모른다.

전 MBC 아나운서
이성배

중계석에서 저는 늘 남의 꿈을 설명해왔습니다. 그런데 이 책을 읽다 보니, 한 남자가 자기 꿈을 직접 중계하고 있더군요. "딸아, 아빠 야구보러 미국 좀 다녀올게!" 이 정도면 도망이 아니라, 인생 9회 말 공격 선언입니다. 그런데 그 공격이 허를 찌릅니다. 재밌어서 끝까지 읽어버렸습니다. (이렇게 유쾌한 책이라니...) '나 아직 안 죽었다!'는 확인이 필요한 모든 세대에게 이 책을 적극 추천합니다.

피아니스트
윤한

좋아하는 일 앞에서 눈빛이 살아나는 사람을 저는 좋아합니다. 한갑산 작가와의 첫 만남이 아직도 또렷합니다. 음악을 이야기하던 그의 태도에는 계산되지 않은 순수함과 설렘이 있었습니다. 함께 나눈 대화는 늘 기분 좋은 잔향처럼 남았습니다. 이제 그는 야구를 보기 위해 미국으로 향한다고 합니다. 또 한 번, 자신이 사랑하는 것을 따라 주저 없이 움직이는 모습에서 저는 '꿈을 현재진행형으로 사는 사람'이라는 인상을 받았습니다. 하고 싶은 것을 기꺼이 선택하며 나아가는 그의 여정에 제 음악이 함께할 수 있었다는 사실이 참 고맙고도 벅찹니다. 책의 문장과 흐름 역시 작가를 닮아 있습니다. 즉흥적인 듯 자유롭지만 결국 하나의 아름다운 멜로디로 이어지는 호흡. 엉뚱하고 기발한 장면들 사이사이에는 묘한 박자와 여백이 살아 있습니다. 앞으로 펼쳐질 길 위에도 지금처럼 좋은 리듬과 인상적인 장면들이 계속 이어지기를, 한 명의 피아니스트로서 조용히 응원합니다.

작가의 찐친이자
가수 겸 배우
김동완

중학교 시절 합창대회가 있었다. 난 평범하게 피아노를 치는 반주자였지만 작가 한갑산은 각 반에서 피아노 제일 잘 치는 애들 중에서 자기가 탑이 되겠다며 벼르더니 결국 최고 반주상을 받았다. 그 때부터 한갑산은 뭔가에 꽂히면 끝까지 가는 녀석이었다.

그랬던 녀석이 20년간 쳐오던 피아노를 관두고 대기업에 취직하더니 이젠 처자식을 내려놓고 메이저리그를 관전하겠다고 3주간 떠났다. 그리고 이젠 책까지 쓴다. 진짜 뭔가 하려면 제대로 하는 놈이다. 이 책은 MLB 직관 로드트립으로 보이지만 사실은 40대 가장이 잠시 '현실 로그아웃'을 감행한 기록이다. 회사와 가족 사이에서 자기 자신을 잃지 않으려는 내 친구의 유쾌한 반항이자 복귀전. 갑산아, 이젠 최고 반주상이 아닌 40대 아저씨들을 비롯한 전국 독자들의 공감을 일으키는 상을 받으러 가자!

우리 집 보스
(작가의 아내)

이 남자… 메이저리그 보고 오고 싶다고 징징거려서 3주간 미국 여행 홀로 자유를 느끼고 오라고 보내줬더니 이젠 책 쓴다고 지랄이네… 그래도 이 책을 통해 내 남편이 그토록 집에서 홀로 외로이 부르짖던 메이저리그 직관을 어떤 기분으로 했는지 확인할 수 있으니 이 여행을 보내 준 내가 너무 자랑스럽다. 이제 다시 우리 가정을 위해서 충성을 다하겠다는 이 남자…믿어야겠지?

Contents

HOME OF THE TEXAS RANGERS

　프롤로그라고는 하지만 저에 대한 소개는 많지 않습니다. 제가 궁금하다면 언젠가 제가 자서전 같은 것을 낼 위인이 됐을 때, 그걸 읽어보세요. 그럴 리는 없겠지만요. 어차피 이 글을 읽고 있는 당신들도 책이 궁금해서 읽는 거지, 제가 누군지에 대해서는 그렇게 궁금하진 않잖아요?

　이 책에서 펼쳐지는 약 3주간의 이야기는 40대 유부남의 작은 꿈같은 이야기입니다. 가족과 회사가 아닌, 오로지 자신만을 위한 시간을 갖기 위해 홀로 메이저리그 로드트립을 떠났습니다. 꿈을 찾아 떠나서 성공하고 그런 거창한 이야기는 아니에요. 그런 이야기는 다른 사람의 위인 전기에 수많은 성공 사례가 있습니다. 굳이 저까지 그런 걸 쓸 필요는 없을 것 같아요. 일단 성공한 삶도 아니고….

　혼자 여행 간 것이 무슨 꿈이냐, 오버하지 마라 등등 생각하는 사람이 있을까 봐 얘기하는데요. 애 딸린 40대 유부남이 혼자 3주간 여행 다니는 거, 극복해야 할 난관이 많습니다. 아마 저와 같은 처지에 있는 사람들이라면 공감하는 분들이 많을 겁니다. 그걸 극복하는 것이 어떻게 보면 회사 승진보다 어려운, 보통 한국 유부남 영포티 남자들의 삶입니다.

이 책은 그걸 결국 극복한 영포터가 메이저리그 로드트립을 하면서 겪은 에피소드들을 묶은 이야기입니다.

어린 시절부터 항상 꿈을 갖고 살아왔습니다. 허황된 꿈이든, 현실적인 꿈이든 항상 꿈을 품고 그 꿈을 향해 열심히 내달려 왔어요. 덩치나 얼굴과 어울리지 않게 곱상한 미소년들이 할 것 같은 클래식 피아노를 전공했습니다. 그렇게 판타지 같았던 피아니스트라는 꿈을 위해 정말 피나는 노력을 후회 없이 해봤어요. 하지만 결국 내가 피아노를 엄청 못 친다는 것을 깨닫고 다시 취업이라는 꿈을 꿨어요. 그리고 결혼, 출산. 나름 많은 것들을 이루었다고 생각했습니다. 결과적으로 지금도 꾸준히 좋은 회사에서 월급을 받고 있고, 사랑하는 가족과 함께 가정을 꾸리고 있으니까요.

그렇게 남들과 비슷하게 흘러가는 현실에 안주하며 살아갈 때, 어느 순간, 이 행복한 현실 속에서 나에 대한 정체성을 잃어버린 것이 아닐까 하는 생각이 들었습니다. 누구보다 나 자신에게 소홀했던 건 아닐까 싶었고, '나를 더 사랑하자' 라는 거창한 모토 아래 서서히 나만을 위한 일탈을 꿈꾸기 시작했습니다.

그렇다고 유명한 여행 작가들처럼 회사를 관두고 떠나기에는 용기도 없었고, 깡도 없었고, 아내에게 승인받을 자신도 없었습니다. 그래서 현실과 최대한 타협을 했습니다. 딱, 3주간의 오로지 나만을 위한 시간. 잠시라도 내 꿈을 위한 시간을 가질 수 있었어요.

그 시간을 갖기까지 쉽지 않았어요. 용기도 내야 했고, 회사에서 눈치도 살짝 봐야 했습니다. 그리고 저 같은 유부남의 경우, 대체로 회사 승인보다 훨씬 높은 단계인 아내의 승인을 받아야 하는, 최종 보스급 난관도 헤쳐 나가야 합니다. 이 책은 그렇게 높은 벽 앞에서 꿈만 꾸는 사람들이 책장을 한 장 한 장 넘기며 함께 공감하고, 느낌을 공유할 수 있기를 바라며 내놓는 책입니다. 더군다나 메이저리그를 좋아하는 사람이라면 더더욱 공감할 수 있을 거예요.

생각해 보세요. 미국 켄터키주 한가운데 있는 KFC에서 치킨을 먹고, 살찐다고 구박하는 아내 없이 휘핑크림을 듬뿍 얹은 스타벅스 프라푸치노를 마시고, TV 속에서만 보던 오타니 쇼헤이가 내 눈앞에서 2루타를 치고 있습니다. 메이저리그를 씹어 먹었던 제이콥 디그롬이, 앞으로 메이저리그를 지배할 야마모토와 팽팽한 투수전을 내 눈앞에서 펼친다고 생각해 보세요. 미국을 좋아하고 메이저리그를 사랑하는 야구팬에게 이 이상의 로망이 있을까요?

그래서 테마를 메이저리그 베이스볼로 잡았습니다. 한국에서도 KBO 인기가 하늘을 찌르잖아요? 제가 원래 야구를 엄청 좋아합니다. 피아니스트를 꿈꾸던 시절에도 좋아하는 연주자의 콘서트보다 이종범이 휘젓고 있는 잠실야구장에서 해태 타이거즈 경기를 보러 가곤 했어요. 여자친구를 만나야 했던 연애 시절에도 야구장을 더 가고 싶어 했던 순수한 야구광이었습니다. 그래서 세계 최고의 리그인 메이저리그 로드트립을 하며 각 도시의 야구장을 다닌다는 것은 꽤 오래전부터 품어온 저의 오랜 버킷리스트였습니다. 아, 물론 아내와 연애할 때는 야구보다 아내가 더 우선이었습니다. (쿨럭)

물론 메이저리그를 한 번도 안 가본 건 아닙니다. 미국 여행을 갈 때마다 항상 메이저리그는 꼭 보고 왔어요. 하지만 이번처럼 남들이 관광으로 쉽게 가지 않는 도시에서, 마음껏 자유로움을 느끼며 내 멋대로 야구장을 돌아다닌 건 처음입니다.

팬이라면 다 한 번쯤 꿈꿔볼 만한, 메이저리그 경기장을 찍으며 다니는 미국 로드트립. 이 두 가지 테마를 모두 잡기 위해 회사에서 3주간의 리프레시 휴가를 얻었고, 최종 보스인 아내에게서도 결국 승인을 받아냈습니다.

자유로움으로 가득했던 그 일탈의 3주간은, 마치 3년을 보낸 것만큼 많은 에피소드를 남겼습니다. 그래서 그 재미있는 에피소드들과 메이저리그 이야기를, 공감해 줄 누군가와 나누고 싶어 이 책을 쓰게 되었습니다.

자, 이제부터 저와 함께 모든 것을 내려놓고 떠난 여행을 시작해 보시죠. 아, 모든 것을 내려놓을 필요는 없습니다. 그냥 이 책의 첫 번째 챕터부터 페이지를 넘기는 것으로 충분합니다.

1부

당신 미친 거 아니야?

당연히 그렇게 애기할 거라고 생각했다. 초등학생 아이를 둔 유부남에다가 회사에서 가장 치열하게 살아가고 있을 40대 직장인이 무려 3주나 휴가를 몰아 쓰고서 육아도 다 때려치고 혼자 여행을 가겠다니…. 아무리 생각해 봐도 도무지 승산이 없을 것 같은 도전이었다.

모든 경제권과 함께 결정권을 갖고 있는 아내는 내가 왜 가야 하는지에 대해 전혀 들을 생각이 없는 것 같았다.

그녀는 참 심플하게 얘기하는 법을 안다.

"자기야…. 나 요즘 정말 회사에서 진짜 너무 일도 많고 스트레스도 많고…. 그래서 뭐 나한테 내가 스스로 선물 같은 걸 하고 싶은데…."

"요점만 얘기해."

"나 내년에 회사에서 리프래시 휴가 쓰고…. 혼자 한 달 정도 미국에 야구 보러 다녀와도…."

"닥치고 밥이나 먹어."

다시 한번 느끼지만 우리 집 보스는 커뮤니케이션 스킬이 좋다. 불필요한 단어는 절대 내뱉지 않고 그런 단어로 조합된 문장조차 만들지 않는다. 아마 회사에서도 보고받는 사람은 엄청 좋아할 거다. 쓸데

없는 서론 같은 건 아예 취급조차 하지 않고 그렇게 얘기하는 상대방의 흐름을 순식간에 뺏어온다.

결론도 아주 명확하다. 왜 안되는지 설명 따윈 없다. "닥치고 밥이나 먹어." 결론과 함께 정말 많은 것들을 내포하는 문장을, 그 흔한 미사여구도 붙이지 않은 채 1초의 생각도 없이 바로 그 여덟 글자를 읊어 주었다.

그리고 한 마디 덧붙였다.

"당신 미친 거 아니야?"

다시는 이딴 얘기 꺼내지도 말라는 저음의 데시벨은 묘한 도전감을 자극시켜 주었다. 그래서 나는 회사에서도 정말로 하기 싫어하던 프레젠테이션을 아내 앞에서 하기로 결심했다. 물론 승인받을 수 있을 것이라는 허황된 생각을 하진 않았다. 단지 한 번이라도 도전해 보지 않으면 분명히 나중에 내가 스스로 후회하리라는 것이 확실했기에 그래도 끝까지 최선을 다해 질러보고 싶은 일종의 객기였다.

왜 가야 하는지, 굳이 물가 비싸고 위험할 거 같은 미국으로 꼭 가야 하는지, 야구는 한국에서 마음껏 볼 수 있는데 내가 가서 뭘 얻고 올 것인지, 이런 것들을 진심 70%와 허구 30% 정도를 적절하게 섞어서 난 최종 보스를 설득해야만 했다. 말도 안 되는 이야기를 현실과 허구를 넘나들고 요즘 최신의 AI 기능을 최대한 활용하여 일주일을 밤을 새우며 아내를 설득할 PT 준비를 거의 마쳐가던 어느 날. 전라도 광주에서 같이 소주 한 잔 하던 아내가 나에게 얘기한다.

"다녀와."

"응? 어디를 다녀와?"

"미국에 야구 보러 가고 싶다며. 회사에서 일하기 스트레스 받고 힘들다며!"

딸아, 아빠 미국 가서 야구 좀 보고 올게

"진심이야?"

"요즘 오빠 회사 생활에 많이 힘든 거 알아. 리프래시가 필요하겠지. 오빠가 그동안 우리 딸을 같이 육아하면서 고생한 것도 알아. 대신 정말 제대로 즐겨야 해!"

아뿔싸…. 내가 아내 앞에서 PT 하려고 주말을 반납하면서 머리를 짜내고 제갈공명에 빙의하여 만들어낸 전략을 담은 나의 PPT. 그 전략의 결정체는 소주잔에 담긴 이슬 한 모금을 털어낸 아내의 입을 통해서 순식간에 노트북 휴지통으로 날아갈 위기에 처했다.

우리 집 보스가 이런 사람이다. 차가울 것 같은 대화로 시작을 했지만 배려로 끝맺음을 내는 기가 막힌 커뮤니케이션 스킬로 지난 13년간(연애 시절부터 포함한다면 18년간) 나를 조련해 왔다. 이 정도면 사육사가 아니고 그냥 키워왔다고 해도 될 것 같다.

처음이었다. 이렇게 내가 무엇보다 이기적으로 나만 생각하면서 장시간의 휴가를 다녀오겠다고 주장한 것은. 내가 그렇게 착한 놈은 아니지만 항상 주변의 사람들이 행복하면 나도 행복할 것이라고 생각하면서 살아왔다. 그래서 아내가, 아이가, 엄마 아빠가 기쁘고 행복하면 그게 내 행복이라고 생각했다. 정작 나를 위한 액션은 고2 때 엄마 아빠한테 음대 보내 달라고 조른 기억밖에 안 난다.

많은 것을 희생하고 가족을 위해 살아가는 것이 당연한 것이 아니냐고 할 수도 있지만 나도 사람이라 좀 억지도 부리고 싶고 철없이 유치하게 행동하고 싶었다. 하지만 회사와 가정의 울타리에서 그 모든 것을 내 속에만 넣어둔 채 어느덧 13년을 보냈다.

거창하게 말하자면 어느 순간부터 경제력과 가족과 행복을 얻었지만 나 자신을 잃어버렸다.

나를 위한 선물을 주자. 내가 생각했던 영포티의 꿈을 이젠 한번 입

밖으로 뱉어보자. 지금까지 정말 열심히 FM대로 살아왔으니 한 번쯤은 이기적으로 생각해도 되잖아? 이미 아내가 날 잘 챙겨주고 있긴 하지만 나 스스로도 나를 챙겨야지.

집안의 모든 경제권을 장악하고 있는 착한 나의 아내는 그런 나를 존중해 주었다. 오히려 우리 집 보스는 그 경제권을 남발하면서 돈 걱정 없이 다녀오라고 비행기도 무려 비즈니스석을 끊어줬다. 역시 보스 기질이 다분한 여자다. 남자를 잡고 살다 가도 베풀 때 어디 가서 꿀리지 말라고 한계 없이 베풀어 준다. 그 한계 없는 베풂에 난 한계 없는 여행을 꿈꾸며 그 로망을 현실로 만들어가기 시작했다.

우리 집 보스 짱.

 딸아, 아빠 미국 가서 야구 좀 보고 올게

2부

야구는

내 삶이자

인생입니다

1

제가 제일
존경하는 인물은
이종범입니다

2006년 가을, OO기업 공채 면접 날이었다. 수천 대 1의 서류 접수 경쟁률을 뚫고서 1차 면접까지 오타니 쇼헤이의 직구 구속처럼 빠르게 패스하였다. 최종 끝판 왕인 임원 면접에서 난 깔끔한 정장을 입고서 '날 뽑아주세요' 하는 눈빛을 보내며 질문을 기다리고 있었다.

"부모님을 제외하고 존경하는 인물과 그 이유에 관해서 얘기해 보세요."

기업 면접을 보기 전에 항상 예상 질문을 뽑아놓고 준비를 하곤 했지만 저 질문에 대한 답을 전혀 준비하지 않았다. 면접 질문은 항상 기업마다 너무 다르고 예측할 수 없었기에 모범 답안보다는 순발력을 키우는 것이 더 중요했다.

어떤 이는 만델라, 어떤 여성 지원자는 테레사 수녀, 이유는 뭐였는지 기억도 나지 않지만 모두 꽤 납득이 될 만한 이유로 존경의 이유를 밝혔다.

"전 이종범을 제일 존경합니다!"

진심이었다. 이순신, 세종대왕 너무 뻔하니까. 면접 전날 KBO 준플레이오프에서 괴물 신인 류현진을 무너뜨리는 말도 안되는 주루 플레이를 했던 이종범이 떠올라서 그냥 질러버렸다.

"야구 선수 이종범이요? 피아노 전공이라고 해서 유명한 음악가를 얘기할 줄 알았는데 의외네요."

"제 장점이 상대방의 예측을 무너뜨리는 것입니다. 의외라고 해 주시니 제 장점이 잘 먹혔네요. 감사합니다."

"장점인지는 잘 모르겠습니다. 일단 그럼 이종범을 존경하는 이유를 들어 봅시다."

여기서 정말 망설였다. 뭐 리더십이니 이런 얘기를 하면 먹힐 것 같지가 않았다. 뭐라고 해야 할지 망설이다가 그냥 머릿속에 떠다니는 생각 그대로를 얘기했다.

"야구를 너무 잘하잖아요. 물론 최근에 좀 기량이 하락하긴 했지만 정말 중요한 순간에선 지도자로서 맡길 수 있는 선수는 한국 프로야구에서 이종범이 최고라고 생각합니다."

많은 위인들에서 나오는 리더십이나 희생정신에 대한 이유는 없었다. 갈등 해결이나 원칙 기반의 공동 목표 달성 같은 기업들이 좋아할 이유도 아니었다. 그냥 야구 잘하니까. 그게 전부였다.

"그게 다예요? 야구를 너무 잘해서 존경한다?"

"야구 선수가 그거 말고 더 필요한 것이 있을까요?"

"물론 그렇지만 너무 이유가 단순하지 않나요?"

"이유는 단순하지만 내용은 명확하잖아요. 야구선수는 야구를 잘하는 것으로 인정받아야 합니다. 그 분야에서 최고가 된다는 것은 충분히 존경받을 만한 자격이 있습니다. 그래서 존경해요. 저도 제가 이 회사에서 최고의 플레이어가 된다면 나중에 후배들한테 존경받을 수 있다는 동기부여를 마련해 주거든요."

"그럼 만약 이종범 선수가 사회적 지탄을 받을 범죄를 저질렀어도

     딸아, 아빠 미국 가서 야구 좀 보고 올게

야구만 잘하면 존경해도 되는 건가요?"

"반대로 제가 되묻겠습니다. 제가 회사의 엄청난 매출에 기여하는 플레이어가 됐습니다. 그런데 제가 사회적으로 지탄을 받을 범죄를 저질렀어요. 저를 그냥 두실 건가요?"

"해고할 확률이 높겠죠?"

"그렇다면 저도 존경하는 인물에서 이종범을 제외하도록 하겠습니다."

나 솔직히 이때 너무 대답 잘했다고 생각했다. 분위기도 좋았고 임원들 모두 수긍하는 듯이 고개를 끄덕이며 입에 미소를 담고서 서류에 뭐라고 적었다. 면접 끝나고 대기실 왔을 때 옆에 있던 지원자는 나에게 엄지를 들어 올리며 따봉을 날려줬다. '분명히 난 합격일 거야'라고 생각하고 집에 가서 자랑스럽게 엄마 아빠한테 자랑했다. 엄마! 나 대기업 취업할 것 같아!

그리고 난 자랑스럽게 일주일 뒤 불합격 통보를 받았다. 그럴 거면 왜 그렇게 긍정적인 표정으로 날 쳐다본 거냐고. 젠장….

나한테 따봉을 날려줬던 지원자와 3일 뒤 롯데 계열사 면접 때 다시 만나서 같이 임원 면접에 들어갔다. 우연인지 그 면접에서 또 존경하는 인물에 대해 질문이 나왔고 난 대답했다.

"전 롯데 자이언츠의 악바리 박정태 선수를 제일 존경합니다!"

지난 면접에서 나한테 따봉을 날려줬던 그 동료 지원자는 옆에서 나를 한심하게 쳐다보았다. 생계가 갖춰져야 야구를 즐길 수 있다는 것을 취업을 준비하면서 깨달은 나는 존경하는 인물 정도는 대기업에 입사만 한다면 언제든지 바꿀 수 있다는 여유도 갖고 있었다. 그렇게 난 찐으로 생존형 취업 준비생이자 야구를 너무나 좋아하는 20대 순수 청년이었다.

야구와 피아노가 인생의 전부였던 20대. 피아노의 꿈은 접었지만
야구팬으로서 삶은 영원할 테니까.

 딸아, 아빠 미국 가서 야구 좀 보고 올게

2

박찬호가 나를
메이저리그로 불렀어

　수능이 인생의 전부라고 생각되던 고3 수험생 시절. 박찬호는 하필이면 내가 고3인 97년도에 LA 다저스 5선발로 결정이 되었다. 즉, 최소 일주일에 1회 이상은 선발 등판을 했고 나는 그 시간은 공부가 아닌 메이저리그에 빠져버렸다. 결국 나를 재수생의 길로 인도한 박찬호는 전국적인 신드롬을 일으켰다. 오죽하면 98년도 여름에 출시한 아이스크림 이름도 '찬호박'이었다. 먹어본 사람은 알 것이다. 왜 그 아이스크림이 다음 해에 자취를 감췄는지….

　그해 여름 방학 보충수업이 펼쳐진 무더운 어느 날, 담임 선생님의 허락도 없이 누군가 점심시간에 교실의 TV를 틀었다. TV 속에서는 박찬호가 LA 다저스 마운드에 올라서 98마일 직구를 거침없이 뿌리고 있었다. 시카고 컵스 선수들을 상대로 동양에서 온 23살의 청년은 9회에도 마운드에 올랐지만 점심 시간이 끝남과 동시에 우리는 모두 아쉬움과 궁금증을 안고서 티비를 꺼야만 했다. 하지만 불굴의 한국인은 메이저리그의 박찬호만 있는 게 아니고 대한민국의 야구를 좋아하는 고3 수험생들에게도 있었다. 난 수업을 진행하는 선생님 몰래 한쪽 귀에 이어폰을 끼고 야구 중계를 라디오로 듣는 의지를 반 모두에게 보여줄 수 있었다.

사이가 좋든 말든, 야구를 좋아하든 말든, 모두에게 박찬호의 투구는 과학탐구 원소 이름이나 수리 영역 삼각함수보다 더 가치가 있었던 순간이었다. 박찬호의 투구가 스트라익이 선언되면 난 오른손을 들어서 스트라익 제스쳐를 보여줬고 수업 내내 나를 지켜보던 반 아이들은 모두 내적 환호를 지르고 있었다. 마지막 9회 27번째 아웃카운트를 삼진 아웃으로 잡아낼 때는 나도 모르게 삼진 제스처를 잡았고 반 친구들은 흥분을 감추지 못하고 기어코 육성으로 환호를 내질렀다. 당연히 선생님은 사태를 파악하고서 주동자인 나를 교실 밖으로 내쫓았다. 복도에서는 나와 함께 쫓겨난 친구들과 박찬호의 메이저리그 첫 완투승의 흥분을 계속해서 되감고 있었다.

박찬호는 그렇게 나를 메이저리그로 부르기 시작했다.

내가 어린 시절엔 메이저리그를 한국에서 볼 수 있는 방법은 AFKN밖에 없었다. 그렇다고 메이저리그를 보기 위해 AFKN을 보진 않았다. 그냥 채널 돌리다가 나오면 ‘저게 메이저리그구나’하는 생각으로 보았을 뿐이었지.

서울 올림픽이 열렸던 1988년 가을, AFKN에서는 계속해서 LA 다저스의 어떤 타자가 다리를 절뚝거리면서 관중들의 환호 속에 다이아몬드를 돌고 있는 장면을 계속해서 리플레이 시켜주고 있었다. 난 이것이 얼마나 역사적인 장면인지 나중에서야 알았다. MLB 골수 팬들이라면 알겠지만 이 선수는 역대 월드시리즈 최초의 역전 끝내기 홈런을 쳤던 커크 깁슨이었다.

ABC 말고는 영어를 알아들을 수 없었던 아이는 메이저리그 구장 홈런 거리는 잠실 야구장의 두 배라고 알고 있었다. 거리 단위가 한국은 미터 단위라 110M 이렇게 보였는데 미국은 ft 단위를 쓰니

     딸아, 아빠 미국 가서 야구 좀 보고 올게

330ft~390ft였다. 단위 차이를 알 수 없는 초등학생은 당연히 홈런 거리가 두 배 이상이라고 생각할 수밖에 없었다.

그 엄청난 구장에서 홈런을 날리다니. 역시 메이저리그는 한국인은 범접할 수 없는 신의 영역이라고 생각했었다. 하지만 박찬호가 덩치 큰 메이저리거들을 삼진으로 잡는 것을 생중계로 전 국민이 다 같이 지켜보면서 메이저리그가 손에 잡히는 느낌이 들었다. 에인절스의 투수 팀 벨쳐에게 쫄지 않고 이단 옆차기를 날리는 것[1]을 보면서 태권도의 위대함도 느꼈다. 메이저리그에서도 태권도가 통하다니… 그렇게 나도 막연하게 이 지구 최고 리그를 현장에서 맘껏 보고 싶다는 생각을 해보곤 했다.

이젠 예전과 달리 미국 여행이 흔한 시대라 마음만 먹으면 다저스타디움이나 뉴욕 양키스타디움 가는 것은 이젠 대단한 일이 아니게 되었다. 이미 나도 예전에 몇 차례 다녀왔었으니까. 단, 내가 항상 뭔가 아쉽다고 느껴졌던 것은 관광 중에 흔히 갈 수 있는 그런 곳이 아닌 관광으로 잘 가지 않는 도시에 위치한 MLB 구장을 내 눈으로 보지 못했다는 것이었다.

한국에선 케이블 TV 중계나 인터넷 중계도 다저스 혹은 한국인이 뛰고 있는 팀 경기를 중심으로 중계를 해왔다. 밀워키나 세인트루이스, 더 이상 추신수가 뛰지 않는 텍사스나 애슬레틱스 경기는 이젠 중계로도 접하기가 어려웠다. 예전처럼 네이버가 무료로 생중계를 해주는 시대도 아니다.

한국인들이 잘 가지 않고, 중계로도 접하기 쉽지 않은 메이저리그 구장에 가면 어떨까? 그 동네의 야구장 분위기는 어떨까? 그래서 난

—

1 메이저리그 역대 벤치클리어링 TOP 10에 항상 소개되는 무적의 이단 옆차기다.

그런 곳들을 중심으로 직접 현장에서 MLB를 보고 싶다는 막연한 욕구가 지속적으로 쌓여왔다.

야구를 정말 너무나 좋아하는 한 중년이 그 야구 여행을 떠나기 위해 미국행 비행기에 오른다. 그것만큼 중년 야구팬을 설레게 할만한 것이 또 있을까? 세상에서 가장 행복하게 인천공항 고속도로를 달리며 인천공항을 향하는 순간. 어떻게 보면 40대 중반에 맞이한 최고의 순간 중 하나가 아닐까 싶다.

3부

미국 로드트립, 시카고에서 시작된 첫 번째 이닝

입국심사는
야구로 프리패스

"왜 왔어?"

"나 메이저리그 로드트립하러 왔어."

난 영어를 잘 못한다. 우리 딸 말로는 발음이 엄청 구리다고 한다. 우리 와이프는 영어 발음도 안 좋고 문법도 다 틀리는데 자신감 하나는 영어가 유창한 미국 사람 같다고 한다. 아, 물론 난 한국말도 잘 못한다. 한국어도 발음이 구리고 종종 문법도 틀린다. 하지만 살아가는 데 지장 없다.

그런데 이게 미국에서 통한다. 발음이나 문법보다는 자신감이 통하는 신기한 언어가 바로 영어다. 그리고 토익이나 토플에선 안 통하지만 미국 현지에서는 통하는 이상한 언어도 영어다.

"와! 너 어느 팀 응원해? 시카고 컵스? 너 시카고 컵스 응원해야 할걸? 왜냐하면 난 컵스 팬이거든."

물어보지도 않았던 입국 심사관의 응원팀이었지만 그는 TMI를 쏟아내며 매우 호탕하게 웃는다. 내가 시카고 화이트 삭스 팬이었으면 어떡하려고….

"음…. 난 샌프란시스코 자이언츠팬이야, 미안해."

그 입국 심사원은 여전히 미소를 머금은 채 웃으면서

"흠…그렇다면 너 샌프란시스코에서 내려야 했잖아."

"물론이지! 하지만 난 이제 MLB 구장들을 다니면서 거기까지 운전해서 갈 거야."

"진짜 대단한데? 몇 개 구장이나 가볼 생각이야?"

그는 나의 입국 자격이 되는지 여부는 전혀 중요하지 않은 듯했다. 야구 여행하러 왔다고 하면 렌터카 예약한 내역을 보여줘라, 혹은 예매한 티켓을 보여줘라, 그렇게 좀 추궁하듯이 물어볼 거라고 생각했다. 하지만 그가 궁금해하는 것은 나의 메이저리그 계획이었다.

"지금 계획으로는 10개 구장을 돌아다닐 예정이야."

"그럼 자이언츠 홈구장 오라클 파크도 가겠네. 거기 정말 너무 아름다운 곳이야."

"당연하지! 내가 얘기했잖아. 난 자이언츠 팬이라고. 당연히 가야 해."

"행복하고 안전한 여행을 하도록 해, 자이언츠 팬."

그는 마지막까지 웃으며 내 여권에 도장을 꽝 찍어주었다. 보통 일반적으로 물어보는 현금은 얼마나 있느냐, 돌아가는 비행기표는 있느냐 정도의 기본적인 질문도 없다. 야구팬이 야구팬을 반기는 방식은 까다로워야 할 미국 입국심사도 프리패스로 구현된다.

이 여행의 아름다운 첫 번째 이닝 선두타자는 깔끔한 안타를 치면서 시작했다. 투수는 가운데 슬로우 볼을 던져주는 입국 심사관.

위 아 더 월드. 위 러브 베이스볼.

 딸아, 아빠 미국 가서 야구 좀 보고 올게

시카고 피자의 맛은 전화로는 전달이 안 되더군요

난 원래 미식의 욕구가 없다. 그래서 이 책을 통해서 시카고 맛집의 정보를 알고 싶다면 편집장이나 출판사의 의지와 상관없이 당장 이 책을 내려놓고 다른 책을 사라고 추천하고 싶다.

그래도 시카고의 명물인 시카고 피자를 먹었다. 미식의 욕구가 없으니 '시카고에 왔으니 시카고 피자 맛집인 지오다노스로 가야해!' 이런 의지로 간 것도 아니었다. 일단 내가 묶는 호텔에서 가깝고, 난 배고 프고, 지오다노스엔 1인 피자도 있다고 하고 뭐 여러 가지 조건이 충족되어서 시카고에서 제일 유명하다는 시카고 피자 맛집인 '지오다노 스'를 찾아갔을 뿐이다.

아주 잠깐의 웨이팅을 거쳐 '혼자 왔으니 바에 앉아서 먹어도 되지 않냐?'는 종업원의 권유인지 압박인지를 받으면서 난 OK를 했고 그 렇게 피자를 받아들였다.

시카고 피자에 대한 로망이 있던 것은 아니었기에 큰 기대를 하진 않았다. '그냥 피자치즈가 두껍게 깔린 흔히 냉동 피자에서 만날 수 있는 그런 피자 아니겠어?' 하고 생각하고 있었기에 기대감은 전혀 없 었다.

　진정한 시카고의 바이브가 흐르는 찐 시카고 피자의 비주얼을 보여주며 그 시카고 피자가 내 앞에 놓였다. 마치 전주에서 비빔밥을 먹는 기분이었다. 본 고장에서 먹는 그 고장의 특산품이 주는 효과. 내가 비록 한국 편의점에서도 쉽게 살 수 있는 냉동 시카고 피자도 맛있게 먹는 저렴한 입맛이긴 하지만 이 본토의 맛은 충분히 체감이 가능했다. 또한 시카고에서 시카고 피자를 먹는다는 이유로 기분이 맛을 만드는 것도 체험할 수 있었다. 전주비빔밥은 서울에서도 맛있지만 전주에서 먹으면 기분 탓에 더 맛있는 것처럼.

　그대로 떠나기에는 좀 아쉬워서 바텐더에게 기네스 맥주 한 잔을 주문했다. 그런데 내가 주문한 것은 기네스 생맥주였는데 갑자기 작은 잔에 황갈색 맥주를 한잔 따라 주더니 한번 시음해 보라고 권해주면서 얘기를 한다.

　　딸아, 아빠 미국 가서 야구 좀 보고 올게

"이건 여기서 한 시간 반 정도 떨어진 밀워키에서 제조하는 밀러 맥주야. 그 동네가 독일 이민자들이 많아서 맥주는 진짜 맛있게 만들어. 한번 마셔봐."

실제로 시음해 보니 구수한 맛이 꽤 괜찮았다. 아, 참고로 난 술을 잘 못한다. 그래서 맥주의 맛은 흑맥주냐 아니냐 정도만 구분하는 정도인데 시음하라고 준 밀러 맥주는 꽤 구수했다.

"이거 이 동네 아니면 마실 수 없는 맥주인 거야? 예를 들어 LA에 가서는 못 마시는 그런 특별한 맥주야?"

"그냥 스탠다드한 밀러 맥주는 캔맥주로 미국 전역에서 살 수 있어. 하지만 내가 주는 이 밀러 스페셜 생맥주는 위스콘신주와 시카고에서만 이 맛을 느낄 수 있을 걸."

뭔가 엄청 당당하고 자신감 넘치는 그 바텐더의 상술에 난 기네스 생맥주 오더를 밀러 스페셜 생맥주로 변경하였다. 이래서 장사를 잘하는 사람은 따로 있나 보다. 입안에 구수한 맥주를 담고서 금세 붉게 달아오른 얼굴의 온기를 고스란히 느끼며 밀워키 특산 밀러 맥주를 깊게 음미해볼 수 있었다.

생각보다 괜찮았던 첫날, 첫 알코올에 만족도를 꽤 느끼면서 바텐더와 이런저런 얘기들을 나눠볼 수 있었다. 바에 있는 TV의 ESPN에서 오늘 내가 봤던 시카고 화이트 삭스와 보스턴 레드 삭스의 경기 하이라이트를 보면서 메이저리그 이야기를 나눴다. 시카고 컵스는 또 108년이 지나서 우승하면 어떡하냐, 화이트 삭스는 너무 못해서 해체하는 거 아니냐, 시카고 불스는 조던이 떠난 이후 도대체 언제 우승하느냐, 이런 얘기를 하다가 옆에 있는 시카고 시민에게 맞을 뻔했다.

당연히 대화를 100% 이해하진 못했지만 그래도 안되는 영어로 나름 대화가 되는구나! 더군다나 옆에 앉아 홀로 맥주를 마시는 처음

본 아저씨도 같이 대화에 참여하면서 나보고 영어를 잘한다고 칭찬해 줬다!

기분도 좋고 대화도 좋고 그래서 팁을 좀 많이 줬다.

"내가 또 시카고에 온다면 다시 이 자리에 앉아서 당신과 시카고 컵스의 우승 여부를 놓고 애기하고 싶어!"

"그때가 언제일지 모르겠지만 그때도 내가 여기 있다면 내가 널 반갑게 맞이해줄게!"

그 바텐더는 미소를 띤 채 나에게 굿바이 인사를 해줬다. 그 바텐더 이름은 사이먼이라고 했다. 과연 언제가 될지 모르겠지만 내가 다시 이곳을 찾을 때도 사이먼은 있을까? 사이먼, 꼭 기억해야지. 물론 미국에 한 20만 명 정도의 사이먼이 있지 않을까 싶긴 하지만….

바로 숙소로 들어가긴 뭔가 좀 아쉬웠다. 배도 부르고 바람도 생각보다 많이 불지 않아서 선선한 밤 기온을 느끼며 걸어보고 싶었다. 지오다노스에서 옆에 앉아 있던 인상 좋고 근육도 좋았던 멋쟁이 백인 아저씨가 가보라며 추천해 준 리버워크 산책길을 걷기 위해 발걸음을 옮겼다.

시카고도 뉴욕 못지않게 야경이 훌륭하다. 시카고는 건축의 도시 아닌가. 그런데 남들 다 가는 전망대에 올라가서 야경을 보고 싶은 욕구는 구글에서 약 7만원 정도 되는 비용을 확인하는 순간 순식간에 사라져 버렸다. 차라리 난 야경을 지붕 삼아, 강변을 따라서 이 저녁의 공기를 맘껏 향유할 수 있는 리버워크에서 산책을 즐기는 심리적인 사치를 부렸다.

강과 함께 마천루를 아래서 바라보는 풍경 역시 상당히 인상적이었다. 물론 도심의 야경은 뉴욕을 따라갈 수 없을 것이다. 하지만 그런 팩트 말고 이 여행의 시작점에서 건축의 도시 빌딩 숲에서 꽤 훌륭한

심리적인 야경을 즐길 수 있었다.

리버워크를 걷다가 한국 시각으로 일요일 오전인 시간이라 아내에게 영상전화를 걸었다. 이 거리의 야경을 라이브로 전해주고 오늘 먹었던 본고장 시카고 피자의 감동을 공유하고 싶었다. 아직 이른 시간인지 눈을 비비며 아내와 딸이 전화를 받았다.

"지인아! 아빠 오늘 시카고에서 시카고 피자 먹었는데 진짜 엄청 맛있어! 다음에 오면 같이 먹자."

"응. 아빠 나 아직 졸려요."

그래…. 시카고 피자보단 아직은 졸린 아침이라는 것이 너에겐 더 중요하지.

“자기야. 여기 시카고 리버워크라는 곳인데 야경 멋지지 않아? 한번 봐봐.”

“피자 먹었으니 많이 걸어, 살 빼야지.”

그래…. 피자 맛이나 야경보단 남편의 몸매 관리가 더 중요한 아내의 역할이지….

언젠가는 스마트폰을 통해서 그 맛의 감동이나 분위기의 감동을 고스란히 전해줄 수 있는 시기가 온다면 반응은 달라졌을까? 내가 아무리 감동을 받고 기분이 좋아도 그걸 고스란히 전달할 수 있는 도구가 없다는 것이 안타까웠다. 하지만 난 아내와 딸이 관심이 있든 말든 내가 느끼는 감정을 화려한 미사여구를 곁들여 열심히 전달했다.

우리 집 보스는 한마디를 더 했다.

“다시는 오지 않을 기회니까 최대한 마음껏 느껴. 먹고 싶은 거 다 먹고 가고 싶은 곳 다 가.”

아니, 살 빼라며…. 용돈 충분히 지원해 줄 테니 아쉬움 남기지 말라는 화끈한 우리 집 보스. 그래도 나의 행복과 시작의 감동을 들어줘서 고마워. 내 사랑하는 아내와 딸.

오늘 하루만큼은
언더독의 반란을 일으킨
시카고 화이트 삭스!

2025. 04. 12 at Rate Field

CHICAGO WHITE SOX

VS

BOSTON RED SOX

이번 여행의 메인 테마인 메이저리그 경기 관람은 미국 도착한 날 바로 시작되었다.

LA 여행이나 뉴욕 여행은 한국에서도 워낙 많이 관광으로 가니까 꽤 많은 사람들이 LA 다저스나 뉴욕 양키스의 경기는 쉽게 접할 수 있다. 하지만 나는 그런 관광 코스의 일부가 되는 경기가 아닌 한국에서 정말 관심조차 없는 시카고 화이트 삭스의 경기로 이번 메이저리그 첫 경기를 선택했다.

뭐, 솔직히 말하면 선택했다고 하기보다는 다른 선택지가 없었던 게 팩트다. 그래도 기왕 보는 데 큰 의미를 두는 것이 좀 더 있어 보이잖아? 정확한 팩트는 내가 시카고 화이트 삭스의 팬이거나 혹은 보스턴 레드 삭스의 팬이어서는 아니다. 그 두 팀에 그렇게 애정이 있지는 않았다. 내가 시카고에 도착하는 날 오후에 시카고의 레이트필드에서 펼쳐지는 경기였기 때문에 선택한 경기였는데 이 럴 경우 난 일단 홈팀, 그리고 홈팀이 상대 팀보다 못하는 약팀이면 더더욱 홈팀을 응원하곤 한다. 시 카고 화이트 삭스는 그 두 가지의 조건을 완벽하게 충족한다.

MLB 팬이라면 다들 알겠지만 시카고 화이트 삭 스는 2024년 시즌에 역사에 남는 시즌 최다 패 신 기록을 세우면서 가뜩이나 인기도 없는데 성적마 저 형편없이 추락하는 팀이 되었다. 반면에 레드 삭 스는 최근 우승은 2018년이지만 2000년대 이후에 밤비노의 저주를 깨며 2004년부터 3번이나 월드시 리즈 우승을 차지했다. 그래서 그런지 보스턴 레드 삭스는 계속 뭔가 강팀의 이미지를 팬들한테 각인 시키는 팀이다.

그리고 구성 선수들의 네임벨류 자체도 보스턴 레드 삭스는 양키스나 다저스만큼은 아니지만 화 이트 삭스와는 비견할 수 없는 선수들로 구성되었 다. 화이트 삭스는 선수들의 네임벨류 자체가 높지 도 않은데 타자들의 성적은 더욱더 최악으로 치닫 고 있는 상황이다. 1할대 타자가 수두룩한 선발 라 인업을 보면 2024년 시즌의 최다 패 기록을 2년 연 속 갱신하는 것이 아닐까 하는 기대감도 들 정도다.

전날 경기는 시카고 화이트 삭스가 레드 삭스에 게 11대1로 크게 이겼었다. 하지만 야구는 어쩌다 가 승리를 할 수는 있지만 약팀일수록 연승을 기

대하긴 어렵다. 난 당연히 시카고 화이트 삭스가 질 것으로 예상했지만 그래도 처음 가본 레이트필드와 관중들의 분위기를 즐기기 위해 다운타운에서 지하철을 타고 화이트 삭스의 홈구장 레이트필드를 찾아갔다.

시카고에선 굳이 차를 렌트하지 않아도 대중교통이 잘되어 있다. 그리고 한국과 마찬가지로 트래픽이 심한 토요일 오후에는 지하철이 제일 빠르고 정확한 이동 수단이다. 시카고 지하철 레드라인을 타고 25분 정도 지나니 어느새 Sox-35th역으로 도착한다. 지하철 역이름마저 야구팀의 이름을 따서 지을 만큼 전통이 있는 도시라서 그런가…. 야구팀의 이름을 딴 지하철역이 없는 한국의 국민으로서는 뭔가 부러운 느낌도 들었다.

수많은 화이트 삭스 저지를 입고 있는 팬들과, 간혹 레드 삭스 저지를 입고 있는 팬들과 함께 지하철을 내려서 야구장을 향한다. 아무래도 레드 삭스는 보스턴 지역 외에서도 꽤 인기가 있는 팀인지라 생각보다 많은 팬들이 레드 삭스 유니폼을 입고 가고 있는 모습을 볼 수 있었다.

처음 방문하는 야구장을 갈 때 이렇게 멀리서 야구장이 보이면 뭔가 가슴이 벅차오른다. 아마 나처럼 야구를 좋아하는 사람들은 모두 공감할 거다.

야구장의 규모도 규모지만 같은 목적을 갖고 한 곳을 향하는 사람들과 어우러져 각자 응원하는 팀의 저지를 입고 이동하는 광경은 굳이 미국이 아니어도 항상 느끼는 제일 기분 좋은 순간 중의 하나이다. 그 순간을 놓칠세라 지하철역에서 나오자마자 웅장하게 자태를 뿜어내고 있는 시카고 레이트필드의 멀찍한 모습을 사진에 담았다. 한국에 있는 야구장과 뭐가 다를 게 있겠냐마는 그래도 이번 여행에서 제일 처음 방문하는 메이저리그 구장이었기에 내가 느끼는 감정은 남다르다.

이날은 화이트 삭스 후드티를 팬들에게 제공하는 프로모션이 있는 날이다. 보통 저런 옷을 주면 스폰서 업체의 광고가 들어가거나 해야 하는데 정말 그런 거 없이 온전히 옷만 준다. 광고 따윈 붙어있지 않다.

이 나라의 메이저리그 구단은 참 통도 크다. 후드티 제공은 선착순 2만 장이라고 하던데 오늘 경기가 3만 명이 왔다고 하니 3명 중 2명에게 후드티를 제공한다. 그런데 생각보다 디자인이 깔끔해서 한국 가서도 봄가을에 종종 입을 만큼 개인적으로 마음에 들었다. 하지만 나의 개인적인 마음에만 들었을 뿐 아내는 절대 입고 외출하지 말라는 엄중한 명을 내렸다.

실제로 저 후드티를 입고 회사에 출근했다가 '뭐 이런 패션 고자 새끼가 다 있어?'라는 표정으로 날 쳐다보는 팀 여자 동료의 눈빛을 마

주하고 난 현실을 바로 깨닫긴 했다.

외야에서 그라운드를 바라보는 것도 메이저리그 구장을 찾아가서 느낄 수 있는 매력이다. 항상 메이저리그 구장에 가게 되면 여기저기 다니면서 곳곳의 뷰를 촬영하게 된다. 우리나라의 경우엔 구간별 이동을 금지하는 경우[2]가 많은데 메이저리그는 그런 제약이 없으니 가끔 5층의 저렴한 티켓을 구매해서 입장한 이후에 1층의 좋은 자리에 앉아서 관람할 수도 있다. 실제로 내가 몇 번 그랬었다. 비용 세이브는 눈치 싸움이다.

레이트필드는 정말 깔끔하게 잘 지었다. 꽉 들어차면 전체 관중이

---

2 특히 저렴한 티켓으로 더 비싼 자리로 이동하는 것을 대부분의 구장에선 다 차단하고 있다.

WHITE SOX
CHICAGO WHITE SOX
WHITE SOX
CHICAGO WHITE SOX
WHITE SOX
CHICAGO WHITE SOX

CHICAGO WHITE SOX
WHITE SOX
HOME OF THE CHICAGO WHITE SOX
ROBINSON
FISK

모두 4만 6천 명 정도인데 어디에 앉아도 시야가 좋다. 한국의 오래된 야구장들에서 경험할 수도 있는 시야 방해석은 애당초 건축할 때부터 고려해서 그런지 전혀 없었다. 확실히 관중 친화적이다. 전광판 구성도 매우 좋았는데 선수들이 언제 입단했고 어느 팀을 거쳤는지, 득점권 타율 등 다양한 정보가 전광판을 통해 제공된다.

최신식 전광판에 비해 경기장은 91년에 지어진 30년이 지난 구장이지만 관리를 정말 잘해서 새 야구장 같은 느낌이 든다. 오히려 2001년에 지어진 SK 문학 경기장보다 더 깔끔하고 최신 야구장 느낌이다.

2005년 화이트 삭스의 마지막 월드시리즈 우승을 만들었던 주역의 동상들도 곳곳에 설치가 되어 있다. 솔직히 화이트 삭스 팬은 아니어

 딸아, 아빠 미국 가서 야구 좀 보고 올게

서 누군지는 잘 모르겠으나 이 동네 사람들에겐 영웅 같았던 선수들이겠지. 짧았지만 강렬했던 2005시즌의 기적을 통해서 시카고 남부의 흑인 중심의 팬들을 열광하게 했던 그 선수들의 동상을 곳곳에서 발견할 수 있다.

하여튼 이 나라는 뭐든지 기념하고 싶은 건 잘 찾아서 기념하고 장식하고 또 팬들에게 어필하고 있다. 그나마 2005년 우승으로 관련 기념물과 장식 사진들이 많아서 다행이지 로키스의 쿠어스필드나 파드레스의 펫코 파크처럼 월드시리즈 우승 전력이 없었다면 아직도 블랙삭스의 저주[3]로 고통받고 있지 않았을까…?

드디어 흰양말인 시카고 화이트 삭스와 빨간 양말인 보스턴 레드삭스의 대결이 시작되었다.

경기는 상당히 흥미진진했다. 화이트 삭스의 선발 페레즈가 생각지도 못했던 호투로 경기를 이끌어 갔지만 레드 삭스의 선발 피츠가 그보다 10배는 더 잘 던졌다. 그 피츠에게 홈팀인 화이트 삭스가 속수무책으로 무너져가서 관중들이 슬슬 지루해할 무렵, 로버트 주니어가 뜬금 투런 동점 홈런을 날리며 경기를 전혀 지루하지 않은 접전으로 끌고 갔다.

그리고 9회 말, 레드 삭스는 지구상에서 가장 빠른 볼을 던졌던, 지금은 110마일은 안 나오고 101마일 정도 밖에(?) 안 나오는 아돌리스 채프먼을 마운드에 올린다.

역동적인 폼으로 101마일 찍는 모습을 보면서 내가 채프먼의 투구를 직접 내 눈으로 보다니…하는 기념비적인 순간을 사진으로 담았다.

그러다가… 그러다가… 예전과 달리 결정적일 때 종종 무너지던 채

---

3   1919년 월드시리즈의 승부조작 스캔들로 화이트 삭스는 이후 2005년 전까진 한 번도 월드시리즈 우승을 하지 못했었다. 야구팬들을 이 사건을 블랙삭스의 저주라고 일컫는다.

딸아, 아빠 미국 가서 야구 좀 보고 올게

프먼은 올 시즌 첫 번째 실점을 최약체 팀 중의 하나인 화이트 삭스에게 Walk Off Hit(끝내기 안타)를 허용하게 된다. 채프먼의 올 시즌 첫 번째 기념비적인 실점인 끝내기 안타의 순간 레이트필드의 3만 관중은 열광하기 시작했으며 아직 해가 중천에 떠 있었지만 불꽃은 하늘을 수놓았다.

한국이든 미국이든 끝내기 안타는 팬들의 도파민을 극적으로 터뜨린다. 그게 약팀이 강팀을 상대로 거둔 안타라면 더더욱 흥분되며 언더독이 승리를 거머쥐는 느낌이 든다. 내가 화이트 삭스라는 팀에 대한 애정이 있는 것은 아니었지만 최약체 팀으로 불리는 팀이 전통의 강팀을 상대로, 그것도 최고의 투수를 상대로 역전 끝내기 승을 거두었다는 사실 만으로도 야구의 재미는 보장된다. 그래서 나도 관중들과 함께 소리를 지르고 하이파이브를 나누면서 함께 그 극적인 순간을 만끽할 수 있었다.

메이저리그 투어 첫 경기부터 정말 꿀잼 경기를 지켜봤다. 메이저리그 한 시즌의 약 5천 경기 중에 한 경기에 불과하지만 그 깨알 같은 경기 중에 몇 안 되는 끝내기 안타 경기를 보는 것은 정말 행운일 것이다. 언더독의 반란은 항상 팬들에게 기대하지 못했던 즐거움을 전해준다. 비록 단 한 경기였지만 최약체 화이트 삭스는 최고의 투수를 상대로 승리를 거뒀고 패배에 익숙한 팬들에게 잠깐이지만 즐거움을 줬다.

이래서 야구는 재밌다. 당연히 질 것으로 생각했지만 예상을 뒤엎고 팬들에게 도파민을 터뜨려준다. 그 쾌감에 미국은 수천만 명이 매년 야구장을 찾고 우리나라도 2년 연속 천만 관중이 야구장을 찾게 된다.

헐리우드 배우 데니스 퀘이드가 나오는 '프린퀸시'라는 영화에서 이런 대사가 나온다.

"천 년 후 아이들이 미국을 공부할 때 세 가지를 배우게 될 거야. 헌

법, 록 앤 롤, 그리고 야구."

　미국 역사에서 빠질 수 없는 것이 야구다. 도파민을 터뜨리면서 관중들을 열광에 빠뜨리게 하는 언더독의 반란이 천 년 후에도 역사의 한 부분이 되는 이유가 아닐까?

　　　　　　　딸아, 아빠 미국 가서 야구 좀 보고 올게

4부
밀워키에 낚인
호수 옆 숨겨진
보석 같은 도시

1

밀워키의 그 피쉬맨은
고기도 낚고
나도 낚으려고 했다

"고기는 좀 많이 잡았어?"

바람이 엄청나게 불어오는 밀워키의 미시간 호수[4]에서 낚시를 하고 있는 한 아저씨를 만났다. 하얀 턱수염이 자욱한 전형적인 미국 백인 아저씨는 나를 보고 인사를 하다가 내가 던진 질문에 웃음을 띤다.

"내가 잡은 고기 보고 싶어? 보여만 줄게, 널 주진 않을 거야."

그는 웃으며 본인이 낚은 커다란 생선을 내 앞에 보여주었다. 서너 마리 생선이 아직 숨을 거두지 않아 펄떡이며 애처로이 몸을 흔들고 있다.

"너 이거 직접 집에서 요리해서 먹는 거야? 아니면 마켓에 파는 거야?"

"이거 판다고 얼마나 벌겠어. 그냥 가서 애들하고 요리해서 먹어야지."

우리나라도 취미로 하는 낚시 인구가 많다. 내 또래들도 이제 슬슬 와이프의 눈치를 받고 낚시하러 하루 종일 집 밖을 쏘다니는 친구들이 점차 늘어나고 있다. 이 백인 아저씨도 그런 취미 낚시꾼 중 하나겠지. 대신 이 아저씨는 와이프 눈치는 안 보는 듯하다.

"만약 네가 나의 요리를 맛보고 싶다면, 오늘 저녁에 우리 집에 초

---

4 미시간 호수는 워낙 거대해서 시카고에도 붙어있고 미시간에도 붙어 있다.

대할게."

이 친화력 높은 아저씨는 오늘 처음 본 미지의 동양의 나라에서 온 나에게 뜻밖의 제안을 던진다. 이게 진심인지 농담인지 잘 구분을 못 하고 있었는데 그는 계속 웃으면서 나에게 어디서 왔냐고 묻는다.

"난 한국에서 왔어. 북한 아니니까 김정은 아냐고 묻지 마."

"오, 정말 그레이트한 나라지. 특히 서울은 엄청난 도시라고 들었어. 아직 한 번도 가보진 못했지만."

그는 많은 사람들이 그렇듯 한번도 가보지 못한 나라에 대한 환상에 사로잡혀 립서비스를 해준다. 그러면서 정말로 진심이 가득 담긴 표정과 함께 다시 한번 제안을 한다.

"너 정말 나의 요리를 맛보고 싶다면 너를 초대할 수 있어."

이거 진심일까? 정말 나를 초대하고 싶은 걸까? 따라갔다가 장기 다 털리고 미시간 호수에 버려지는 건 아닐까? 오만 가지 생각이 들었지만 이 순간은 꽤 재밌었다. 일단 아저씨의 인상이 그냥 시골의 조그마한 마을에서 흔히 볼 수 있는 아저씨 인상이었다. 물론 범죄자가 나 범죄자요~ 하고 얼굴에 써놓고 다니지는 않겠지만. 어쨌건 이 아저씨의 친화력을 보니 이 사람 분명히 MBTI는 E일 것이다.

"초대해 줘서 정말 너무나 고마워. 하지만 난 오늘 저녁에 밀워키 브루어스 경기를 보러 가야 해. 이미 티켓을 예매했거든. 너의 요리를 맛볼 기회가 올 줄 알았다면 난 계획을 잡지 않았을 텐데. 하지만 초대해 줘서 정말 고마워."

나는 답을 하면서 그래도 뭔가 더 친근하게 줄 게 없을까 고민을 했다. 나의 작은 크로스 숄더 백에 손을 넣고 뭐가 있을까 하고 뒤적였는데 대한항공 비행기에서 받았던 고추장이 내 손에 바로 잡혔다!

"이거 한국 전통적인 매운 소스야. 저 생선에 양념을 이걸로 해서 찍

    딸아, 아빠 미국 가서 야구 좀 보고 올게

어 먹으면 한국의 맛을 조금이지만 경험할 수 있을 거야. 이거 그냥 먹으면 매우 맵지만, 살짝 설탕과 섞고 양념해서 생선을 찍어먹거나 밥을 비벼 먹으면 엄청 맛있어! 한국의 진짜 전통 소스야!"

그는 매우 고마워하면서 나의 즉흥 선물을 받았다. 그는 만면에 미소를 띠면서 자기 와이프한테 자랑해야겠다고 한 후 "웰컴 투 밀워키"를 날려줬고 난 "땡큐"라고 되받아치면서 내 갈 길을 떠났다.

미국인들의 이 거리낌 없는 친근한 문화는 예전부터 내가 동경했었고 좋아했던 문화다. 한국에서는 접할 수 없는 문화라서 그런지 친미 사대주의가 내 뇌를 지배하고 있는 나로선 이 나라의 문화가 참 정겹다. 아, 물론 한국도 시골의 인심 좋은 분들은 "우리 집에서 밥 한술 떠~"라고 하시기도 하겠지만 말이다.

그 피쉬맨도 나도 온몸이 휘청거릴 정도로 바람이 미친 듯이 불어 왔다. 하늘은 어마어마하게 파랗고 아름다운데 바람은 시카고 뺨치게 불어온다. 진짜 바람의 도시는 시카고가 아니고 밀워키라고 얘기해주는 것 같았다.

중국에서 불어오는, 혹은 한국에서 고등어 굽다가 발생하는 '미세먼지'라는 단어조차 존재하지 않을 것 같은 하늘은 강한 햇빛을 그대로 통과시켜 준다. 하지만 이 밀워키의 바람은 내게 내리쬐는 따뜻한 기온을 피부에 닿자마자 바로 냉각시켜 버린다.

이 맑은 파란 하늘 아래서 피쉬맨과의 대화는 서로의 덕담과 고추장으로 끝이 났다. 만약 정말 그 저녁 식사 제안을 받아들였다면 또 어떤 재밌는 일이 벌어졌을 지는 모르겠다. 정말 스릴러 영화에서처럼 장기가 털렸을 수도 있고 아름다운 가족 영화처럼 이웃과의 저녁 시간을 직접 체험해 볼 수도 있었을 것이다. 솔직히 야구 예매만 안 해놨으면 정말 그 제안을 받아들였을 것이다.

그동안 참 삭막하고 항상 의심에 가득 차서 사람들을 대하는 것이 현실이 되어 가는 현대인의 삶이었다. 옆집에 누가 사는지도 모르는 도시 아파트의 삶에서 이웃과의 정도 사라진 지 오래다. 낯선 이도 흔쾌히 초대하는 밀워키의 피쉬맨처럼 좀 더 넓은 마음과 여유 있는 마인드, 그리고 위트를 갖추고 타인과 세상을 마주하면 내 삶은 따뜻해질까? 당장 서울로 돌아가면 우리 앞집에 초인종을 누르고 떡이라도 드려봐야겠다.

그나저나 고추장은 맛있게 먹었으려나? 어설프게 조리하면 엄청 매울 텐데….

   딸아, 아빠 미국 가서 야구 좀 보고 올게

2

세계 최고
농구 리그 NBA,
농구 코트 위에 펼친
10대의 추억

마이클 조던과 찰스 바클리, 칼 말론 같은 내 10대 후반의 농구 콘텐츠를 장악했던 슈퍼스타들이 뛰던 세계 최고의 농구 리그 NBA. 90년대 우리 시대의 농구는 다양한 캐릭터들이 개성을 뽐내던 NBA가 지배하고 있었다.

마이클 조던을 표방하였지만 농구보다 영어를 잘했던 정구. 존 스탁턴의 시그니처 세리모니만 흉내 내고 실력은 전혀 흉내 내지 못했던 응주. 농구 실력과 별개로 몸매만 매직 존슨을 닮았던 원석이. 3점 슛의 대가 레지밀러를 동경하고 그를 모방했지만 살이 찌면서 '돼지 밀러'로 전락한 나.

그 시절 우리에겐 농구공과 골대만 있으면 우리가 NBA 플레이어였다. 캐릭터의 매력이 넘치던 당시의 NBA 플레이어만큼 우리들도 각자의 캐릭터가 넘쳐나던 시절이었다. 하지만 마이클 조던도, 존 스탁턴도, 레지 밀러도 더는 코트에 없다. 그들은 우리의 기억과 플레이 스테이션 NBA 오락에만 존재하고 있었다.

NBA 경기가 펼쳐진 밀워키에 도착하면서 콘솔 게임에서만 방문하던 그 세계 최고의 농구 코트에 내 10대의 기억을 올려보고 싶었다.

세계 최고의 농구 리그 경기장이라서 그런지 경기장의 외관 규모는 어마어마했다. 한국에서 KBL 경기가 펼쳐지는 경기장 중 제일 크다는 잠실 실내체육관을 생각해도 비교가 되지 않는다. 아니, 비교하면 실례라고 생각될 만큼 이 천조국의 NBA 경기장은 규모가 넘사벽이다. 리그의 규모 차이와 경제력의 차이가 있긴 하겠지만 스포츠에 진심인 나라답게 경기장의 규모는 경제 대국의 GDP 규모만큼 엄청나다. 이런 코트에서 마이클 조던이 덩크를 꽂고 찰스 바클리가 리바운드를 하고, 레지 밀러가 3점 슛을 넣었겠구나….

NBA에서 창출하는 경제적인 가치가 국력의 차이 이상으로 느껴진다. 입장 기념품이 무려 티셔츠다. 나처럼 옷에 대해 전혀 관심이 없고 패션 센스는 우주로 보낸 사람에게 이런 선물은 무척이나 값지다. 가격을 논하기 전에 딸랑 티셔츠 4장 갖고 온 나에게 티셔츠 기념품은 실용성으로는 최고다.

밀워키 벅스라는 NBA 팀의 경기를 보기 위한 목적 중 하나가 이 지역의 슈퍼스타인 야니스 아테토쿰보라는 발음조차 하기 어려운 선수를 직접 보고 싶어서였다. 그런데 젠장. 이미 시즌의 순위가 결정되어 있어서 그런지 게임 출전 명단에 아예 빠져있었다.

몇 년 전에 크리스티아누 호날두의 유벤투스가 한국을 방문한 적이 있었다. 스포츠에 관심이 좀 있다면 호날두 노쇼 사건을 기억하는 사람 많을 거다. 호날두의 경기를 보기 위해 서울 월드컵 경기장이 꽉 들어찼었는데 결국 이유도 모른 채 호날두는 경기에 나서지도 않았다. 그냥 전광판 화면으로만 얼굴을 비추었고 분노한 관중들은 일제히 "메시"를 부르짖어서 화제가 되었던 적이 있었다. 난 비행기까지 타고 왔는데 억울하면 내가 더 억울했다. 하지만 난 함께 아테토쿰보의

"WISCONSIN"
BUCKS

라이벌인 누군가를 부르짖을 동료도 없었다. 그리고 아테토쿰보가 예민해질 라이벌 누군가를 외칠 선수조차 떠오르지도 않았다.

뭐, 그래도 그날의 서울 월드컵경기장 관중들보다 내가 더 나은 점은 난 바로 눈앞에서 아테토쿰보를 볼 수 있었다는 것이다. 아마 소리 지르면 반응해 줬을 것 같은 인자함의 표정도 바로 눈앞에서 지켜볼 수가 있었다. 옆에 있었던 한 아주머니 관중과 함께 잠깐 대화를 나누다가 난 저 그리스 괴인(아테토쿰보)을 보러 한국에서 왔다고 하니 날 무척이나 안쓰럽게 쳐다본다.

"대신 너는 티셔츠를 얻었잖아."

위로 같지 않은 위로를 건네준 그 아주머니는 비어 있는 다른 자리의 티셔츠도 자기가 가져가겠다고 하면서 가져간다. 그 아주머니에겐 아테토쿰보보다는 티셔츠가 더 중요한가 보다.

경기는 이미 순위가 결정된 팀들의 경기 치고는 꽤 치열하게 연장전까지 이어졌고 결국 밀워키 벅스가 홈구장 팬들에게 정규시즌 마지막 경기를 승리로 안겨주었다. 평소엔 주전으로 뛰지 못했던 선수들이 플레이오프 엔트리에 올려달라고 몸부림을 치듯 진심을 다해서 열심히 뛴다. 오히려 그런 모습이 슈퍼스타들의 성의 없는 플레이보다 훨씬 더 보기 좋을 때가 많다.

2만 관중이 내뿜는 열기와 눈앞에서 펼쳐지는 NBA 스타들의 땀과 액션. 과거의 스타들은 눈앞에 없지만 나의 기억에선 아직도 존 스탁턴의 킬패스를 받은 칼 말론이 덩크를 꽂아 넣고 있다. 그리고 현실에선 새로운 슈퍼스타를 꿈꾸는 선수들이 골대를 부셔버리는 덩크를 내리 꽂는다.

호쾌한 덩크를 바로 눈앞에서 보다 보니 맘 한 편이 시원하게 뚫린다. 정말 시원한 덩크를 눈앞에서 보는 건 너무 오래간만이었다. 생각

해 보니 고등학교 때 양재동의 언주초등학교에서 초딩들 상대로 무적의 덩크를 꽂아 넣은 이후로 난 한 번도 덩크를 성공해 본 적이 없다. 이번 생에선 더 이상 덩크를 성공할 일이 없을까?

실제 농구의 덩크를 꽂아 넣을 수는 없겠지만 적어도 앞으로 나의 삶 후반기에선 직장이든, 가족이든, 내 꿈이든 뭐든, 호쾌한 윈드밀 덩크를 꽂아 넣고 싶다. 누군가가 기가 막힌 패스까지 올려준다면.

딸아, 아빠 미국 가서 야구 좀 보고 올게

현존하는 지구 최고의 화염투수를 직관하다!

2025. 04. 14 at American Family Field

MILWAUKEE BREWERS

VS

DETROIT TIGERS

시카고 못지않은 바람의 도시 밀워키. 그 도시를 연고로 하는 밀워키 브루어스.

슈퍼스타로는 크리스티안 옐리치가 있는 팀이다. 비록 올 시즌 삽질을 하고 있지만 어쨌건 위스콘신주의 유일한 MLB 팀인 밀워키 브루어스. 한국인 선수는 최지만이 2018년에 뛰었던 팀이었고, KBO를 폭격했던 NC다이노스의 용병 에릭 테임즈가 한국에서 MLB로 역수출하여 뛰었던 팀. 그보다 앞서 한국 팬들에게는 MLB의 한국 개척자였던 코리안 특급 박찬호에게 정말 많은 승을 헌납해 주었던 뭔가 박찬호의 호구 같은 느낌의 팀이었다.

아직 단 한 번도 월드시리즈 우승을 하지 못한 팀이면서 스몰마켓 팀인데 이상하게 최근 들어 자주 내셔널리그 중부 지역 우승을 하기도 하는 신기한 팀이다. 하지만 항상 디비전 시리즈나 챔피언십에서 탈락하고 월드시리즈 진출은 내가 아장아장 걸을 때쯤인 1982년이 마지막이다. 그리고 2025년도 내셔널리그 챔피언십에서 LA 다저스에 4연패로 돈을 쏟지 않는 한 이길 수 없다는 잔인한 명제를 다시 한번 증명해 주었던 밀워키 부르어스.

밀워키의 저녁은 매우 쌀쌀하다. 겨울 패딩을 입고 야구를 봐야 하는 수준이라 옆에 있는 월마트에서 패딩을 사야 하나 고민해야 할 만큼 바람도 매섭다. 이 추위를 견딜 수 있을까 걱정했으나, 웬걸, 아메리칸 패밀리 필드는 개폐식 돔구장이다! 60만 명 정도밖에 되지 않는 대한민국의 전주와 비슷한 도시에 이렇게 떡하니 거대한 돔구장이 있다는 것이 정말 부러울 따름이었다. 그래서 난 추위와의 싸움을 아주 따뜻하게 모면할 수 있었고, 대신 입고 간 외투들로 인해 땀과의 싸움을 해야 했다.

호텔에서 나와서 야구장으로 향하는데 같은 숙소에서 출발했던 한 부녀와 길을 동행하게 되었다. 부녀는 디트로이트 타이거즈의 저지를 입고 있었는데 기아 타이거즈 잠바를 입고 있는 나를 유심히 본다.

딸아, 아빠 미국 가서 야구 좀 보고 올게

"이 야구 점퍼는 못 보던 점퍼인데 디트로이트 타이거즈가 이런 디자인도 있었어?"

"아, 이 점퍼는 한국 프로야구 2024년 챔피언인 기아 타이거즈 점퍼야. 난 그 팀의 팬이거든."

이 대답을 시작으로 이 부녀와의 만담이 시작되었다. 주로 질문은 하면서 자기 얘기를 마음껏 전달해 주는 TMI가 난무하였다. 진짜 미국 사람들, 특히 나이가 좀 있는 사람들은 투 머치 토커다. 박찬호가 왜 미국에서 오래 살면서 적응을 잘 못했는지 충분히 이해가 된다.

영양가 없는 대화의 내용은 이렇다.

– 밀워키는 왜 왔어?
– 나 메이저리그 로드 트립 하러 왔어! 오늘이 두 번째 구장이야!

– 난 디트로이트에서 여행 왔어!

 혹시 디트로이트 홈경기장인 코메리칸 파크 갈 거야? 계획에 없다면 가지마, 진짜 춥고 동네가 위험해.

– 응 알았어. 아쉽게도 이번엔 계획에 없었어.

– 난 은퇴하고 여기에 여행을 왔어. 우리 딸은 보스턴에서 대학을 다니고 있는데 나와 함께 여행을 온 거지. (저기… 물어보진 않았는데…) 우리 와이프는 애리조나에서 일해. 피닉스 알지? 거기 애리조나 D-백스 구장이 있는데 거기는 너무 더워서 항상 구장 지붕을 닫아. (저기… 이것도 안 물어봤는데…)

역시 미국 사람들은 TMI가 정말 많다. 그래도 이 유쾌한 부녀 덕분에 지루하지 않게 함께 야구장을 갔다. 모르는 사람들에게 자신의 이야기를 맘껏 해주는 이 나라의 자연스러운 습성은 참 정겹다. 그렇게 우리는 서로 사진을 찍어주면서 각자의 여행으로 방문한 아메리칸 패

밀리 필드를 기념해 주었다.

　아, 경기장에서 만난 다른 디트로이트 타이거즈팬은 디트로이트 코메리칸 파크는 절대 위험하지 않다고 했다. 범죄도시로 오인하지 말아주길 바란다.

　이 작은 도시에 야구장의 크기는 엄청났다. 지붕을 덮은 이 돔구장은 한국의 고척돔과는 비교가 되지 않을 정도로 거대한 야구장이었다. 관중도 4만 명이 넘게 들어가는 규모인데 3만 명 이상 들어가는 야구장도 없는 한국인으로 그냥 부러울 따름이다.

　돔구장이라서 그런지 야구를 보기엔 참 좋았다. 밖에 기온은 10도 안팎으로 매우 쌀쌀해지고 있었지만 돔구장은 너무나 쾌적하고 선선한 최적의 기온을 선사해 주었다. 야구티켓 가격도 다른 뉴욕이나 LA에 비해 너무 저렴한데 이 돔구장을 어떻게 유지할 수 있을까? 그렇다고 관중이 매번 엄청나게 많이 들어오는 것도 아닌데. 그 저렴한 티켓 가격엔 돔구장 지붕 덮는 비용과 함께 티셔츠 가격도 포함되나보다.

이날도 티셔츠를 기념으로 주었다. 이틀 전에 시카고 화이트 삭스 경기에서도 얇은 후드티를 받았고 전날 NBA 경기에서도 티셔츠를 받았는데 밀워키 브루어스 경기장에서 또 받았다. 다행히 내일 무슨 옷을 입을지 고민이 확 사라졌다.

브루어스 선수가 홈런을 치면 브루어스의 마스코트가 저 미끄럼틀을 타고 내려온다. 게임이나 영상에서 종종 봤는데 오늘은 브루어스 선수 그 누구도 마스코트가 미끄럼틀을 타게 허락하지 않았다.

오늘 경기는 정말 기대가 많이 되었는데 무엇보다 디트로이트 타이거즈의 선발투수는 작년 아메리칸 리그 사이영상 수상자인 타릭 스쿠발이었다. 현존하는 세계 최고의 좌완투수 중 한 명이기에 그의 전성기를 찍고 있는 현재의 투구를 본다는 것은 정말 야구 역사에서 의미 있는 장면이다. 그의 투구를 눈에만 담기엔 기록이 남지 않을 테니 수많은 사진과 영상으로 고이 간직하고자 담아야 했다. 그리고 이 투

딸아, 아빠 미국 가서 야구 좀 보고 올게

수는 2025년에도 다시 한번 사이영상을 거머쥔다.

한 시대를 풍미한 투수를 보는 것은 한국인으로서 쉽지 않은 기회니까. 나중에 언젠간 레전드가 되어 명예의 전당에 들어갈 수 있는 선수의 투구를 육안으로 본다는 것은 정말 가치가 있는 일이다.

디트로이트 타이거즈가 초반에 점수를 많이 내면서 경기는 정말 시시하게 진행됐다. 그리고 지루했다. 대신 스쿠발이 던지고 있었기에 난 그의 투구로 눈 호강을 하면서 내심 퍼펙트 경기 한 번만 나왔으면 하는 기대도 가져봤다. 실제로 4회까지 한 타자도 1루를 밟지 못했고 투구 수도 적었기에 잘하면 퍼펙트 경기 직관하겠는데 생각했지만 5회 호스킨스에게 안타를 허용하며 퍼펙트는 깨져버렸다. 계속해서 완봉승이라도 기대했지만 7회까지 91구밖에 던지지 않았던 스쿠발이었지만 너무 벌어진 점수차에 타이거즈는 투수를 교체한다.

야구 트렌드 자체가 완봉에 큰 의미를 두는 것보다 투수의 시즌 전

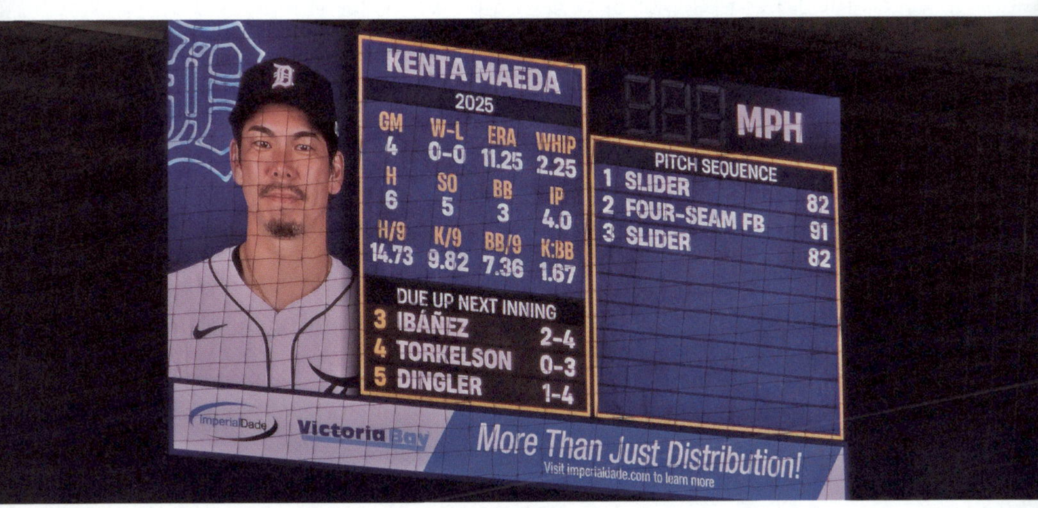

체의 롱런을 위해 체력 관리를 하는 게 요즘 야구다. 하지만 뭔가 완봉승을 보면서 기뻐하는 그런 낭만이 사라진 것 같은 느낌에 살짝 씁쓸하긴 했다. 아 물론 7이닝 무실점도 엄청난 것이지만 말이다. 더군다나 투수가 스쿠발이잖아.

선발투수인 스쿠발이 내려가고 올라온 투수는 마에다 켄타. 그렇다. 그 마에다가 맞다. 류현진과 함께 다저스에서 뛰었고 미네소타로 가서 뛰다가 작년부터 타이거즈로 팀을 옮긴 마에다. LA 다저스에서 류현진만큼의 임팩트를 남기진 않았지만 그래도 당시에 LA 다저스가 국저스라고 불릴 만큼 한국의 수많은 팬들에게 인기를 끌던 시기였다. 당시엔 네이버에서 다저스 경기를 무료로 중계해주던 시기여서 정말 자주 보게 되었던 마에다. 물론 이제 나이가 어느 정도 들어서 승패가 이미 결정된 순간에만 나오는 투수가 되었지만 그래도 내가 마에다의 투구를 직접 본다는 사실 만으로도 의미를 부여할 만한 가치는 있다.

전반적으로 너무 원사이드 게임이라 경기 자체에 흥미는 급 떨어졌다. 내가 특정 어느 팀을 응원하는 것은 아니었지만 그래도 뭔가 치열하게 투수전이든 타격전이든 벌어지면서 눈 요깃거리가 있길 바랬지만 투수전이 되기엔 양 팀 선발 투수의 능력이 너무 차이가 났고 타격전이 되기엔 밀워키 브루어스의 방망이는 스쿠발의 투구에 완전히 막혀 있었다.

그래서 그런지 허기가 지고 있어 뭐라도 먹고 싶었는데 티켓값은 저렴하지만 야구장 식음료 가격은 다른 구장과 마찬가지로 비싸서 살짝 고민했다. 그래도 야구장에서 핫도그 하나 정도는 먹어야지! 하는 생각에 무려 15불이나 지불해서 핫도그와 콜라를 사 먹었다. 빵에 소시지와 야채 살짝 들어있는 작은 핫도그와 콜라 한잔이 한국 돈으로

2만 5천 원이나 하다니. 그리고 그 비싼 핫도그가 그렇게 맛이 없을 수도 있다는 것이 놀라웠다.

경기에 흥미가 떨어지다 보니 주변 관객이 눈에 더 잘 들어왔다. 그 와중 앞에 앉아있는 20개월짜리 아이가 나를 보면서 계속 방긋방긋 웃길래 내 필살기인 동전 마술을 보여주었다. 내가 전혀 즐겁지 않고 아기만 즐겁게 해주는 시간을 생판 처음 보는 아이에게 선사할 만큼 경기가 지루했다.

옆에 있는 아이 엄마가 너무나 잘 놀아주는 나를 보면서

"우리 아기는 케이든이고 이제 20개월이야! 오늘 첫 야구장인데 우리 아기 웃게 해줘서 고마워! 한번 안아볼래?"

아니, 당신 아이를 처음 보는 사람한테 안아 보라고 하다니! 난 어떻게 거절해야 하나 생각하다가 아이를 바라보면서 얘기를 했다.

"난 45살이고 한국에서 온 동전 마술 스페셜 리스트야! 나 미국에 야구 보러 겨우 여행을 왔는데 너를 안다가 떨어뜨리면 난 다른 도시의 야구장을 가보지도 못하고 한국에도 다시 못 돌아갈 수도 있어!

네가 좀 더 자라고 내가 또 여기에 와서 널 만난다면 꼭 안아줄게.”

무슨 말인지도 알아듣지 못한 아이는 엄청 크게 꺄르르 웃고 어설픈 발음으로 크게 얘기하는 나를 보며 주위 사람들도 함께 웃으며 또 미국인 특유의 오지랖을 발휘한다.

밀워키 경기만 볼 거냐, 내일은 어느 구장에 가냐, 차로 다니냐 비행기로 다니냐, 한국에서 무슨 일을 하냐 진짜 마술사냐… 등등 그들도 역시 경기엔 관심도 없고 홈 팀인 밀워키 선수가 안타를 쳐도 관심도 없이 심지어 홈 팀이 지고 있는데도 전혀 열받아 하지도 않는다. 나도 그냥 옆에 전혀 모르는 사람들과 영양가는 없지만 영어 리스닝 훈련에는 아주 효과적인 대화를 하면서 시간을 보냈다. 이런 것들이 지루한 경기 외적으로 즐겁게 야구장의 맛을 느끼게 해주었다.

경기는 앞서 얘기한 대로 정말 시시하게 9대1로 끝났다. 밀워키 선발 알렉산더가 4이닝 8실점으로 무너지고 뒤에 나온 로드리게스[5]가 5이닝을 혼자 1실점으로 틀어 막아서 그렇지, 정말 시시한 경기고 하품이 나오는 경기였다.

타이거즈 선발이 스쿠발이 아니었다면 아마 나도 6~7회쯤 배고파서 숙소로 돌아가지 않았을까…. 스쿠발 내려가서 집에 가려고 했는데 마에다 켄타가 올라오길래 끝까지 경기를 보고 나왔다.

또 각 구장마다 저렇게 이닝 교대 시간에 레이스를 하는데 밀워키가 독일 이민자가 많아서 소시지가 맛있기로 유명하다고 한다. 그래서 그런지 소시지 모양의 마스코트가 무엇을 위한 건지 모르겠지만 그들끼리 레이스를 펼친다. 그리고 역시 무엇을 위한 것인지 모르겠지만 관중들은 자기가 찍은 핫도그가 1등으로 다가오자 환호를 지른다.

5　미국 야구 선수 중 로드리게스란 이름을 가진 선수가 진짜 많은데 오늘 나온 투수는 엘빈 로드리게스.

　딸아, 아빠 미국 가서 야구 좀 보고 올게

왜? 돈이라도 걸었나? 어쨌건 그런 분위기 자체는 미국에서만 느낄 수 있는 전형적인 풍경이었고 내가 간 야구장마다 저런 눈요깃거리 레이스가 계속 펼쳐졌다.

마지막 이닝은 타이거즈 덕아웃 위로 가서 디트로이트 타이거즈 팬들과 함께했다. 내가 한국의 기아 타이거즈를 입고 있어서 그런지 다들 나이스 점퍼라며 나에게 관심을 표했고 몇몇은 이건 어느 나라의 타이거즈냐며 질문도 던지곤 했다.

오늘 느낀 몇 가지를 얘기하자면 시카고 화이트 삭스 경기에선 흑인 관중들도 정말 많았는데[6] 밀워키 브루어스에선 정말 흑인을 찾아보기 힘들었다. 오히려 티켓값도 시카고보다 훨씬 저렴한데 경기장에서 흑인은 정말 딱 두 명 봤다. 동양인은 아예 못 봤다. 아, 디트로이트의 일본인 투수 마에다 켄타는 봤구나…. 시카고 화이트 삭스 경기장에

---

6 실제로 화이트 삭스는 흑인 팬이 많고 시카고 컵스는 백인 팬이 많다고 한다.

서도 동양인을 한 명도 못 봤는데 오늘도 한 명도 보지 못했다. 전형적으로 미국 백인 위주의 도시여서 내 옆에 고개를 돌려보면 죄다 백인들뿐이었다. 다양한 인종이 섞여서 야구를 보는 뉴욕이나 LA와는 전혀 다른 장면을 밀워키에서 느낄 수 있었다.

그런데 관중이 정말 없다. 4만 명이 넘게 들어가는 야구장에 오늘은 2만 명이 왔다고 발표를 했는데 1.5만 명은 왔을까? 5층은 거의 비었고 1층 자리도 빈자리가 많아서 난 4회 정도부터 너무나 자연스럽게 100불 정도 하는 자리에 앉아서 야구를 봤다. 마치 이게 원래 내 자리인 양… 관중 동원은 나쁘지 않은 팀이지만 월요일에다가 역시 팬 동원이 많지 않은 디트로이트와의 경기여서 빈자리가 너무 많았다. 그나마 온 관중들도 6회에 9대0으로 벌어지자 상당수가 자리를 떴다.

이렇게 인생 첫 미국 돔구장 경기와 세계 최고 투수의 투구를 직관했다. 어쩌면 2020년대의 지구 최강 좌완 투수로 남을 스쿠발의 7이닝 투구는 야구를 관람하는 나의 눈 높이를 서너 단계는 더 높게 형

성하게 만들어 주었다.

돔구장은 정말 너무 좋다는 표현이 부족할 정도로 최고의 시설이다. 한국에선 고척돔 경기를 제외하고는 매년 장마철엔 비 예보를 확인해야 하고 봄에는 미세먼지와도 싸워야 한다. 더운 한 여름에는 폭염과도 전쟁을 일으킨다.

인구 60만 밀워키도 이렇게 거대한 돔구장이 있는데 2천만 명이 몰려 있는 한국의 수도권에 1만 8천 명 들어가는 고척돔이 유일하다니…. 왜 허구연 KBO 총재가 돔구장을 그렇게 부르짖었는지 몸소 체험하게 된 하루였다.

얼른 빨리 청라 돔구장과 잠실 돔구장이 세워졌으면….

5부

KFC의 고향,
켄터키주에서 얻은
감동의 치킨

1

켄터키 KFC를 먹으러 한국에서 왔습니다

　　초등학교 4학년 때였나. 같은 반의 인싸이자 반장이 생일 파티를 열었다. 왜 그 나이의 반장들은 다 인싸였을까? 그 인싸력을 발휘하기 위해 나와 같은 반 친구들을 모두 동네의 신규 핫플인 켄터키 프라이드 치킨으로 초대했다.

　　거기가 어디냐고 물었더니 학교 앞에 길 건너가다보면 흰옷을 입고 안경을 쓰고 있는 뚱뚱한 할아버지 동상이 있을 거라고 했다. 정말로 흰 옷을 입고 있는 할아버지 모형이 인자한 웃음을 지으면서 지팡이를 들고 서 있었다. 난 그렇게 처음으로 켄터키 프라이드 치킨이라는 것을 알게 되었다.

　　[켄터키 프라이드 치킨]이라는 브랜드명 대신 [KFC]라는 브랜드로 변경했던 그 패스트푸드 치킨집은 내 입안에 혁명을 일으키게 되었고 치킨은 페리카나 치킨이 최고인 줄 알았던 나에게 새로운 깨달음을 알게 해줬다. 물론 페리카나 치킨도 진짜 맛있다. 취향 차이다….

　　그렇게 처음 KFC 치킨을 접했던 나는 켄터키라는 지역명도 처음 알게 되었다. 그리고 언젠가 꼭 켄터키주에 가서 본가(本家) KFC 치킨을 먹겠다는 버킷리스트를 35년 전부터 품고 있었던 것 같다. 일종의 나만의 성지순례 같은 것이었다. 하지만 켄터키라는 곳은 앞서 지나쳤던 밀워키처럼 여행 루트에 끼워 넣기엔 참 애매한 존재였다.

관광 명소라고 부르는 것도 어딘가 민망하고, "여기 꼭 가!"라고 추천해 주는 사람도 딱히 없다. 하지만 나처럼 조금 비틀어진 인간은 다르다. KFC 창시자 샌더스 할아버지가 떠돌던 그 켄터키주를 가고자하는 목적을 세우고서 꼭 실행해야만 했다.

KFC 본사는 루이빌에 있다. 그렇다고 내가 본사를 견학할 일은 없기 때문에 굳이 루이빌을 찾아가진 않았다. 전형적인 켄터키의 시골마을을 보고 싶어서 그냥 KFC 매장이 있는 작은 마을을 찾았다. 그곳은 이름처럼 평화로울 것 같은 플로렌스라는 마을.

전형적인 시골 마을의 풍경이 그대로 내 눈에 담아졌다. 한국의 시골처럼 논밭이 펼쳐져 있는 곳은 아니다. 하지만 푸르른 잔디가 전반적으로 깔려 있었고 쌀쌀하고 구름 낀 날씨였지만, 그 구름 사이로 살짝살짝 비치는 햇살은 깔린 잔디를 더 푸르게 색칠해주고 있었다. 어디서 너구리나 사슴이 지나다녀도 전혀 이상할 것 같지 않은 전형적인 미국의 깡시골이었다. 시카고나 밀워키 같은 대도시에서 볼 수 없었던 새소리가 내 귀를 간지럽히고 있었고 간간이 들리는 자동차엔진 소리는 아름다운 음악에 비트를 넣어주는 타악기 같은 수준이었다.

내가 너무나 가고 싶었던, 유흥이나 화려한 네온사인이 보이지 않는 시골 마을. 영화 '포레스트 검프'에서 포레스트와 제니가 함께 유년 시절의 우정을 나누던 나무처럼 커다란 나무가 마을 곳곳에 배치되어 있었고 울창한 숲 앞에서는 [Beware of Snake]라고 경고판에 자연 친화적으로 쓰여 있다.

이 플로렌스에는 여러 개의 KFC가 있지만 현대적인 몰에 위치한

  딸아, 아빠 미국 가서 야구 좀 보고 올게

KFC가 아닌 그냥 마을 한복판에 KFC만 단독으로 있는 곳을 선택해서 들어갔다. 시간이 애매한 5시쯤이라 식사 시간도 아니었기에 손님은 한 명도 없었다. 내가 들어가자 고객들이 앉는 테이블에서 핸드폰을 보고 있던 종업원이 웃으면서 일어나서 카운터로 주문받기 위해 향했다. 한국이었으면 무서운 매니저가 알바생이 고객 테이블에 앉아서 핸드폰 보면서 놀고 있는 걸 보고만 있진 않았을 텐데 역시 여기 자유와 인권의 나라!

영화나 미국 드라마에서 볼 수 있는 전형적인 10대 후반의 덩치가 약간 있고 금발 머리에 안경을 낀 백인 여자 종업원이 나에게 인사를 건넨다.

"하우 아 유?"

중1 교과서에서 보았던 미국인들의 첫 인사가 정석 그대로 나에게 들렸다. 역시 교과서는 정확하다. 수능은 교과서만 공부하면 된다는 것을 수능 본 지 28년이 지나서 난 몸으로 체득했다.

"암 파인, 땡큐, 앤듀?"

한국의 체계적인 주입식 교육을 받아온 나는 교과서에서 나온 대로 정석 그대로 답을 해주었다. 근데 저게 먹히긴 먹히네…? 진짜 교과서는 위대하다.

뭔가 어색한 영어 발음으로 인사를 하는 내 답을 듣더니 인상 좋은 금발 백인 여자 종업원이 어디서 왔냐고 묻는다. 난 한국에선 극I성향이지만 미국에선 E성향으로 돌변하며 마구마구 안되는 영어로 내뱉기 시작했다.

"난 한국에서 왔어. 바로 여기 KFC 때문에 온 거야. 내 인생 버킷리스트 중 하나가 켄터키주에서 KFC 먹는 거였거든! 그리고 난 지금 너무 흥분돼! 난 나의 꿈 중에 하나를 이루고 있거든!"

묻지도 않은 질문에 대해 혼자 흥분하면서 얘기하니 그 종업원은 너무 흥미롭다는 표정을 지으며 "웰컴 투 켄터키!"를 외친다.

그 종업원은 주문을 받지도 않고 잠깐 기다리라고 말한 후 주방으로 들어갔다. 조금 기다리자 덩치가 나의 두 배는 될 것같이 풍만한, 살짝 나이가 있어 보이는 직원이 가벼운 미소를 지으며 나에게 다가오더니 질문한다.

"우리 종업원이 그러는데 너 진짜 KFC 먹으러 한국에서 온 거야?"

"응, 난 켄터키주에서 KFC를 꼭 먹고 싶어서 한국에서 여기로 왔어!"

"혹시 너 지금 여권 갖고 있어? 오해는 하지 마, 정말 여행을 온 건지 확인하고 싶어서 그래."

그는 나에게 아주 나이스하고 젠틀하게 얘기를 했다. 전혀 기분이 나쁠 리가 없는 친절한 말투였고 내가 영어에 익숙하지 않다는 것을 안다는 듯 아주 천천히 또박또박 쉬운 단어로만 이야기 했다.

당연히 여권은 이동 시 필수적인 신분증이어서 가방에서 바로 꺼내

 딸아, 아빠 미국 가서 야구 좀 보고 올게

서 보여줬다. 중간 페이지에 아름답게 4월 12일로 찍혀 있는 입국 도장이 있었고 여권을 본 매니저는 아주 밝은 웃음을 지으면서 말했다.

"우리는 너를 정말 너무 환영해. 내가 너에게 선물해도 될까? 오늘 여기서 네가 먹고 싶은 것 마음껏 먹어. KFC를 먹기 위해 한국에서 여기까지 온 우리의 친구에게 매니저인 내가 주는 선물이야."

내가 잘못 들었나 싶었다. 내가 한 얘기가 그렇게 진정성이 있어 보였나? 그 덩치 큰 매니저는 영화나 시트콤 같은 곳에서 나올 것 같은 말을 나에게 해줬다.

정말 말도 안 되는 환대였다. 내가 여기만을 위해서 미국에 온 것은 아니었지만 켄터키주에 온 이유는 진짜로 KFC였기에 내가 지금 이곳에서 받는 환대는 너무나 감동적이다 못해 눈물이 날 정도였다. 내가 수많은 상황에 대해 어떻게 영어로 답을 해야 할지 시뮬레이션을 많이 하긴 했지만 이런 상황은 생각도 하지 못했다. 뭐라고 답해야 할지 몰라 어버버하면서 그냥 고맙다고만 할 뿐이었다.

내 얼굴에 정말 감격이 너무 적나라하게 보였나 보다. 감격스럽고 갑작스러운 환대에 당황함에 눈물까지 고여 있었는지 매니저는 말했다.

"Please don't cry."

웃으면서 악수를 청하는 그 매니저에게 난 사진이라도 같이 찍자고 하지 못한 것이 너무나 후회스러웠다. 정말 감동적인 환대에 난 뭐라고 이 감동을 영어로 얘기해야 하나 생각하면서 내가 다시 어버버하며 던진 말은, "You make me cry!"였다…. 아 쪽팔려. 고작 생각해 낸 답이 '네가 날 울게 만들었어!'라니….

"여기에 와줘서 너무 고마워. 뭐든지 주문해. 난 원래 주문을 받지 않지만 너의 주문은 내가 받을게."

오히려 그가 나에게 와줘서 고맙다며 내 손을 꼭 잡은 채 악수를 하였고 종업원이 아닌 매니저가 직접 주문을 받았다. 매니저가 주문 받는 것이 중요한 고객에 대한 예의인지는 모르겠다. 하지만 일반적이지 않은 것처럼 그는 나에게 무엇을 주문할 것인지 메뉴 게시판을 가리키며 나의 주문을 미소와 함께 기다리고 있었다.

마음 같아서는 치킨 한 마리가 다 나오는 치킨 버킷과 햄버거 세트를 주문하고 싶었는데 만약 주문한 것을 다 먹지 못하고 남긴다면 그것도 예의가 아닐 것 같았다. 난 동방예의지국에서 온 사람이니까. 난 내가 감당할 수 있는 수준인 치킨 3조각이 나오는 세트 메뉴를 주문했다.

주문을 하면서 마지막으로 난 다시 한번 신용카드를 내밀면서 계산을 하고자 하는 의지를 보여줬다.

"너의 환대는 정말 너무 고마워. 그래도 난 이 메뉴를 직접 계산할 수 있는 능력이 있어."

"아니야. 물론 네가 당연히 그럴 수 있다는 걸 알아. 오해는 하지 마. 하지만 너 같은 중요한 손님에게 내가 대접할 수 있는 것도 나의 큰 영광이야."

그는 말끝마다 내 기분을 업 시켜준다. 그냥 단순하게 대답해도 될 것을 자기가 나에게 사는 것이 영광이라며 한사코 내가 내민 신용카드를 받지 않았다.

마지막으로 매니저는 웃으면서 나에게 얘기를 했다

"한국 돌아가면 절대 너의 친구들에게 얘기하지 마. 그들이 몰려오면 난 매니저에서 해고당할 거야."

걱정하지 말라고 얘기하고 싶다. 한국에서 KFC 먹겠다고 비행기 타고 여기 와서 먹을 또라이 같은 사람은 한국에 나밖에 없을 거니까.

이 작은 시골 마을에서 벌어진 그들의 작은 호의는 나에게 세상에서 가장 행복했던 KFC로 인생에서 영원히 기억될 것이다. 중요한 것

 딸아, 아빠 미국 가서 야구 좀 보고 올게

은 내가 대접받은 치킨의 가격이 아니다. 그들이 던진 작은 호의에 나는 세상을 다 가진 것처럼 감격스러웠고 행복했다. 어쩌면 그들은 그냥 지나쳐 가는, 다시는 여기에 오지 않을 고객에게 그냥 한 끼 식사를 무료로 제공한 것뿐이며 어쩌면 며칠 지나면 기억도 못 할 수도 있는 에피소드일 수도 있다. 하지만 그 안에서 그들은 내가 행복을 느낄 만한 자격이 있다는 것을 알게 해주었고 난 평생 이 플로렌스 마을의 작은 KFC를 잊지 못하겠지.

살면서 누군가에게 평생 잊지 못할 호의를 베푼다면 그 또한 가치 있고 영광스러운 일이 아닐까?

그래서 난 그날 저녁 주유소에서 기름을 넣다가 한 구석에서 손을 벌리고 구걸하고 있는 한 노숙자에게 내가 마시려고 샀던 뜨거운 커피와 1달러 지폐와 주머니에 있는 잔돈들을 줬다. 뭐, 그 노숙자가 그걸 받고 내가 KFC에서 느꼈던 것처럼 감동을 받고 감격에 겨워하진 않겠지만 내가 호의를 베풀었다고 기분 좋으면 됐잖아?

딸아, 아빠 미국 가서 야구 좀 보고 올게

2

와이프 눈치 보지 않고
프라푸치노 한 잔

"바닐라 프라푸치노 톨 사이즈 한 잔 주세요. 휘핑크림도 꼭 넣어주세요."

인디애나주 어딘가에 있는 스타벅스 매장. 스타벅스의 고국인 미국이라 그런지 한국의 이디야 수준으로 여기저기 시골구석에도 스타벅스는 꼭 있다. 처음으로 밟아본 인디애나주는 그냥 시골이다. 인디애나 폴리스 정도 가야 도시구나 하는 느낌을 갖겠지만 내가 잠시 머문 곳은 동네 이름도 알 수 없는 정말 인디애나 어딘가였다. 인디애나주가 중요한 것이 아니었다. 이 알 수 없는 시골 마을에서, 게다가 아주 흔해 빠진 스타벅스에서 자유의 상징을 마주한 것이 중요했다.

아직은 쌀쌀한 날씨지만 미국에 와서 처음으로 가본 스타벅스. 매번 마시던 아메리카노 대신 눈칫밥에서 자유의 상징으로 돌변한 프라푸치노를 주문했고 품에 안았다.

한국에선 말도 안 되는 주문이었다. 한국의 스타벅스에 프라푸치노가 없는 것은 아니지만 살 뺄 생각이 없냐는 와이프의 눈치가 있었다. 와이프가 옆에 없어도 뭔가 한국에선 프라푸치노를 주문하면 안 될 것 같은 압박은 지난 13년 간의 결혼 생활을 통해 나에게 가스라이팅

되어 있었다.

난 뚱뚱하다. 뭐, 뚱뚱까진 아니지만 40대 한국인 아저씨에게 흔히 볼 수 있는 배 나온 아저씨다. 건강검진 할 때마다 BMI 지수가 높고 복부 비만이 있으니 식단 조절 및 운동하라는 충고를 항상 받는 옆집이나 앞집에서 흔히 볼 수 있는 그런 아저씨 말이다.

절대로 와이프는 살 안 뺄 거냐고 말로 내뱉지는 않는다. 눈빛으로만 모든 대화를 완성시키는 내공을 가진 여자다. 그래서 대단하다. 그래서 난 와이프랑 연애하면서부터 항상 아메리카노를 반강제로 마시다 보니 언젠가부터 아메리카노에 중독이 되어버렸다. 프라푸치노를 즐겨 먹지도 않았는데 내 뱃살은 여전하다. 어떻게 해도 뱃살이 그대로라면 그동안 커피라도 먹고 싶은 거 맘껏 마실 걸….

내가 느끼는 이 자유로운 여행 속에선 커피 종류 선택의 자유 또한 포함되어 있었다. 와이프의 눈치를 보지 않고 내가 마시고 싶은 커피를 마시는 아주 극소의 행복 또한 이번 여행의 키포인트가 되었다.

이 차가운 얼음 보숭이가 나에게 주는 작은 일탈은 이번 여행의 축소판이었다. 와이프 눈치도 없고 철없이 나 하고 싶은 대로 다 할 수 있다는 것을 보여주는 작은 얼음 슬러시 커피 음료.

달디단 칼로리 폭탄 커피는 아직은 차가운 기온의 내 몸속을 더 얼어붙게 만들었다. 하지만 체중감량 굴레에서 해방되는 기분은 엄마 몰래 오락실에서 가서 스트리트 파이터 하는 기분과 비슷했다.

프라푸치노와 스트리트 파이터의 오묘한 조합. 누군가 몰래 행한 일탈 행위의 도파민 터지는 쾌감이 저 커피 한잔에 담겨있다. 프라푸치노 한잔은 이 여행의 상징이 되었고 여행 후에 5킬로 체중 증가의 주범이 되었다.

그 누구의 눈치도 보지 않고 다니는 여행의 매력을 초반부터 난 마음껏 만끽하고 있다. 스타벅스 프라푸치노의 휘핑 크림에 자유가 담겨 있고 칼로리 폭탄에 자유의 발악이 담겨 있다.

그리고 난 진정한 자유여행의 묘미를 마음껏 느끼고 있다.

재키 로빈슨은
그 당시에 신시내티에서
기분이 어땠을까?

2025. 04. 12 at Great American Ball Park

 VS 

CINCINNETI REDS　　　　**SEATTLE MARINERS**

　매년 4월 15일은 모든 메이저리그 선수가 등번호 42번을 달고 경기를 하는 날이다. 조금이라도 MLB에 관심이 있는 사람이라면 왜 이날 모든 메이저리그 선수들이 42번을 달고 뛰는지 알 것이다. 하지만 뭔가 좀 아는 체 해보고 싶어서 간략하게 4개의 문단으로 왜 다들 42번을 달고 뛰는지 요약해 주겠다.

1. 이날은 미국 최초의 흑인 야구 선수인 재키 로빈슨을 기념하는 날이다. 재키는 인종차별의 혹독함을 뚫고 메이저리그 최초의 신인왕(MLB는 1947년부터 신인왕을 뽑았다)을 차지한 선수이다.

2. 재키 로빈슨은 다저스에서 메이저리그에 데뷔할 때 백인의 전유물인 메이저리그에서 흑인이 야구를 한다고 살해 위협까지 받았다. 더군다나 야구도 잘했다. 그런데 같은 팀 백인 외야수 한 명이 우리가 모두 42번

딸아, 아빠 미국 가서 야구 좀 보고 올게

을 달면 관중들은 누가 재키 로빈슨인지 모르겠지? 라고 격려한 것이 일화가 되었다.

3. 2007년 4월 15일에 MLB 최고의 레전드 중 한 명인 켄 그리피 주니어가 재키 로빈슨을 기리기 위해 백넘버 42번을 달고 뛰면서 시작한 것이 이젠 모든 선수가(심지어 심판도!) 42번을 달고 경기를 한다.

4. 42번은 30개 구단 모두의 영구 결번으로 아무도 42번을 달지 못한다. 지정되기 전에 마지막으로 42번을 달고 뛴 선수는 뉴욕 양키스의 레전드 마무리 투수인 마리아노 리베라였다.

그렇게 시작한 재키 로빈슨 데이에 내가 굳이 밀워키에서 7시간을 운전하며 신시내티 레즈의 홈경기장으로 와야 했던 건 영화 '42'의 한 장면이 가장 큰 이유였다.

이 스틸 샷의 배경은 재키 로빈슨이 소속된 브루클린 다저스[7]가 신
시내티로 원정 경기를 갔을 때인데, 경기전 몸을 풀고 있는 재키 로빈
슨에게 신시내티 홈팬들이 어마어마하게 야유를 쏟아내기 시작했다.
그러자 갑자기 다저스의 유명 유격수이자 백인의 상징과 같았던 피
위 리즈가 재키 로빈슨에게 다가가서 어깨동무를 하며 관중들을 돌
아보면서 담소를 나눈다. 그 순간 신시내티 야구장이 조용히 적막으
로 싸이게 되었다는 장면. 백인이 흑인과 살을 맞대면서 어깨동무를
한다고? 그 장면은 당시에 인종차별이 엄청 심했던 신시내티에 충격
을 준 일이었다.[8]

암튼 그 당시의 경기장은 지금의 그레이트 아메리칸 볼파크는 아니
다. 그래도 그 역사적인 순간이 펼쳐졌던 날에 나는 저 스틸샷의 배경
인 신시내티로 향했고 역시나 오늘도 정말 많은 재키 로빈슨 행사가
펼쳐졌다.

신시내티 레즈의 홈구장인 그레이트 아메리칸 볼파크는 오하이오주
와 켄터키주 경계인 오하이오 강을 중심으로 오하이오주 최남단에 위
치해 있다. 그래서 강만 건너면 켄터키주가 오하이오주와 마주 보고
있다. 미국은 State 단위가 거의 국가와 비슷한 개념이어서 주를 경계
하는 것에 큰 의미가 있다.

강 건너 야구장을 바라보면서 다리를 건너고 있는데 나처럼 강을
가로질러 야구장에 가는 사람들이 몇몇 보였다. 다들 두꺼운 패딩을
입고 다닐 만큼 날씨가 엄청 추웠다. 강에서 불어오는 바람은 꽤나 쌀

---

7 LA 다저스 아니다! 다저스가 LA로 연고를 이전하기 전 이야기다.
8 이게 실제인지는 뭐 말이 많긴 하더라, 당시에 기자들이 사진이 없어서 확인이 되지 않고 구
   전으로 내려왔다고 하는데 그게 기정사실화 된 스토리라고 한다.

딸아, 아빠 미국 가서 야구 좀 보고 올게

쌀했고 난 다시는 4월엔 미국에 야구 보러 중부로 가지 않을 것을 다짐하면서 옷깃을 여미며 야구장으로 향했다.

신시내티 레즈에는 엘리 데 라 크루즈라는 이 지역에서 제일 인기 많은 슈퍼스타가 있다. 팀 자체가 화제성이 있는 팀은 아니어서 한국에선 모르는 사람들이 많겠지만 미국 내에선 전국적으로 인지도와 인기가 많은 선수였다. 한국으로 치면 기아 타이거즈의 김도영 정도의 존재감이라고 하면 적당할까?

난 그 엘리 데 라 크루즈를 직접 눈앞에서 본다는 기쁨에 [Elly! I flew 7,000 miles from Korea to see you!] 라고 스케치북에 적어서 갔다. 그리고 엘리 데 라 크루즈가 타석에 설 때마다 저걸 들고 서있었다.

나중에 옆에 앉아 사진을 찍어 줬던 아저씨가 화장실 갔다 오면서 나에게 오더니 재밌다는 듯이 얘기를 해준다.

"너 지금 TV 카메라에 나왔어! 내가 화장실 다녀오다가 봤어!"

경기장 안에는 곳곳에 TV가 있어서 야구 중계를 실시간으로 틀어

놓는데 야구 중계 카메라에 내가 나왔다는 얘기다. 한국의 SPOTV NOW 채널에서 생중계라도 해준다면 나중에 돌려보기로 확인해 볼 수 있었을 텐데 이 경기는 한국에선 전혀 관심이 없는 경기라 한국에서는 중계를 해주진 않았다. 그래서 사실인지는 확인을 할 수가 없었지만 뭐 그게 중요하진 않으니까.

야구장 규모는 정말 컸는데 야구장 주변 곳곳에 아이들을 위한 공간이 꽤나 많았다. 이건 이곳뿐 아니라 다른 구장들도 다 마찬가지였는데 미래의 팬들을 확보하기 위한 전략이 잘 깔려 있다. 이젠 한국도 구장마다 저런 공간들을 잘 갖추고 있다. 심지어 한화 이글스의 대전 신구장은 야구장에 인피니티 풀도 있다! 물론 어린이들만을 위한 공간은 아니지만 말이다.

그레이트 아메리칸 볼파크도 역시 미국의 국력만큼이나 거대했다.

　　　　딸아, 아빠 미국 가서 야구 좀 보고 올게

전체적으로 대부분의 구장이 4만 명 이상의 관중들을 소화할 수 있는 규모다 보니까 한국 야구장에 익숙한 나로선 MLB 야구장은 정말 다 거대하다고 느껴진다. 레즈라는 팀 색깔에 맞춰서 의자는 모두 빨간색. 그런데 팬들이 꼭 붉은색 계열의 저지를 다 입진 않더라. 이 사람들이 2002년 월드컵 때 온 경기장을 붉게 만든 한국 관중들을 보면 얼마나 신기해할까. 이 팀도 플레이오프에 진출하면 관중들한테 팀의 상징색인 빨간색 수건이나 셔츠 등 굿즈를 무료로 배포하면서 구장을 온통 빨간색으로 도배를 한다고 한다.

　재키 로빈슨 데이를 기념해서 인종차별의 위협을 극복한 재키 로빈슨을 기리고, 흑인들을 위한 영상을 많이 송출한다. 미국 국가 제창도 흑인 4인조 싱어들이 불렀다. 싱어 소개를 잘 못 들었는데 순간 보이즈 투 맨인가? 그냥 흑인 소울 풍만한 R&B 4인조 그룹은 아는 그룹

딸아, 아빠 미국 가서 야구 좀 보고 올게

이 보이즈 투 맨 밖에 없다. 아, 아니네… 그들은 이제 3명으로 활동하고 있지….

국가 제창부터 시구까지 지역의 유명 흑인 인사를 불러서 화려하게 이날을 기념한다. 역사가 150년 가까이 된 메이저리그였기에 가능한 행사가 아닐까? 흑인을 위한 날이지만 관중은 대부분 백인 관중들이었고 오늘을 기념하는 초대 손님만 흑인들인 것도 참 아이러니하다.

경기 리뷰로 넘어가자면 이제 고작 3경기(화이트 삭스 & 브루어스 & 레즈)를 봤지만 오늘 경기는 관중들 분위기 때문에 그런지 제일 재밌었다. 쌀쌀한 날씨로 인해 관중들이 많진 않았지만 관중들의 열광은 다른 메이저리그 구장에서 보던 것과 다른 분위기였다.

보통 필라델피아 필리스 팬들이 엄청 열광적이라고 하는데 신시내티 레즈 팬들도 만만치 않은 것 같다. 안타 하나에 끝내기 안타 친 것처럼 흥분하고 열광하는 게 마치 한국 야구장의 분위기와도 비슷한 느낌이다. 물론 한국처럼 9회 내내 노래 부르고 춤추는 응원단은 없지만 그래도 다른 지역의 야구팬들에 비해서 이날의 야구팬들은 꽤나 열정적이었다.

포스트시즌 경기처럼 선발투수가 초구에 스트라이크를 던지자 삼진 잡은 것처럼 열광하고 단순한 안타지만 마치 홈런을 치는 것처럼 열광한다.

난 1층 덕아웃 위쪽으로 자리를 앉았는데 오늘 경기의 티켓값은 세금과 서비스 fee 포함 28불에 구매했다. 역시 너무나 저렴한 가격이다. 메이저리그 티켓값은 항상 비싸다고 생각하는 사람들이 많은데 정규시즌 경기는 이처럼 저렴하게 좋은 자리에서 볼 수 있는 기회가 많다.

빈자리가 많아 다른 구장과 마찬가지로 경기 중반에 자리를 더 앞쪽에 잘 보이는 곳으로 가려고 해도 아무도 잡지 않는다. 오히려 내가

GREAT AMERICAN
INSURANCE GROUP
PNC
Coca-Cola
FANDUEL
metro
BEACON
Budweiser
ThreeBond
TOYOTA TUNDRA
Reds
1919
1961
1970

조용히 안내원에게 가서 물어봤다.

"지금 당신이 보다시피 저 자리들 비어 있는 자리가 많아. 계속 아무도 오지 않을 것 같은데 그냥 저 자리에 가서 앉아서 봐도 돼?"

덩치 큰 인상 좋은 안내원 아저씨는 인자한 미소를 지으면서 날 뻔히 쳐다보더니 웃으며 답을 한다.

"나의 오피셜한 대답을 원해?"

"오피셜한 의견과 너의 개인적인 의견도 같이 부탁해."

그 안내원의 미소에 나도 질세라 살인 미소를 날리면서 답을 했다.

"오피셜 한 대답은 "Definitely Not"이야. 그리고 내 개인적인 의견은 네가 저 앞에 가든 5층 꼭대기로 가든 난 전혀 관심이 없고 여기 안내원 모두 관심이 없어. 네가 원하는 대답이지?"

씩 웃으면서 나한테 따봉을 날리고 그는 다른 곳으로 갔다. 나도 화답의 의미로 웃으면서 쌍따봉을 날려줬다. 앞으로 계속 너무 비싼 자리 끊지 말고 적당한 자리 끊어서 가야지 하고 다짐을 다시 한 번 하는 순간이었다. 이미 그러고 있었지만….

재키 로빈슨 데이의 경기는 시즌 초에 0점대 방어율로 에이스 모드를 보여주던 신시내티의 선발 로돌로가 시애틀 매리너스의 라이언 무어에게 솔로포를 맞으며 시작했다. 그리고 그는 에이스 모드는 사라진 채 5회를 채우지 못하고 4실점으로 내려갔다.

양 팀의 슈퍼스타인 시애틀의 J 로드리게스와 신시내티 엘리 데 라 크루즈 모두 2할 초반의 타율로 허덕이고 있다. 시즌 초라 결국 시즌을 마치면 제자리를 찾을 것이라 걱정하는 팬들은 없을 것이다. 야구와 내 백돌이 골프 실력만큼 평균에 수렴하게 되는 스포츠는 없으니까….

그 두 선수가 각자의 팀에서 허덕이는 사이 다른 선수들의 활약이 돋보이는 경기가 펼쳐진다. LA 다저스에서 김혜성 때문에 쫓겨났다고 한국에서만 주장하는 신시내티의 가빈 럭스가 적시타를 날린다. 점수 차를 좁혀가자 관중들은 흥분하기 시작한다. 야구는 그런 흥분이 겹쳐서 터지게 되는 희열을 그대로 표현하는 스포츠다. 그 희열은 볼티모어에서 신시내티로 이적한 오스틴 헤이즈가 역전 3점 홈런을 날리자 경기장은 순식간에 폭발해 버렸다.

역전 홈런이라는 도파민이 터지게 되는 순간이 야구가 주는 매력이자 낭만이다. 그 순간 만은 동서남북의 모든 주변 사람들은 친구가 되고 껴안고 하이파이브를 날린다. 나도 주변 관중들과 하이파이브를 계속하느라 손바닥이 얼얼하다. 심지어 관중들은 흥분을 버리지 못한 채 화장실에서도 서로서로 하이파이브를 하면서 볼 일을 보는 신기한 광경도 연출해 줬다.

그리고 8회 말, 열광이 절정으로 다다랐던 순간 신시내티 레즈의 슈퍼스타 엘리 데 라 크루즈가 덕아웃에서 나와 배트를 휘두르며 대기 타석에서 준비를 하고 있었다.

그 순간 내 옆에 있던 나보다는 한 띠 동갑은 어려 보일 것 같은 남자애가 나를 손으로 가리키면서 엘리에게 크게 소리를 지른다.

"Elly! 여기 너를 보러 한국에서 날라온 사람이 있어. 이 친구에게 홈런 하나 선물해 줘!"

그 소리를 들은 엘리는 웃으면서 우리 쪽으로 손짓을 해줬는데 나도 너무 흥분한 상태여서 그런지 너무나 아쉽게도 그 장면을 사진으로 못 담았다. 그래도 역시 앞자리가 좋긴 좋다. 이래서 다들 비싼 돈을 지불하고 이런 자리로 오는구나. 그리고 그는 허무하게 1루 땅볼로 물러난다. 분명히 제스처는 '나만 믿어! 내가 홈런 하나 날려줄게!'라는 느낌이 들었는데….

경기는 아름답게 신시내티 레즈가 시애틀 매리너스에서 승리하였

다. 9회 투아웃이 되었을 때 관중들이 기립하여 경기의 마무리에 환호하는 순간은 항상 전율이 느껴진다.

경기장이 그다지 특색 있진 않았지만 관중들은 특이했던 신시내티의 그레이트 아메리칸 볼파크, 한국 야구처럼 경기 끝나고 나가면서 관중들은 "Let's go Reds"를 외치고 "오하이오"라는 자기네 State를 주제로 한 컨트리송을 부르면서 퇴장을 하는데 그 장면도 신기하고 너무 재밌었다. 무슨 노래인지도 모르지만 지나가는 사람마다 하이파이브를 하면서 입을 웅얼웅얼 거렸다.

그리고 시카고 화이트 삭스 경기나 어제 밀워키 브루어스 경기에서도 느꼈지만 MLB는 나이가 지긋지긋한 어르신들이 정말 많았다. 할머니 할아버지들이 정말 많은데 한국과 달리 티켓팅이 전쟁 같지 않아서 쉽게 표를 얻을 수 있나 보다. 내 뒤에 앉아 계신 할아버지도 자

    딸아, 아빠 미국 가서 야구 좀 보고 올게

기 손주를 데리고 왔다고 하던데 우리나라도 어르신들을 위한 티켓이 더 많이 배분되면 어떨까 생각이 든다. 우리 엄마 아빠도 야구 엄청 좋아하시는데 당연히 이젠 표를 못 구하신다. (그리고 일단 나도 내 표를 구하기가 어렵다)

메이저리그의 전 구장에서는 7회 초가 끝나고 나면 모든 관중들이 일어나서 어깨동무를 하고 "Take me out to the ball game"을 부른다. 나도 옆에 누군지 모르는 사람이지만 이 순간만은 자연스럽게 어깨동무를 하고 함께 노래를 부른다. 난 가사는 다 모르지만 중간에 원! 투! 쓰리 하는 부분은 같이 신나게 따라 부를 수 있다. 이런 재밌고 신나는 전통은 남녀노소 할 것 없이 모두가 즐길 수 있는데 이런 역사와 전통이 세대를 관통하면서 유지된다는 것은 정말 멋지다.

모두가 42번을 달고 뛴 재키 로빈슨 데이의 경기는 결국 신시내티 레즈가 시애틀 매리너스를 8대 4로 누르고 홈 팬들에게 승리를 선사해 주었다. 헤이즈의 홈런이 터질 때의 그 열광은 정말 잊지 못할 것 같다. 끝내기 홈런도 아니고 중요한 포스트시즌의 홈런이 아닐지라도 관중들은 그에 못지않은 함성과 열광을 보여주었고 그 안에서 나 역시 맘껏 소리 지르고 손이 붓도록 하이파이브를 나누던 경기였다.

재키 로빈슨이라는 역사를 기념하는 날. 약간 억지스럽긴 하지만 그래도 재키 로빈슨의 일대기에 중요한 변곡점이 되었던 이 역사적인 도시에서 야구를 즐길 수 있어서 행복했다. 어린 시절부터 메이저리그 관람을 꿈꾸면서 내가 보고 싶었던 장면, 속하고 싶었던 동질감. 그리고 환호와 도파민. 모든 것을 오늘 하루에 경험할 수 있었기에 나의 메이저리그 로드 트립은 내 인생 최고의 트립이 되어 가고 있다.

6부

브래드 피트,

엘비스와 함께한

미주리 스프링필드

1

이 도시에서 제일
유명한 게 뭐냐고?
브래드 피트야

미국엔 스프링필드라는 이름을 달고 있는 도시가 정말 많다. 캘리포니아 주에도 있고 일리노이 주에도 있고 뉴욕 주에도 있다. 아마 한 30개쯤은 되지 않을까?

미주리 주에 있는 스프링필드는 같은 이름의 도시 중에서 제일 크다. 하지만 그래도 스프링필드 중에서 제일 클 뿐이지 다른 대도시에 비하면 참 아담한 도시 느낌이다. 중소도시이긴 하지만 미주리 주에서 손꼽히는 명문대 중 하나라는 미주리 주립대가 도시 한가운데 박혀 있어서 도시에는 젊은 미국인들이 꽤나 많았다.

처음부터 스프링필드를 목적지로 간 것은 아니었다. 텍사스까지 가는 길에 중간에 하루밤을 묵을 곳을 찾아야 했기에 한참 차를 몰다가 근처에서 제일 큰 도시였던 스프링필드를 거치게 된 것이었다.

원래 이렇게 거쳐가게 되는 곳이 생각지도 못한 재미를 준다. 도시 풍경도 깔끔한 전형적인 대학도시여서 젊은 미국인들도 많았고 도시 규모와 달리 꽤나 활기찬 분위기였다. 대학가 주변에는 젊은 대학생들이 삼삼오오 모여서 거리를 다니고 있었고 나름 광장 같은 곳에선 버스킹을 하고 있는 뮤지션도 있었다. LA나 뉴욕의 대도시의 활기참과는 다른 느낌이었다. 현지인들이 만들어 내는 젊은 분위기는 대도시의 관광객들이 만들어내는 분위기와는 느낌이 확실히 다르다. 시끄럽고 분주한 맛은 없지만 대신 작은 소도시에서만 볼 수 있는 현지의 감성이 보인다. 그냥 도시 자체가 밝은 느낌이었다.

이 전형적인 느긋한 중소도시 감성이 느껴지는 곳에서 굳이 검색을 해서 어디 가고자 하는 유명한 곳을 찾고 싶진 않았다. 그냥 돌아다니다가 괜찮다 싶은 곳으로 가봐야지 했지만 그런 곳 또한 보이진 않았다. 그래, 그런 건 현지인에게 물어봐야지. 난 분위기 좋은 노천카페에서 커피나 한잔할까 하고 작은 카페로 들어갔다.

50대 정도로 보이는 인자한 표정의 아저씨가 카운터의 큰 의자에 거의 자다시피 하다가 손님이 문을 여는 소리에 금세 일어나 나에게 웰컴이라며 인사를 건넨다. 도시의 규모처럼 카페도 느긋한 감성이 느껴지는 곳이었다.

카페 사장님 표정도 느긋한 얼굴의 감성이 서려있다. 손님이 있든 말든 전혀 개의치 않는 평온한 표정을 지니고 있는 그 사장님은 내가 주문한 드립 커피를 조용히 내리면서 나를 보더니 질문을 던진다

"여행 왔어? 여기는 여행지로 올만 한 곳은 아닌데…."

"응. 맞아. 난 미국 중소도시를 중심으로 로드트립을 하고 있어. 그래서 물어보는데 혹시 이 동네에 어디 갈 만한 곳은 없어? 이 도시에서 제일 유명한 것은 뭐야?"

그래도 현지인이면 어딘가 갈 만한 좋은 곳을 추천해 주지 않을까? 적어도 타지인이 온다면 어딜 가봐라! 하는 곳 정도는 있지 않을까 싶었는데 의외로 그 주인은 씩 웃으면서 나에게 얘기한다.

"이 도시에서 제일 유명한 거? 음…딱 하나 있지."

"오, 그래? 그게 뭔데?"

딸아, 아빠 미국 가서 야구 좀 보고 올게

"브래드 피트."

그 카페 주인은 멋쩍은 웃음과 함께 농담처럼 내게 답을 해주었다.

"브래드 피트? 영화배우 브래드 피트를 말하는 거야?"

"맞아. 브래드 피트의 고향이 여기야. 그래서 이 동네에선 브래드 피트가 제일 유명해."

예전에 브래드 피트 관련 글을 보다가 미주리 출신이고 미주리 주립대를 나왔다는 얘기를 들었던 기억이 난다. 아니, 그래도 동네에서 제일 유명한 게 브래드 피트라니… 그럼 한국에서 제일 유명한 건 BTS라고 해야겠다!

"혹시 그가 살았던 동네는 여기서 가까워?"

"그가 살았던 동네는 당연히 난 몰라. 그리고 그는 위대한 인물이라고 하기보다는 그냥 유명한 할리우드 스타이기 때문에 그런 곳 까진 찾아갈 필요 없어."

카페 주인은 나에게 엄청 큰 아메리카노를 건네 주면서 인자한 얼굴로 미소를 짓는다.

차라리 이 동네에서 가장 유명한 것이나 가볼 만한 곳으로 누군가가 이 카페를 얘기해도 될 것 같다. 커피 맛을 잘 구분하지 못하는 내가 드립 커피의 풍미를 느끼고 감탄할 정도면 이 카페는 정말 커피를 잘 내리는 곳이라는 얘기다.

갑자기 그런 생각이 들었다. 특별할 것 없는 나도, 아니면 내가 살아온 인생도 하나하나 잘 찾아보고 탐구하고 연구해 본다면 스프링필드의 브래드 피트처럼 억지스럽지만 무언가 내게도 브래드 피트같이 생각지도 못한 특별한 게 있지 않을까?

브래드 피트는 세계적인 할리우드 스타지만 누군가에겐 태어난 곳을 알 필요 없는 일개 배우일 뿐이다. 어쩌면 나도 누군가에겐 그냥 평범한 40대 아저씨지만 어떤 이들에겐 여행을 다니면서 꿈을 이루고 있는 멋진 아저씨가 아닐까?

나의 가치는 내가 만든다. 브래드 피트 급의 가치가 있을지는 모르겠지만 적어도 우리 딸은 브래드 피트보단 나를 더 좋아할 거다. 아, 일단 브래드 피트가 누군지 모를 수도 있구나….

뭐 그거면 됐잖아?

딸아, 아빠 미국 가서 야구 좀 보고 올게

2

엘비스 프레슬리
유령과의 하룻밤

점점 해가 지기 시작하면서 이 느긋한 감성도시는 셀프로 감성을 느끼라고 엄청 조용해졌다. 정말 농담 안 하고 방귀 뀌면 길 건너서도 들릴 것 같이 도시가 고요해졌다. 차도 많이 다니지 않는다. 집집마다 불빛이 켜져 있지 않으면 마치 유령도시처럼 보일 만큼 고요하고 한적했다. 간혹 들리는 집안에서의 웃음소리가 평화로운 수요일 밤의 가정집을 상상하게 한다.

이제 잘 곳을 찾아야 했다. 혼자 다니는 여행의 장점은 여기서 나온다. 의견을 맞춰야 할 사람도 없고 누군가의 동의를 구해야 할 필요도 없다. 그냥 괜찮아 보이는 호텔이 있으면 가격만 확인하고 자면 된다. 그렇게 슬슬 돌아다니다가 내가 차를 멈추게 된 하나의 표지판을 발견했다.

진짜로 엘비스 프레슬리가 여기서 머물렀다고? 그걸 어떻게 증명하지? 진짜일까? 대충 상술이지 않을까 생각했다. 모텔 앞에 잠시 차를 세우고 호텔 사이트에서 이 호텔을 검색해 보았다. 가격도 매우 저렴했고 평점도 10점 만점에 9.1점으로 꽤나 높았기에 아무런 고민 없이 카운터로 들어가서 종업원을 만났다.

원래 이름은 Rail Haven Motel이고 아마도 최근에 대기업 호텔 계열들이 사들여서 자사의 브랜드를 내세우는 전형적인 시골 모텔이 된 것 같았다. 미국의 로드 무비나 고전 영화에서 나오는 듯한 그런 모텔이 주는 전통성이 있다. 같은 모텔이라는 이름을 쓰지만 한국의 모텔과 미국의 모텔이 주는 의미도 너무 다르다. 한국과 달리 미국에선 자동차 여행객들을 위한 숙소 정도로 인지하면 되는데 한국은 뭐….

당연히 방이 있겠지만 그래도 혹시 모르니 카운터를 지키고 있는 안경 낀 아주머니 직원에게 방이 있냐고 물었다. 그 동그란 안경을 쓴 아주머니 직원은 "Absolutely"라며 여권을 달라고 한다.

일단 카운터에는 숙박비가 적혀 있지 않아서 가격이 얼마냐고 물어봐야 하는데 내가 또 일류 정유회사 영업본부 출신 아니냐…. 그래서 가격 흥정의 신공을 발휘해 보고 싶었다. 물론 난 정유회사에서 영업

딸아, 아빠 미국 가서 야구 좀 보고 올게

을 해본 적은 없다. 무늬만 영업본부 소속이었을 뿐.

"지금 보니까 부킹닷컴에서 오늘 하루 숙박에 75불이라고 나왔어. 내가 부킹닷컴으로 예약을 오늘 날짜로 지금 여기서 할까? 아니면 같은 가격으로 여기서 바로 결제가 가능해?"

"네가 지금 여기서 결제하면 70불에 해줄게. 네가 부킹닷컴으로 예약을 하면 우린 부킹닷컴에 15%의 수수료를 내야 하거든. 너도 이득이고 나도 이득이잖아?"

아주 기쁜 마음으로 내민 나의 신용카드를 그녀도 아주 기쁜 마음으로 받았다. 역시 영업이란 서로가 윈윈이 될 수 있을 때 그 접점에서 서로의 만족도를 최상으로 이끌어준다. 고작 5불 깎았을 뿐인데 무슨 500불은 더 저렴하게 숙박하는 기분이 들었다.

"그런데 정말 엘비스 프레슬리가 여기서 머물렀어? 그걸 어떻게 증명해? 다른 모텔들도 엘비스가 머물렀다고 주장할 수 있지 않아?"

난 진짜 궁금했다. 그걸 누가 어떻게 증빙해? 사진이 있는 것도 아닌데? 그냥 상술일 수도 있잖아? 하고 난 생각을 했었고 웃으면서 물어보았다 체크인 카운터 직원은 미소를 머금으면서 말한다.

"내 보스에게 물어봐~. 그걸 내가 어떻게 알겠어."

그녀는 웃음과 함께 키를 내준다.

"그럼 엘비스는 어느 방에서 잤어? 혹시 내가 그 방에서 잘 수 있어?"

"일단 그 방은 스위트룸이야. 하지만 방 사이즈는 네 방하고 동일해. 그냥 엘비스가 머물렀던 방이라서 엘비스 사진이 액자로 걸려 있는 것만 달라. 보여주고 싶은데 이미 누가 체크인을 해서 보여 줄 수가 없네."

"그럼 그 방은 사이즈가 같은데 가격이 달라?"

"응. 맞아. 다른 것 하나 없지만 그 방은 하루밤에 300불이 넘어."

말도 안 돼. 그냥 유명인이 잤다는 이유로 방이 300불이 넘는다니.

더군다나 그게 사실인지 아닌지 아무도 증빙할 수가 없는데 말이다. 전형적인 미국의 상술인데 이 또한 귀엽긴 했다. 그 카운터의 주인은 마지막으로 나에게 얘기를 한다.

"그냥 네 방에서 엘비스가 잤다고 생각해도 그 누구도 뭐라 하지 않을 거야. 굿나잇."

적어도 내가 자는 방에 엘비스 사진이라도 있었으면 그렇게 뻥을 쳐도 다들 믿었을 텐데….

이 모텔은 전형적인 미국 시골의 모텔이다. 그리고 내가 정말 너무나 꿈꾸던 그런 형태의 모텔이었다. 방문 바로 앞에 주차를 할 수 있고 문을 나오면 테이블에 앉아서 맥주를 마시거나 커피를 들이 킬 수 있는 그런 전형적인 미국 모텔.

스프링필드의 자랑 브래드 피트가 조연으로 잠깐 나오는 '델마와 루이스'나 미국 드라마의 범죄현장으로 자주 나오는 전형적인 미국 모텔이었다.

1950년에 시작한 이 모텔은 일부러 필수적인 것을 제외하고 리모델링도 하지 않았다. TV만 최신이고 냉장고나 전자레인지는 90년대 제품이며 나머진 1950년대 그대로라고 한다. 물론 중간중간 침대나 테이블은 교체하지 않았을까? 실제로 보니 전등을 켜는 스위치도 그렇고 완전 올드스쿨 느낌이었는데, 이 또한 얼마나 미국스러운가 싶어 난 아주 만족했다.

밤늦은 시간이 되니 슬슬 배가 고파 즉석밥을 전자레인지에 조리하고 커피포트로 뜨거운 물을 만들어서 컵라면과 함께 먹었다. 아무래도 나한테는 이게 어지간한 스테이크보다 훨씬 맛있다. 적어도 나에겐 그 어떤 것보다 맛있는 저녁이 되었고 낭만이 넘치는 아름다운 하루가 마무리되어 가고 있었다.

미국의 올드스쿨 전통이 살아있는 모텔에서 한국식 컵라면과 햇반이라. 나름 괜찮지 않은 조합이냐며 혼자 자뻑을 하면서 셀카를 박고 서서히 잠을 청했다.

항상 예상치 못한 곳에서 신선한 재미를 찾게 된다. 40년 이상 살아오니 그런 소소한 즐거움이 주는 쾌락도 여행의 묘미가 된다.

내가 주변 누군가에게 예상치 못한 재미를 준다면 나도 그 누군가의 신선한 재미가 되겠지? 내가 그렇게 재밌는 인간은 아니지만 가끔은 누군가를 웃겨줄 수 있는 사람이 될 수는 있다고 생각했다.

일단 우리 딸은 내가 세상에서 제일 재밌다고 하고, 그럴 때마다 우리 와이프는 한숨을 짓는다. 연애할 땐 그렇게 내가 던진 한마디 한마디에 빵빵 터지더니…

  그리고 미국스러운 이 모텔에서 난 밤새도록 가위가 눌렸다. 엘비스
의 귀신이 나에게 온 건가…. 그런데 엘비스의 장례식에서 확인한 시
체는 가짜라는 소문이 돌던데 그냥 내 방에서 엘비스랑 같이 잤다고
해도 될 것 같은 가위 눌린 밤이었다.

      딸아, 아빠 미국 가서 야구 좀 보고 올게

세인트루이스 시민들의 종교이자 자부심 카디널스

At Busch Stadium

HOUSTON ASTROS

VS

ST. LOUIS CARDINALS

미국 로드트립 5일째, 낮 12시 15분에 펼쳐지는 세인트루이스 카디널스와 휴스턴 애스트로스의 경기를 보기 위해 새벽같이 길을 떠났다.

도대체 왜 관중 동원하기도 힘든 평일 낮에 경기를 하는지 이해를 할 수가 없었다. 밤에도 구장을 밝게 비춰주는 야간 라이트는 폼이냐 하고 되묻고 싶다. 경기 중간에 옆에 계신 할아버지가 그 의아함에 명쾌한 답을 알려주었다. 미국은 워낙 땅덩이가 크다 보니 두 팀 중 한 팀이 다음 날 먼 곳으로 이동할 경우 이동시간을 고려하여 낮 경기를 한다고 한다. 관중의 편의성 따윈 고려하지 않았지만 최고의 경기력을 보여주려는 리그의 정책이라고…. 난 그 최고의 경기력을 보기 위해 온 것이었으니 맞는 말 같긴 하다.

난 야구장에서 약 10여 분 정도 거리에 위치한 빌딩에 주차를 했다. 건물 밖으로 나오면 거대한 세인트루이스의 명물 아치가 하늘을 장악

하고 있는 다운타운의 한 가운데다. 주차장 빌딩도 야구장도 다운타운에 있는 만큼 직장인들이 거리를 메우고 있을 줄 알았지만 화이트 칼라 직장인들은 다들 사무실에서 노트북과 씨름을 하고 있나 보다. 주변에 보이는 인파는 나처럼 야구장을 찾아가는 야구팬 뿐이었다.

부시 스타디움에 다가서면 야구장 앞 건물에 월드시리즈 우승 연도를 벽면에 붙여 놓은 것을 볼 수 있다.

와…. 세인트루이스 카디널스가 정말 우승을 많이 하긴 했구나. 류현진과 커쇼, 그레인키가 함께 LA 다저스에서 뛰던 시절에 다저스가 항상 세인트루이스 카디널스에 발목을 잡혀 월드시리즈 문턱에서 넘어졌던 경기들이 아직도 기억이 난다. 소도시를 연고로 하는 스몰마켓 팀이지만 카디널스는 현재까지 내셔널리그 최다 월드시리즈 우승 팀으로 남아있다. 돈 잔치가 되어가기 시작한 2010년대 중반부터 월드시리즈 우승과 거리가 멀어져서 그렇지.

그래도 도시에선 월드시리즈 우승이 최고의 축제의 결정판이기 때문에 그걸 기념하려 건물 외벽에 우승 연도를 자랑스럽게 펼쳐 보인다. 44년 역사의 KBO에서 12번 우승한 기아 타이거즈보다 우승 횟

수가 적긴 하구먼⋯. 리그의 차이가 물론 있긴 하지만⋯.

그리고 월드시리즈 트로피 동상과 세인트루이스 로고상을 야구장 입장하는 메인 스테이지에 세워놓고 포토존을 꾸며 놓는다. 그냥 이 구역을 모두 카디널스를 중심으로 꾸며 놓는다.

MLB 어느 구장에서나 다 비슷한 형식이긴 한데 특히나 세인트루이스 같은 중소 도시에겐 메이저리그 팀이 있다는 자부심은 심히 말할 것도 없다. 더군다나 세인트루이스는 NBA 팀도 없다. 미국 최고의 스포츠인 NFL 팀이 있긴 했으나 다른 도시로 연고를 이전함에 따라 카디널스는 이 도시 시민들과 인근 위성도시 시민들에겐 거의 종교급으로 칭송을 받는다. 4대 스포츠 중 하나인 아이스하키(NHL) 팀이 있으나 그건 겨울 시즌이니까 뭔가 다른 취급을 받는 느낌이다.

관중 동원도 도시 규모에 비해서 항상 상위권이다. 스몰마켓 팀이지만 몰리나나 푸홀스 같은 레전드 급 선수들을 잘 키워냈던 강팀의 이미지를 보유하고 있다.

바닥엔 구단 명예의 전당에 오른 선수들의 이름이 새겨진 판이 붙어있다. 역사가 긴 팀이니 거쳐간 레전드도 많을 텐데 후딱 지나다 보니 아는 이름은 맷 홀리데이밖에 없었다. 수십 명의 구단 레전드들의 이름이 바닥에 새겨져 있어 이들을 밟고 지나가는 것이 실례가 아닐까 싶다. 카디널스 구단이 종교적이라면 이들은 거의 성직자나 다름없지 않을까?

부시 스타디움 역시 아이들이 치고 달릴 수 있는 공간을 충분히 마련해놨다. 그래서 아이들이 자연스럽게 야구를 문화로 접하고 즐기는 그런 시스템이 한편 부럽기도 하다. 바로 전에 갔었던 신시내티 레즈의 그레이트 아메리칸 볼파크는 야구장에 입장을 해야 저런 키즈 공간이 있었다. 그런데 부시 스타디움은 야구장에 입장하지 않아도 대형 전광판으로 야구 중계를 보면서 애들은 작은 잔디 야구장에서 신나게 뛰어 놀수 있다. 포스트시즌에 올라가면 전광판이 잘 보이는 식당의 좌석은 별도의 요금을 받고 단체 응원을 할 만큼 경제적인 가치도 창출한다. 역시 돈 버는 것에는 최적화된 나라다.

관중 동원율이 높은 카디널스 구장에 입장을 하였다. 밖에는 꽤나 많은 팬들이 북적거렸는데 실제 경기장에 들어와 보니 빈자리들이 상당히 많다. 여러 가지 이유로 팬들이 야구장을 많이 외면하면서 관중이 줄었다고 하지만 그래도 매 경기 3만 명 가까이 관중이 들어찬다. 한국의 잠실 야구장이 만석이 되어야 2만 3천여 명인데 줄어든 관중이 3만 명이라니… 이 날도 공식집계로 3만 여 명의 관중이 들어왔지만 구장이 워낙 넓어 관중석이 많이 비어 보인다. 한국은 3만 명의 관

중이 들어갈 야구장도 없는데….

　난 덕아웃 바로 위에 앉으려고 35불이라는 나름 비싼 가격을 지불하고 앞쪽에 앉았다. 하지만 구름 한 점 없는 맑은 하늘에서 내리쬐는 햇볕이 내 살을 가열시키는 바람에 오히려 가격이 더 저렴한 자리로 이동해야만 했다. 이 경제 역설적인 행동을 하지 않고선 이 더운 기온을 견딜 자신이 없었다. 4월 중순 밖에 안됐는데 왜 관중들이 반팔, 반바지를 입고 다니는지 이해를 할 수가 있었다. 그 어디에서도 세인트루이스가 4월 중순에 네바다 사막만큼 덥다는 정보는 안 나와 있었다. 세인트루이스는 벌벌 떨면서 야구를 봤던 전날의 신시내티에서 불과 5시간 밖에 차이가 안 난다. 이 큰 대륙을 기준으로 '거기서 거기'라고 할 수 있는 거리인데 기온 차이는 그 개념을 훨씬 뛰어넘는 남반구와 북반구 차이 수준이었다.

　5층에 올라가서 내려다본 부시 스타디움은 생각보다 꽤 잘 지었다. 외야 뒤쪽으로 세인트루이스의 상징인 게이트웨이 아치가 한눈에 들

어오고 인근 건물이 조화롭게 어우러져 있다. 야간 경기에 봐도 정말 멋있을 것 같다. 도시를 상징하는 건축물과 도시 종교의 성지인 야구장을 한눈에 볼 수 있는 이 구조는 부시 스타디움의 가장 큰 매력이 아닐까 싶다.

경기 중간에 옆에 있는 혼자 오신 나이가 지긋하신 할아버지와 한국 프로야구 얘기를 할 기회가 있었다. 그 할아버지는 20년 전에 은퇴하고 30분 정도 떨어진 난생처음 들어보는 도시에서 할머니와 산다고 했다. 그리고 카디널스 시즌권을 은퇴 이후부터 지금까지 20년째 갱신하면서 항상 같은 자리에 앉아서 야구를 본다고 한다. 생각해 보니 정말 너무 부러운 은퇴 이후의 삶이다.

미국 어르신의 특징인 묻지 않아도 스몰 톡으로 많은 것을 얘기하는 것을 영어 리스닝 공부 차 재밌게 듣고 있었다. 20년째 시즌권을

128

갖고 있을 만큼 아주 마니아인 것 같아 혹시나 하고 물어봤다.

"혹시 2016년에 카디널스에서 뛰었던 코리안 투수 OH(오승환)를 기억해요?"

카디널스에서 뛰었던 최초의 코리안 메이저리거였었고 마이너리그가 아닌 메이저리그에서 뛰었었으니 혹시나 알까 하고 물어봤다.

"물론이지, 그는 엄청난 투수였어. 그는 지금도 한국에서 뛰고 있어? 한국으로 돌아갔다는 기사를 예전에 본 적이 있어."

"맞아요. 삼성 라이온즈라는 팀에서 지금도 뛰고 있는데 아마 올해 끝나고 은퇴할 것 같아요[9]. 그럼 또 하나의 코리안 리거 KIM(김광현)은 기억나나요?"

---

9 실제로 오승환은 2025년 시즌 끝나고 은퇴했다.

Budweiser
WORLD CHAMPIONS
WALKER
BUSCH
STADIUM
STIFEL
BROWN & CROUPPEN
bet365
Bank of America
mercy.net/how

비록 코로나 단축시즌이었긴 했지만 기억하려나 싶어서 물어봤더니 역시나,

"물론, 아주 멋진 폼을 갖고 있던 코리안 투수였잖아. 선수노조 파업만 아니었으면 KIM도 메이저리그에서 1년 정도는 더 뛰지 않았을까? 매우 아까운 투수였지. 그 투수는 지금도 잘 하고 있어?"

"네, 이젠 전성기가 지나긴 했지만 여전히 마운드에서 공을 던지고 있어요. KBO에서 역대 최다승 3위를 기록하고 있을 만큼 그는 한국의 레전드 투수예요."

뭐 이런 얘기들을 하면서 자연스럽게 한국 프로야구 얘기를 하게 되었다. 예전에 이 경기장 관중들의 열기가 엄청났다는 이야기를 들은 적이 있었는데 오늘은 좀 얌전한 느낌이었다. 그 얘기를 하자 한국의 프로야구 경기장 분위기를 궁금해하길래 유튜브로 한국 프로야구 관중 영상을 보여주었다.

잠실야구장에서 기아 팬들이 떼창을 하는 영상들을 보여주면서 이건 플레이오프가 아닌 그냥 정규 시즌 경기라고 하였더니 그 할아버지는 매우 놀란다.

"설마 경기 내내 이렇게 팬들이 일어나서 노래 부르고 춤추며 야구를 보는 거야?"

그는 매우 신기한 표정으로 나에게 물어본다.

"네, 응원하는 팀이 공격할 때 대부분 일어나서 열광적으로 노래를 합니다. 대부분의 선발 타자들은 각자의 응원가를 갖고 있어요. 그래서 그 선수가 타석에 등장할 때마다 모두 그 선수의 응원가를 부르는 진풍경이 매일매일 펼쳐집니다."

난 기아 타이거즈 한준수 응원가를 관중들이 떼창하는 영상을 보여줬더니 "어메이징~" 하면서 계속 영상을 지켜봤다. 실제 야구장에

서 한준수 응원가를 부르는 영상을 보면 무슨 종교 집회에서 교주를 찬양하는 느낌의 엄청난 대규모 플래시몹 같은 광경이 펼쳐진다.

할아버지는 영상을 재밌게 본 이후에 나에게 묻는다.

"너 2011년 월드시리즈 6차전 기억해?"

"물론이죠. 저도 TV로 그 경기를 봤어요! 데이빗 프리즈가 끝내기 홈런을 치던 순간 저도 소리를 얼마나 질렀는데요!"

"아주 잘 알고 있구나! 그날 나는 여기에 있었어. 텍사스 레인저스는 아웃카운트 하나만 잡으면 창단 첫 월드시리즈 우승이었는데 9회 말 투아웃에 무너져 버렸지. 프리즈가 9회 말 동점 3루타 칠 때는 정말 여기 모든 관중들이 미쳐가고 있었어. 아니, 관중뿐 아니라 도시 자체가 미쳐갔었어."

"맞아요! 전 데이빗 프리즈가 끝내기 홈런 쳤을 때 캐스터가 'See You Tommorrow'한 중계 멘트를 아직도 기억해요. 정말 기적 같은 승리였죠."

그 자세한 사항까지 기억하는 내가 너무 기특했나 보다. 내가 원래 쓸데없이 사소한 것에 대한 기억을 정말 잘한다. 나와 내 주변 사람들에겐 정말 쓸데없는 사소한 기억이겠지만 이 할아버지에겐 14년 전의 열광을 다시 한번 이끌어 내주는 감격적인 기억이다. 나의 기억력이 이 사람들의 공감을 일으키고 감정을 같이 공유할 수도 있게 만들었구나. 영 쓸모없는 능력은 아니네….

"난 지금 거의 80살이 다 되었어. 한국 전쟁이 끝날 무렵에 난 부모님을 따라서 처음 야구장에 왔지. 난 지금도 처음 야구장에 온 순간을 잊지 못해."

"그럼요. 저도 한국에서 부모님 손잡고 야구장 처음 들어갔을 때 푸른 잔디가 펼쳐진 그 순간이 아직도 생생해요."

"그래서 너 지금 메이저리그 로드트립하고 있잖아? 아마 넌 지금 이 순간을 내 나이처럼 80살이 되어도 잊지 못할 거야. 야구는 영원 하거든."

약간 철학적인 이야기로 마무리가 됐다. 야구를 찬양하는 책이나 영화의 대사 같은 얘기를 해주던 그 할아버지는 나의 안전한 여행과 즐거운 추억을 기원해 주었다. 아마 그럴 거다. 나도 내가 아직도 이렇게 미국에서 MLB를 보고 다닌다는 게 믿기진 않지만 먼 훗날 이번 여행에서 찍은 사진들을 보면서 지금을 많이 추억하겠지?

전광판을 통해서 다양한 관중들의 모습을 시시각각 보여준다. 한국 야구장처럼 광고하는 기업의 홍보나 이벤트만 나오는 것이 아니다. 구 장 곳곳에 여러 카메라맨들이 다니면서 관중들의 재밌는 영상을 전 광판에 송출해 주고 있다. 주로 어린이들을 위주로 전광판에 재밌는 광경들을 송출해 주는데 한국도 광고판으로 만들지 않고 이닝 중간 중간마다 야구장을 찾는 관중들의 즐거운 모습을 주로 보여주면 어 떨까….

경기는 꽤나 흥미진진하게 진행되었다. 1회에 휴스턴에게 1실점을 했던 카디널스는 지루한 0의 행진을 WBC 일본 대표 눗바가 5회 말 역전 스리런 홈런을 날리면서 경기를 뒤집었다. 야유처럼 들리는 눗 바를 응원하는 "누~~" 소리가 경기장을 온통 휘감았고 지루한 경기 는 순식간에 열광이 넘쳐흐르는 경기로 급격하게 전환되었다.

1회의 실점을 제외하고 카디널스의 투수진은 엄청난 투구들을 보여 주었다. 강속구로 타자들을 윽박지르는 모습보다는 탄탄한 수비력으 로 메이저리그 수비의 진면목을 계속해서 볼 수 있었다. 이게 세계 최 고 리그의 수비구나. 이래서 메이저리그를 칭송할 수밖에 없다는 것 을 예술적인 수비들의 향연으로 느낄 수 있었다.

 딸아, 아빠 미국 가서 야구 좀 보고 올게

Budweiser
WORLD CHAMPIONS
FROM THE LOU AND WE'RE PROUD
BROWN & CROUPPEN
STIFEL
PROUD SPONSOR
1ST PHORM
Ford
National
bet365
ARENADO

그러다가 시즌 중반에는 뉴욕 메츠로 팀을 옮기긴 했지만 그전엔 나름 카디널스의 수호신이었던 헬슬리가 99마일 직구로 세이브를 거두는 모습까지 볼 수 있었다. 무엇보다 메이저리그 최고의 3루수 중 하나로 뽑혔던 놀란 아레나도가 내 눈앞에서 배트를 휘두르고 있었다. 한때 시대를 풍미한 최고의 3루수인 아레나도를 내가 눈앞에서 본 것 또한 이 야구장에 찾아온 의미가 되었다. 비록 프랜차이즈는 아닐지라도 역사의 한 켠을 장식할 그의 환상적인 수비를 내가 직접 지켜보았으니까.

한 도시의 종교를 마음껏 느꼈다. 그 종교의 한 가운데서 성직자들의 활동을 하나하나 눈에 담았다. 이 중소도시의 생활이 담겨있는 MLB 구장은 최악의 치안 도시로 뽑히는 세인트루이스라는 악명을 카디널스는 종교적 의미로 승화시킨다.

야구는 어디서나 존재한다. 그것이 낮 경기든 새벽 경기든, 관중들이 텅텅 빈 경기장이더라도 어디서나 야구는 그 자리에서 나를 기다리고 있다. 어느 순간 나에게 종교가 되어버린 야구, 그 야구를 종교로 승화시킨 도시에서 만난 세인트루이스 카디널스.

11차례 월드시리즈 우승은 이 도시의 자부심이 되었고, 뜨거운 햇볕 아래 그늘은 나의 자존심이 되어 버린 부시 스타디움이었다.

 딸아, 아빠 미국 가서 야구 좀 보고 올게

7부
미국
로드트립의 상징
US Route 66

동북 음성의 도로가 아닌 미국적 낭만의 도로 US Route 66

　예전에 한국의 레전드 아이돌 그룹 신화의 멤버 중 김동완이 그런 얘기를 한 적이 있었다. 오토바이 하나 몰고 US Route 66 도로를 달려보고 싶다고. 그 도로에 있는 낭만과 전통을 직접 느껴보고 싶은 것이 자신의 로망이라고.

　미국의 대표적인 가수 냇 킹 콜(Nat King Cole)도 'Route 66'이란 노래를 발표하며 이 도로에 대해서 음악을 넘어서 미국을 사랑하는 방법을 알려주는 여행안내서를 부른다. 심지어 이 곡은 엘비스 프레슬리가 리메이크까지 하면서 더 많은 사람들에게 전파되었다.

　도대체 그 도로가 무엇이길래 한국의 연예인도 로망을 갖고 미국의 대표적인 가수들도 부르짖는 것일까?

　아침 일찍 일어나 잠시 커피 한 잔 하기 위해 모텔을 둘러보았다. 진짜인지는 모르겠지만 미주리주의 스프링필드가 US Route 66이 탄생한 곳이라는 표지판을 발견했다. 이 정도면 브래드 피트가 아니고 Route 66이 스프링필드에서 제일 유명한 것 아닐까?

　US Route 66.

　이 Route 66은 외국인이건 미국인이건 로드트립의 성지 같은 곳. 시카고에서 LA 산타모니카까지 이어지는 미국 횡단의 대표적인 도로는 도로의 기능 이상의 상징성을 갖고 있다. 이 도로는 몰라도 한국이든 어디든 어둠이 짙게 깔려 있는 술집이나 바 같은 곳에서 '66'간판을 본 사람은 많을 것이다. 이 도로는 수십 년간 명맥을 유지하다 고속도로의 발달로 이젠 기능성보다 상징성으로 미국 횡단과 로드트립을 대표하는 도로가 되었다.

처음에는 오클라호마시티로 가면서 I-40 고속도로 위로 차를 몰았다. 4시간이면 도달할 수 있는, 미국 기준으로 엎어지면 코닿는 거리다. 그런데 고속도로를 타고 가는 중에 계속해서 보이는 Route 66 간판이 눈에 띈다. '미국 로드트립의 낭만을 느끼려면 이쪽으로 나가야 해!'라는 생각이 자꾸 내 머리를 흔들었고 결국 Route 66으로 방향을 틀게 되었다.

알 수 없는 낭만이 내 차 안으로 파고들었다. 난 김동완이나 냇 킹 콜처럼 이 도시에 대한 로망이 있지도 않았다. 그런데 아무것도 아니고 주변에 별거 없지만 이 도로의 전통과 감성이 그대로 내 가슴을 적시고 있었다. 도시간 이동의 기능은 고속도로에 줘버리고 대신 미국 로드트립의 상징과 낭만을 가득 담고 있는 Route 66. 이 도로와 너무나 어울릴 것 같은 컨트리 송이 내 차 안에서 흘러나오고 난 내적 흥분을 신나는 몸짓으로 표출하며 도로를 마음껏 즐겼다.

실제로 이후에 샌프란시스코나 라스베이거스 만났던 미국 사람들과 여행 얘기를 할 때 내가 Route 66번 도로를 통해 로드트립을 했다고 하면 다들 어메이징 하다며 부러움을 표한다. 자신들도 그 도로를 달려보는 것이 로망이라는 어르신들부터 자기도 그 도로를 따라가 봤다며 공감을 날려주는 사람들. 이 도로를 타고 횡단을 한다는 것이 정말 그렇게 이 나라 사람들에겐 동화 같은 이야기인 것일까?

도로 중간에 잠시 차를 멈추고 회사 동료에게 사진을 보냈다. 이 도

로에 대한 감동을 공감해 줄 수 있을 것이라 생각하고 흥분을 가라앉히지 못한 채 메신저를 보내면서 자랑을 하였다.

"야, 여기가 어딘지 알아? 여기가 미국 전통의 도로 Route 66이야!"

당연히 '와 짱이네요', '부러워요', '대박이에요' 등등의 감탄사를 기대했건만,

"형, 충북 음성에서 사진 찍고 미국이라고 뻥치는 거 아니에요?"

그렇다. 지구 반대편의 동방예의지국 한국에선 이런 도로가 흔하디 흔하다. 그리고 이 도로의 히스토리를 모르는 사람에겐 그냥 충북 음성의 도로와 별다를 게 없다고 느껴지는 그런 평범한 도로.

난 그 충북 음성에 있을 법한 도로를 공감을 받지도 못한 채 열심히 달렸다. 저렇게 답한 녀석 내 후배인데… 감히 선배의 낭만을 깨뜨리다니… 꼰대라고 불려도 좋으니 회사에 복귀하면 처절하게 응징을 해 버려야지….

이런 도로에선 향긋한 커피향이 너무나 어울린다. 시골 카페에서 내

미국 로드트립의 상징. US Route 66

딸아, 아빠 미국 가서 야구 좀 보고 올게

려준 커피향과 함께 이 도로를 음미해야지 하는 생각으로 카페라고 쓰여 있는 곳을 들어갔는데 아뿔사…. 들어가 보니 그냥 레스토랑이다. 이건 아무리 봐도 표지판에는 대문짝만하게 [Cafe]라고 적혀 있는데 메뉴판에는 커피가 없다.

종업원이 나를 반기며 웰컴이라고 하면서 다가온다.

"난 그냥 커피 한 잔을 테이크아웃 하려고 했어. 그런데 여긴 레스토랑이네. 혹시 커피 한 잔만 주문할 수 있어?"

"물론이지! 잠깐만 기다려!"

그 종업원은 어떤 종류의 커피인지 물어보지도 않은 채 주방으로 들어간다. 그리고 스타벅스 벤티 사이즈의 커다란 커피컵을 들고 온다. 내가 아메리카노를 마시고 싶은 건 어떻게 알고 또 따뜻한 걸 마시고 싶은 건 어떻게 알았을까? 밖은 30도를 웃도는 햇빛 쨍쨍한 날씨인데 뜨거운 커피를 들고 나에게 준다.

"이거 얼마야?"

당연히 가격을 지불하기 위해 커피를 받고 신용카드를 꺼내는데….

"너 외국인이지? 중국인? 일본인? 한국인? 이 도로를 타고 와서 반가워. 이 정도는 우리가 무료로 제공할 수 있어. 다음에 또 온다면 여기서 꼭 식사해."

20대 초반으로 보이는 어여쁜 금발의 백인 종업원이 예쁘게 윙크를 날리며 방명록 한 줄 써달라고 부탁한다.

뭐라고 써야 할까 한참을 고민했지만 딱히 영어 문법에 자신이 없었기에 단순하게 적었다.

'난 한국에서 왔어! 여기 너무 좋아!'

너무나 단순하지만 내 마음을 한 땀 한 땀 적어놓은 문장이다. 굳이 화려한 미사여구 따위 어울리지 않는 동네잖아? 그렇게 난 이 매력적

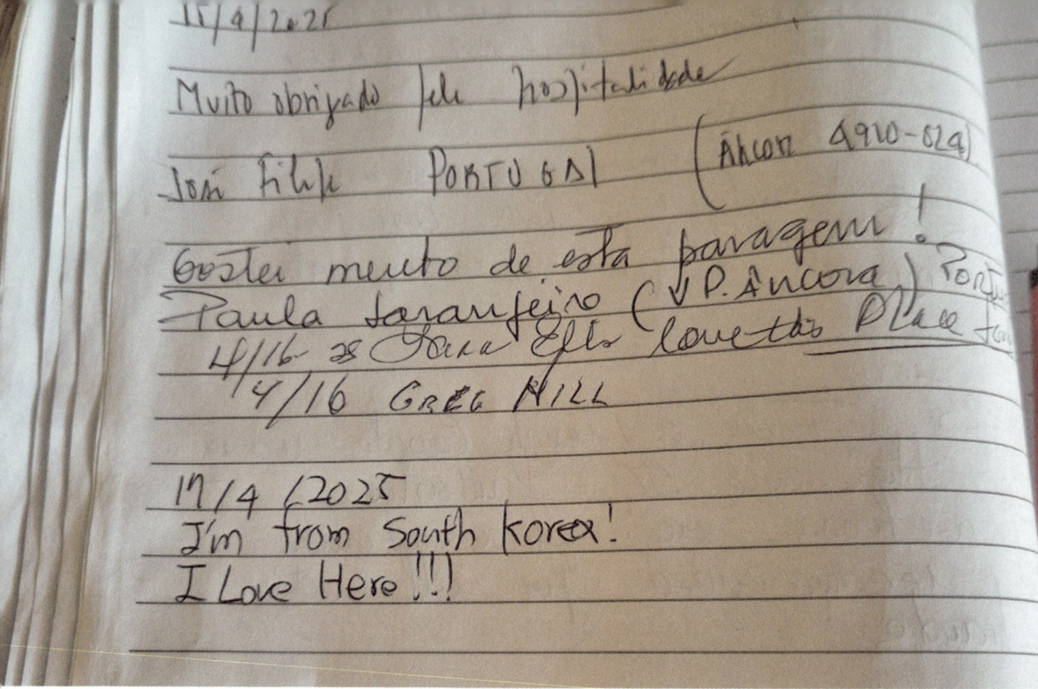

인 중부 시골에 푹 빠지기 시작했다. 커피 한 잔은 무료로 제공받았지만 감동의 가격은 무한대로 치솟는다.

도로 중간 잠시 차를 정차하고 쉬는 곳들 주변에서는 온통 옛 미국 시골 느낌이 물씬 풍겨 나왔다. 2층 이상의 건물은 보이지 않고 나무와 풀, 하늘, 낮은 목조 건물, 그것만으로도 과거와 현재가 공존하는 듯한 이 도로의 매력을 맘껏 느낄 수가 있었다.

이젠 시대가 빠르게 흐르고 미국의 도시마다 고속도로가 발달해 가고 있다. Route 66은 낡아버린 옛 것이 되고 핵심 기능은 옆에 새로 뻥뻥 뚫리는 고속도로에 양보를 하고 있다. 하지만 이 도로의 진면목은 비록 기능이 퇴화되고 많이 낡았더라도 그 도로가 쌓아온 멋과 전통, 그리고 상징성에 있는 것이다.

인간은 누구나 나이가 들면서 Route 66처럼 몸이 낡고 기능도 퇴화

 딸아, 아빠 미국 가서 야구 좀 보고 올게

하게 된다. 인정하고 싶진 않지만, 어느 순간부터 나도 만성 장염과 관절 통증으로 인해 육체적으로 낡아가는 것을 느낀다. 누구나 나이가 들면서 신체적 기능이 저하되는 시기가 온다. 어쩌면 나는 이미 그 시기가 왔을지도 모른다. 하지만 Route 66처럼 내가 걸어온 길의 가치와 그 안에 담겨있는 스토리, 그리고 낭만을 누군가 알아보지 않을까? 그런 기대를 갖고 나는 나만의 도로를 달리고 있다. 적어도 누군가는 나만의 가치를 발견해 줄 테니까.

한국 가면 나 꼭 충북 음성 한번 가볼 거다.

**김혜성을 비롯한
유망주들의
더 높은 곳을 향한 몸부림**

At Chickasaw Bricktown Ball Park in Oklahomacity

 VS 

RAINIERS　　　　　　　**COMETS**

난 마이너 한 것들을 좋아한다. 물론 마이너라고 해도 어느 정도 아주 듣보잡보다는 살짝 메이저에서 벗어난 것들을 더 좋아한다. 쉽게 말하면 세대의 주류에서 항상 살짝 어긋나 있다는 뜻이다.

중학생 때 서태지와 아이들[10]이 한국 가요계를 휩쓸면서 모두가 다 알고 있다고[11] 외치고 있을 때 난 서태지 대신 공일오비를 참 좋아했다. 가요계의 초특급 메이저인 서태지와 아이들보다 한 단계는 떨어진 공일오비의 '아주 오래된 연인들'을 들으면서 연인도 없는 주제에

10　1992년 데뷔해 전국적인 신드롬을 일으켰던 댄스그룹, YG엔터테인먼트 수장 양현석이 서태지와 아이들 출신이다.

11　서태지와 아이들 데뷔 타이틀곡 "난 알아요"는 당시 최고의 히트곡이었다.

처음에 만난 그 느낌[12]을 찾고 있었다.

또 그 시기에 한국엔 엄청나게 농구 열풍도 불었다. 모두가 이상민, 문경은, 서장훈이 뛰는 연세대와 전희철, 현주엽이 뛰는 고려대같이 자신들이 가지 못할 수도 있는 대학을 응원하고 있었다. 하지만 난 농구 팬들에게도 생소했던 박상관이나 이창수가 뛰고 있는 실력도 인기도 주목도도 낮은 삼성전자를 열심히 응원하고 있었다. 그리고 난 취업시즌에 삼성전자에 무려 두 번이나 낙방을 했다. 난 왜 삼성전자를 응원했을까….

메이저리그 선수들은 모든 스포트라이트를 받는다. 언론이든 팬들이든 대부분 메이저리그 선수들에게만 눈이 가지 마이너리그 경기는 큰 관심을 못 받는다. 이번 여행에 꼭 마이너리그 경기를 보고 싶었다. 비록 메이저리그 로드트립이지만 한 경기 정도는 주류에서 벗어나 마이너리그에서 몸부림치는 선수들의 땀과 열정을 보고 싶었다. 비록 지금은 비주류지만 머지않아 그들 중 누군가는 주류의 바다에서 마음껏 헤엄치고 있을 것이다.

그 과정에 있는 김혜성이 너무나 궁금했다. 한국에선 A급 스타플레이어였지만 안정적인 KBO를 벗어나 더 높은 곳에서 뛰기 위해 메이저리그를 두드렸다. 아쉽게도 바로 개막전 로스터엔 합류하진 못했지만 그 메이저 주류에 합류하기 위해 얼마나 피땀을 흘리고 있을지 보고 싶었다.

그래서 이번엔 메이저리그 경기가 아니다. LA 다저스의 트리플A 팀인 오클라호마시티 코메츠의 경기를 보러 치카소 브릭타운 볼파크로

---

12 공일오비 3집 타이틀 곡 '아주 오래된 연인들'의 후렴 가사.

향했고 그 팀에는 김혜성이 소속되어 있었다. 김혜성이 메이저리그로 콜업이 되기 전 다행히(?) 내가 방문했던 날에는 트리플A에 소속이 되어 있었기에 난 이 경기를 매우 기다렸다. 더군다나 처음으로 보는 트리플A 경기였다.

전날까지 웅장하고 거대한 4만석 이상의 규모들의 메이저리그 구장들만 가보다가 처음으로 트리플A 경기장을 경험하였다. 마이너리그 경기장이라서 그런지 매우 아담하고 정겨운 규모였다. 야구보다는 NBA 농구가 더 인기가 많은 도시라 야구 자체가 이 도시에선 인기가 없다. 더군다나 25년 4월엔 NBA 오클라호마시티 썬더스가 챔피언 결정전까지 올라갔던 시기라 온 도시의 관심은 NBA로 쏠려 있었다.

내가 도착한 시간은 경기 시간 70여분 전이었는데 오늘 경기가 있는 게 맞나 싶을 정도로 사람이 없다. 이전까지 갔었던 메이저리그가

　　딸아, 아빠 미국 가서 야구 좀 보고 올게

펼쳐진 도시에선 엄청 많은 사람들이 연고팀의 유니폼이나 티셔츠를 입고 바글바글 거리던 것과 달리 정말 사람이 한두 사람 밖에 없었다. 적다는 표현의 한두 사람이 아니고 정말로 그냥 한두 명이 다였다.

보통 경기장 앞에 메인 게이트 주변은 인근의 모든 상점들에 야구팬들이 북적거리고 시끄럽고 이것저것 프로모션들이 많이 펼쳐지고 있는 것이 일반적이다. 하지만 사람이 없으니 활기찬 분위기도 없었고 주변 상점에는 종업원만 지루함을 이기지 못하는 표정으로 앉아있다.

게이트에 직원이 한 명 있길래 오늘 경기가 있는 것은 맞는지, 사람이 너무 없어서 내가 날짜를 잘못 보고 온 건 아닌지 되물었다.

"넌 너무 일찍 왔어. 10분 뒤에 게이트가 열리니까 10분 뒤에 나한테 와. 너를 1등으로 들여보내 줄게."

경기 시작 시간이 한 시간도 안 남았는데 일찍 왔다고 한다. 대신 나에 대한 조롱인지 배려인지 모르겠지만 1등으로 야구장에 입장할 수 있는 영광을 주겠다고 했다. 고마웠다. 난 2025년 4월 17일 마이너리그 오클라호마시티 코메츠 홈경기에 1등으로 입장한 관중이다.

천천히 야구장 주변을 돌아보았다. 서서히 관중들이 하나둘씩 모이기 시작하는 광장 한가운데 동상이 하나 보였다. 그 동상의 주인공은 MLB에 관심이 있다면 누구나 한 번쯤 들어봤을 뉴욕 양키스의 레전드 플레이어였던 미키 맨틀.

일단 왜 여기에 미키 맨틀 동상이 세워져 있는지 의아했다. 오클라호마시티의 야구팀이 양키스 산하 마이너 리그 팀으로 운영된 적은 없었는데 평생 양키스맨으로 뛰었던 미키 맨틀의 동상이 왜 있을까? 나중에 그 이유를 알게 되었는데 미키 맨틀은 이 경기장에서 뛴 적은 없지만 오클라호마 태생이어서 그를 기리기 위해 동상을 고향에 세운 것이라고 한다.

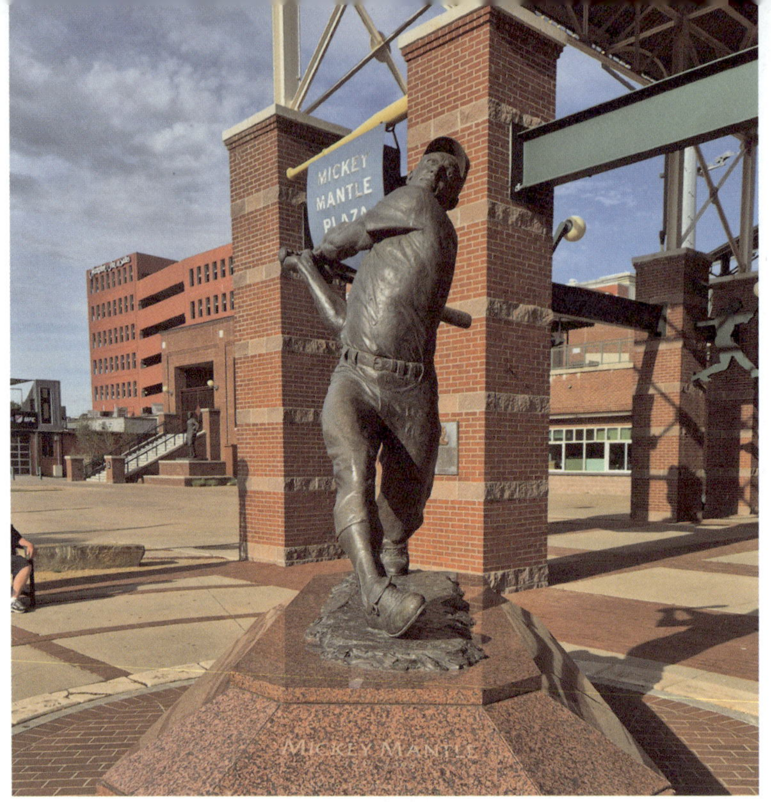

메이저리그 팀이 없는 도시고 유명 스포츠팀은 NBA 우승 팀이었던 오클라호마시티 썬더스 밖에 없는 도시여서 야구장에 세울 만한 인물을 미키 맨틀로 정했나 보다. 워낙 땅덩이가 큰 대륙이어서 이런 작은 도시에서 배출한 슈퍼스타 레전드가 이 도시의 영광을 말해주고 있다. 비록 이 팀에서 뛰진 않았지만 도시를 빛낸 인물을 야구장에 동상으로 세우는 것을 보니 레전드에 대한 예우는 MLB를 따라갈 수가 없다.

정말로 야구장에 1등으로 입장을 했다. 경기 30분 전인데 비록 평일이라고 해도 이렇게 사람이 없을 수가 있을까 싶었다. 야구장이라고 하면 항상 수만 명의 관중들이 움집하고 뜨거운 열기를 뿜어내는 분위기일 거라고 생각했는데 동네야구장 온 것 같아 정겨운 느낌이 들었다.

그래도 메이저리그 구장들과 마찬가지로 여기저기 식음료를 들이밀고 저녁시간 경기에 배고픈 관중들을 이끌 준비를 하고 있다. 야구장 규모는 작고 티켓값도 매우 저렴하지만 식음료 가격은 미국 물가를 따라간다. 즉, 비싸다. 여기도 핫도그가 한국 돈으로 2만원 정도 한다. 결정적으로 맛도 없다. 며칠 전에 먹었던 밀워키 브루어스 경기장 핫도그만큼 맛이 없다.

팀 스토어를 한번 가 보았는데 경기장의 규모에 비해 팀 스토어는 상당히 크고 굿즈가 정말 많았다. 잠실야구장의 트윈스 샵이나 베어스 샵보다 더 크고 상품도 많다. 비단 야구팀 굿즈뿐 아니라 도시를 홍보하는 티셔츠나 모자도 많이 진열되어 있다. 이 도시가 너무 마음에 들어서 티셔츠를 집었다가 한국 돈으로 6만 원이나 되는 가격에 조용히 다시 집어넣었다.

규모와 상품의 다양함에 비해 손님들이 없어 꽤나 지루해 보이던 종업원 할머니가 나에게 인사를 하면서 다가왔다.

메이저리그 로드트립 중간에 이 도시를 꼭 오고 싶어서 여기까지 왔다고 하니 할머니는 환영한다는 인사와 함께 나에게 나긋한 목소리로 덕담을 던져 준다.

"이 도시가 너한테 정말 좋은 추억을 주었으면 좋겠어."

그리고 자기가 그 좋은 추억의 하나가 되고 싶다고 하며 이 도시에 대해서 이런저런 얘기를 해준다.

실제로 이 도시 사람들, 정확히 말하면 오클라호마주를 다니면서 만난 사람들은 정말 모두 친절했다. 여기까지 오는데 만났던 Route 66 길의 사람들, 숙소 카운터 아주머니, 그리고 내 주변에서 같이 야구를 보았던 야구장 관중들도 엄청 친절하고 나이스했다. 어설프게 영어를 하는 나에게도 귀를 기울이며 함께 웃고 천천히 얘기해 주는 정말 배려가 많은 도시 사람들이었다.

딸아, 아빠 미국 가서 야구 좀 보고 올게

야구장 한편에 이 팀을 거쳐서 다저스의 콜업이 된 유명 스타 선수들이 쭉 나열되어 있다. 박찬호를 찾아보았는데 박찬호가 마이너에 있을 당시 오클라호마시티 코메츠는 다저스 산하가 아니어서 박찬호의 이름은 안보였다. 언젠가 이 한편에 김혜성이 있으면 국가적 자부심이 엄청 뿜뿜해지지 않을까?

경기 시작 전에 여기저기 돌아다니면서 야구장의 전경을 감상하였다. 2층으로 올라가는 길목을 아예 막아놨길래 왜 2층은 열지 않냐고 물어보니 주중 경기는 오픈을 하지 않는다고 한다. 주말에는 그래도 제법 관중들이 많이 오는데 예외로 전날은 평일이었지만 2층까지 오픈했다고 한다. 그 이유는 레전드 투수인 클레이튼 커쇼가 부상 후 재활 투구를 하기 위해 경기에 나선 날이어서 정말 많은 관중들이 왔었기 때문이었다고 했다. 아, 하루만 더 빨리 왔으면 마이너 경기를 뛰는 커쇼를 보는 진기한 경험도 할 수 있었을 텐데….

드디어 김혜성이 모습을 드러냈다. 김혜성이 덕아웃으로 올 때 한국말로 인사를 크게 건넸다. 이 도시에 한국인이 거의 없다 보니 김혜성은 의외라는 얼굴 표정을 지으며 반갑게 손을 흔들어준다. 그리고 내

모자에 사인도 해주고 함께 사진 찍자고 하니 카메라를 응시해 주었다. 한국인이 거의 안 오는 경기장이어서 반가웠는지 김혜성의 팬서비스는 매우 좋았다. 그전에는 매번 한국 야구장에서만 기아 타이거즈의 상대팀으로 김혜성을 보았고 하필 기아 상대를 너무 잘했던 김혜성이었는데 이렇게 미국 야구장에서 보니 정말 반가웠다.

이번 여행 야구장에서 한국인을 처음 만났다. 그는 태극기를 들고 서 있었다. 다섯 번째 야구장에서 처음으로 야구장에서 한국말로 대화를 하니 정말 반가웠다. 억지로 혓바닥에 버터 바르고 영어 단어 생각해 내며 대화를 할 필요가 없었다.

그가 갖고 온 태극기는 매우 컸다. 김혜성이 타석에 들어올 때 함께 태극기를 펼치면 분명히 많은 이들의 주목을 받을 것이다. 관종끼가 넘쳐나는 여행에서 그 희열을 느끼고 기대를 하였지만 아쉽게도 태극기를 펼칠 일은 한번도 없었다.

김혜성은 휴식일인지 선발 라인업에도 없고, 경기 내내 대수비에도

딸아, 아빠 미국 가서 야구 좀 보고 올게

대타에도 모두 없었다. 저 군인 따라 먼 미국 땅까지 따라온 태극기가 너무 애처로워 보였다. 경기에 뛰는 김혜성을 볼 수는 없었지만 그래도 그가 땀을 흘리는 현장에서 직접 보았으니 그걸로 만족할 수밖에 없었다.

경기는 생각보다 재밌게 흘러갔다. 앞서 나가는 상대팀 라이너스를 뒤쫓아서 결국 동점을 만드는 오클라호마시티 코메츠. 게임 스코어로 보면 참 박진감 넘치는 경기였는데 관람하는 분위기는 그냥 평온함 그 자체였다.

시골 도시라서 그런지 사람들이 정도 많은 느낌이고 경기 중간중간 나오는 고전 팝이 참 정겹게 들렸다. 그들은 야구 경기 결과로 인해 스트레스를 전혀 받지 않는 느낌이다. 그저 그냥 먹고 마시고, 노래하고 야구장 자체를 즐기는 분위기였다. 안타를 치면 박수를 치고 환호성을 지르지만 실점한다고 탄식하지는 않는다.

경기장이 작고 조용해서 조금만 소리를 크게 얘기해도 선수들이 다 듣고 리액션도 해준다. 다음 이닝에 꼭 삼진을 잡아달라고 얘기하는 아이들에게 지켜보라고 얘기해 주는 투수. 자기 생일이라고 소리 지르자 생일 축하한다고 덕담을 던져주는 선수들. 시골 야구장 풍경은 이토록 정겹다.

그 생일이라고 하는 시끄러운 10대 남자아이들이 내 뒤에 앉아있었다. 경기가 종반으로 치닫는 8회 말이 되자 그들은 나와 군인이 조용히 외치던 "We want Kim! We want Kim!"을 목청을 높여서 같이 외쳐 주었다. 우리의 챈트가 재밌었을까? 주변에 앉아있는 다른 관중들도 다 같이 김혜성을 부르는 챈트를 외치고 있었다.

근데 보통 이러면 경기 결과에 큰 영향을 미치지 않는 한 대타로도 한번 내보내 줘야 하는 거 아닐까? 우리의 절박한 외침에도 불구하고 결국 김혜성은 나오지 않은 채 경기는 코메츠가 5:4로 패배하며 끝났다. 나와 함께 경기를 즐긴 한국 군인과 경기 내내 뒤에서 정말 나를 많이 웃게 해준 동네 친구라는 12살 4인방. 조용했던 야구장을 시끄럽고 활기차게 만들어준 녀석들 덕분에 야구 경기 내용 외에도 재밌

 딸아, 아빠 미국 가서 야구 좀 보고 올게

는 추억을 안고 돌아갈 수 있었다.

난생처음 미국에서 메이저리그가 아닌 마이너리그 경기를 보았다. 어떻게든 본인을 어필해서 메이저리그 관계자에게 눈도장을 찍고 싶어 하는 선수들의 절실함과 순간순간의 처절한 몸부림이 정말 매력적이었다.

덕아웃 바로 옆이어서 선수들이 코치와 대화하는 것도 의도치 않게 엿듣게 되는 경우도 생긴다. 본인은 출루하면 도루를 하고 싶다고 하는 선수도 있었고, 자긴 3일 쉬었으니 한 이닝 더 던질 수 있을 거라고 얘기하는 투수. 이런 선수들을 보면서 미래의 LA 다저스의 주역이 되고픈 선수들의 절실함 같은 것을 볼 수 있었다.

하필이면 이날이 김혜성의 휴식일이어서 너무나 아쉬웠지만, 그래도 김혜성의 마이너리그 시절을 볼 수 있었다는 경험은 이번 여행의 매력을 한 층 더 높여주었다. 결국 내가 방문한 이후에 메이저 콜업을 받아서 메이저리그를 누비고 있는 김혜성이 대단하게 느껴졌다. 저 수많은 야구 유망주들의 몸부림 속에서도 그가 얼마나 많은 노력을 하였을까? 이미 몸에 완전히 박혀 버린 타격 폼을 수정하면서 그는 메이저리그 진입을 위해 뼈를 깎는 노력을 하지 않았을까?

김혜성을 비롯해서 마이너리그 선수들을 보면서 살짝 내가 부끄러워졌다. 그래도 한때는 최고의 유망주로 불렸던 선수들이 눈도장을 찍기 위해 몸부림치는 것이 현실에 안주하고 있는 나에게 작은 울림을 준다.

비록 2025년 시즌이 끝나고서 김혜성의 입지에 대해서 언론에서 여러 얘기가 나오고는 있지만 크게 걱정이 되진 않는다. 그는 한국에서 최고의 자리에 있다가 미국에 와서 도전자로 많은 땀을 흘렸다. 그리고 결국 월드시리즈 우승 반지를 낀 최초의 한국인 야수가 되었다. 그가 어떤 위치에 있든 결국 더 노력하고 더 높은 곳에서 플레이를 하고 있을 것이라고 믿는다.

나도 더 높은 곳으로 올라갈 수 있을까? 난 아직 마이너리그에 있다. 아직도 도전해야 할 일들이 회사에서도 인생에서도 너무나 많다. 아마 항상 비주류를 더 선호하는 마이너한 성격이었기에 누구보다 더 많이 노력해야 할 것이다. 언젠가는 나도 회사에서든 내 삶에서든 메이저리그에 올라가야 하겠지? 올라가지 못해도 상관없다. 만약 내 인생의 메이저리그 콜업을 받지 못하더라도 후회 없이 지금 내 자리에서 땀을 흘린다면 그것만으로도 충분하니까.

어쨌건 내 인생의 메이저리그 콜업은 아직이다. 김혜성 파이팅, 그리고 나도 파이팅.

 딸아, 아빠 미국 가서 야구 좀 보고 올게

8부

텍사스 자존심,

바비큐를 향한

질주

텍사스에서는 맥주를 두고, 나는 불닭을 됐다

내 방 앞에 잠시 나오자, 내가 월마트에서 구매한 TEXAS RANGERS 티셔츠를 입고 있는 것을 본 옆방의 아주머니가 반갑게 인사를 한다.

"Ya! Go Rangers~!"

나도 반갑게 맞장구를 쳐 주었고, 자연스럽게 그들과 함께 스몰 톡을 나누게 되었다. 그들은 부활절 휴가를 맞아 LA에서 텍사스로 가족들을 만나러 왔다고 했다.

"자네, 여기 사람 같진 않네. 어디서 왔어?"

LA 다저스 티셔츠를 입고 있는 아저씨가 말을 건넸다.

"난 한국에서 왔어. 지금 야구 여행 중이고, 레인저스 경기를 보기 위해 여기로 온 거야. 그리고 2주 뒤에는 다저스타디움에서 다저스 경기도 볼 거고!"

"와우. 정말 멋진데. 잠깐만 기다려 봐."

그는 방 안으로 들어가더니 얼음같이 차가운 쿠어스 맥주 한 캔을 가져와 내게 건네며 말했다.

"이거 미국을 대표하는 맥주야. 콜로라도 양조장에서 생산하는 건데, 아주 기가 막힌 맥주야. 한 번 마셔 봐."

물론 예전에 마셔 보긴 했었다. 그렇다고 그 자리에서 이미 마셔 봤다고 말하는 것보단, 오버된 리액션이 더 어울릴 것 같았다. 내가 또 리액션 오버는 꽤 잘한다.

"진짜? 나 이거 처음 마셔 봐! 한국에서도 이걸 본 적이 없어! 와, 진짜 맛이 너무 깔끔하고 좋은데?"

쿠어스 맥주를 처음 마시든, 두 번째로 마시든 그건 중요하지 않았다. 그들이 내게 건넨 건 맥주 한 캔이었지만, 그 안에는 환영과 친근함이 함께 들어 있었다. 우리는 류현진 이야기를 나눴고, 추신수 이야기를 나눴다. 야구라는 공감대가 있었기에 영어를 잘하든 못하든, 세대 차이가 나든 말든, 우리는 서로가 야구의 찐 팬임을 인증하듯 다양한 주제로 이야기를 이어 갈 수 있었다.

이야기는 점점 야구장을 벗어나 각자의 추억으로 번졌다. 아저씨는

딸아, 아빠 미국 가서 야구 좀 보고 올게

어릴 적 아버지 손을 잡고 처음 야구장에 갔던 이야기를 꺼냈고, 나는 매우 공감을 했다. 전 세계적으로 대부분의 야구팬들은 아버지의 손을 잡고 야구의 역사가 시작된다는 것에 의문을 제기하는 사람은 없을 것이다. 아주머니는 미국에서 야구는 스포츠가 아니라 거의 종교 같은 거라고 했다. 일요일엔 교회, 그다음은 야구장이라는 말에 괜히 고개가 끄덕여졌다.

혼자 여행 중이라는 말에 아주머니는 "그럼 오늘은 우리가 네 이웃이네"라고 말했다. 그 말이 묘하게 마음에 남았다. 여행지에서 만난 사람과 나눈 짧은 농담 한마디가 호텔 방보다 훨씬 따뜻한 공간을 만들어 주기도 한다는 걸, 그날 처음 알았다.

그들이 준 쿠어스 맥주에 대한 보답을 하고 싶었다. 내가 선택한 위험천만한 선택은 바로 한인 마트에서 산 불닭 볶음면. 이거 먹고 맵다고 날 죽일 수도 있다는 농담도 같이 전해주었다.

"난 매운 거 진짜 잘 먹어."

이 말만 해도 이미 불안했는데, 그는 한 숟갈 더 얹었다.

"한국 식당 가면 김치도 아주 잘 먹어."

그 순간, 내 머릿속을 지나쳐간 기억과 경험들. '김치를 기준으로 매운맛을 판단하는 외국인은 대체로 위험하다'는, 그동안의 경험이 떠올랐다.

김치보다 100만 배 더 맵다고 얘기해 주고 싶었는데 100만 배 영어 표현이 갑자기 생각나지 않아서 관뒀다. 직접 느끼는 것이 더 좋을 테니까.

"오케이. 그럼 한번 도전해 봐."

아마 첫 입에는 여유가 생기겠지. '별거 아니네' 정도. 그리고 두 번째 젓가락에 땀을 쏟을 것이야. 세 번째 먹으면 물을 찾으며 포기하던가 계속 하던가 선택을 하게 되겠지. 김치 잘 먹는다는 것은 한국에선 초등학교 저학년까지 적용되는 자신감이다. 불닭 볶음면 앞에선 유서 없는 자신감이라는 것을 이 아저씨는 깨닫겠지?

내가 목격한 순수한 자신감의 결과는 어떻게 되었을지 참 궁금하다. 어쩌면 날 욕하고 있을 수도 있겠다.

그저 문 앞에서 나눈 인사 한마디와, 맥주 한 캔, 그리고 처음 만난 사람들과의 웃음 몇 번. 그런데도 이상하게 하루가 꽉 찬 느낌이었다. 텍사스 알링턴에서 만난 그 가족은 아마 내 이름도, 얼굴도 오래 기억하지 못할 것이다. 나도 그들과 서로 이름을 얘기하고 악수도 했지만 기억이 나지 않는다. 하지만 그들이 건네준 "오늘은 이웃"이라는 정겨운 말은 여행을 마친 지금도 기억에 남는다.

아마 그들은 나중에 불닭 볶음면을 먹으면서 코리안 가이를 떠올리겠지? 김치로 승부를 하려던 자신의 경솔함을 후회할 수도 있다.

여행이 끝난 뒤에도 오래 남는 건 사진보다 이런 순간들이다. 맥주보다 차갑지 않았고, 말보다 과하지 않았던, 그날의 텍사스 같은 기억.

 딸아, 아빠 미국 가서 야구 좀 보고 올게

**지구 최고의
돔 구장에서 직관한
세계적인 투수들의
명품 투수전**

At　Globe　Life　Field

LA DODGERS

VS

TEXAS RANGERS

　개인적으로 10 대 9, 8 대 7 이런 타격 전보다 3점 이내로 승부가 나는 투수전을 더 좋아한다. 치고받고 역전하고 그런 것도 물론 재밌지만 선발투수들의 명품 투수전은 야구의 진정한 묘미를 느끼게 해준다. 그런 신념을 갖고 있는 나에게 레인저스의 제이콥 디그롬과 다저스의 요시노부 야마모토는 진정한 빅리그의 명품 투수전을 선사해 주었다.

　월마트에서 텍사스 레인저스 티셔츠를 하나 구입했다. 그리고 집에서 갖고 와서 전날 김혜성에게 사인받은 LA 다저스 모자. 그렇게 다저스 팬인지 레인저스 팬인지 정체성이 애매모호하게 복장을 갖추고 글로브 라이프 필드로 갔다.

　어디를 응원해도 어색하지 않을 복장으로 팬들끼리 싸움이 붙을 경우 승산이 높은 쪽으로 붙어도 이상하지 않을 박쥐 같은 복장.

저 멀리 야구장이 보이면 진짜 맘이 설렌다. 특히나 처음 가보는 구장일 경우 그 설렘의 강도는 더더욱 세다. 소개팅하는 여자가 보이는 것과는 다른 기분이다. 물론 내가 여자와 소개팅을 해본 것은 15년이 훨씬 지나서 기억도 잘 나진 않지만 분명히 다르다. 그 설렘은 저 멀리 레인저스의 마크인 'T'자가 거대하게 붙어있는 돔구장이 눈에 들어오면서 시작한다. 소개팅하는 여자가 저 멀리 보이다가 실제로 만나게 되면 실망하는 경우도 생기지만 야구장은 정직하다. 언제나 그 설렘의 기분을 200% 증폭시켜주는 것이 야구장이며 그 안에 펼쳐지는 야구라는 스포츠다.

현재의 돔구장이 지어지기 전에 텍사스 레인저스는 바로 옆에 있는 레인저스 볼파크라는 곳을 홈구장으로 사용하였다. 레인저스 볼파크도 무려 4만 8천 명이나 입장할 수 있는 거대한 규모인데 외형으로는 잠실 야구장 정도로 보인다. 안에 얼마나 구조를 잘 갖췄으면 5만 명에 가까운 관중들을 다 수용할 수 있을까? 그리고 저렇게 멀쩡하고 좋은 야구장을 두고서 바로 앞에 엄청난 규모의 개폐식 돔구장을 짓고 있다니…. 이 멀쩡하고 좋은 야구장은 이젠 메이저리그 베이스볼이 아닌 메이저리그 사커 경기장으로 리모델링을 해서 MLS 경기가 펼쳐진다고 한다.

야구장 근처에 와서 주차를 하고 나서 걸어서 글로브 라이프 필드로 가는데 이전에 갔던 다른 4개 구장과 달리 가는 길에 원정 팬들이 상당히 많았다. 숙소에서 만났던 LA에서 왔다는 노부부의 이야기대로 정말 엄청난 다저스 팬들이 운집해 가고 있었다. 일단 동양인이면 대부분 다저스 유니폼을 입고 있다.

LA 다저스는 미국 전역에 상당히 많은 팬들을 몰고 다니는 전국구 팀이다. 그리고 현시대 일본 야구의 영웅이자 메이저리그 최고 슈퍼스타인 쇼헤이 오타니가 소속되어 있다. 메이저리그 투수 최고 연봉인 야마모토까지 시즌 내내 질주를 하고 있다 보니 동서양의 모든 야구팬들이 LA 다저스의 야구를 항상 관심 있게 지켜보고 있는 중이다. 게다가 부활절 휴가 기간이라 아마 이 근방의 모든 일본인들이 다 몰려들었나 보다. 이번 여행에서 동양인을 이렇게 많이 본 것은 처음이었다.

또 신기했던 건 텍사스 레인저스는 치어리더가 있다는 점이었다. 물론 한국의 치어리더와는 좀 많이 다르지만 경기 전에 야구장 앞 광장에서 관중들의 흥을 유발하면서 화려한 볼거리를 제공한다. 그리고 경기 이닝 끝날 때마다 덕아웃 위에 올라가서 관중들의 호응을 이끌어 내려고 노력을 하지만 한국처럼 모두 일어나서 응원구호를 외치고 치어송을 부르는 일은 없다.

텍사스에선 NFL 팀인 댈러스 카우보이즈 치어리더즈가 엄청나게 인지도가 높고 유명하다. 혹시 그들이 특별 출연한 것이 아닐까 하고 옆에 있는 남자에게 살짝 물어봤지만 그의 대답은 아주 심플했다.

"그들이 여기 있는 것보다 도널드 트럼프가 여기 있을 확률이 더 높을 거야."

공화당의 텃밭 텍사스에서도 도널드 트럼프 대통령보다 댈러스 카우보이즈 치어리더가 더 지지율이 높지 않을까 생각이 들었다.

멋진 율동으로 흥을 돋우는 치어리더는 정말 멋있었다. 춤의 역동성은 아이돌 춤을 주로 커버하는 한국의 치어리딩과는 좀 많이 달랐고 뭔가 미국 특유의 치어리딩이라고 할까? 내가 미국의 학교나 NFL에서 치어리딩을 하는 것을 많이 보지 못했지만 그래도 확실히 이들이 보여주는 퍼포먼스는 한국의 치어리딩과는 달랐다.

어디가 더 우수하고 더 잘한다는 개념이 아니다. 다르다는 것이니 혹시라도 친미 사대주의라고 비판을 하지 말아 주길 바란다. 난 적어도

　　딸아, 아빠 미국 가서 야구 좀 보고 올게

저 치어리더들보다는 기아타이거즈 치어리더들이 더 좋고, KT위즈의 이예빈 치어리더가 더 좋고 LG트윈스의 이주은 치어리더가 더 좋다.

전날 갔었던 오클라호마 시티 코메츠의 경기장은 정말 사람도 없고 너무 조용했는데 여기는 다른 세상이다. 광장에는 팬들이 차고 넘쳤으며 수많은 이벤트와 먹거리가 분주하게 주변을 수놓는다. 일 년에 81경기나 경기가 열리는 곳인데 항상 매번 이런 축제 같은 분위기가 연출되니 미국의 문화는 끝도 없는 부를 창출한다. 그래서 수많은 선수들이 이런 분위기에서 야구를 하고 싶어서 메이저리그로 올라가려고 그렇게 발버둥을 치는 게 아닐까 하는 생각도 든다.

광장 중간에 보면 레인저스의 레전드 중 한 명인 놀란 라이언의 동상이 있다. 아무래도 MLB 역사 자체가 길다 보니 동상을 세울만한 레전드들이 많은 게 참 부럽다. 한국에서 볼 수 있는 야구장 앞 야구선수 동상은 부산 사직 구장에 전설의 투수 최동원 동상이 유일하다. 하지만 놀란 라이언처럼 광장 중앙에서 관중들을 맞이하는 것이 아니고 사직 구장 한 편에 눈에 잘 보이지 않는 곳에 있어서 좀 쓸쓸하게 보이는 느낌이 든다.

메이저리그 구장마다 자신의 팀을 거쳐 갔거나 혹은 오클라호마시티처럼 자기 도시에서 태어난 레전드들을 잊지 않게 동상을 세워서 기리고 있다. 한국 프로야구도 역사가 더 길어지면 레전드들의 대우가 MLB와 비슷해지길 희망해 본다. 대전구장에 장종훈 동상을 세우고, 광주에 이종범과 선동열의 동상을 세워 우리도 레전드들을 멋지게 대우해 줘야지.

야구장에 처음 진입하는 순간 정말 입이 쩍 벌어질 수밖에 없었다. 외야 쪽 게이트로 진입하자마자 돔구장 지붕 아래 그라운드가 한눈에 펼쳐졌고 5만 명이 입장할 수 있는 거대한 구장이 한눈에 들어왔

다. 밖에서 보았을 때 구장이 엄청 크긴 했으나 생각보다 높이가 높지 않았었는데 입장하는 지상층이 구장 안에서는 3층 구역이다. 즉, 땅을 깊숙이 파서 그라운드를 구성하였기에 이 엄청난 규모의 돔구장이 눈앞에 펼쳐질 수 있는 건축의 신비함이었다.

야구 필드의 규격은 한국이나 미국이나 일본이나 다 비슷하겠지만 일단 관중석의 규모와 천장

딸아, 아빠 미국 가서 야구 좀 보고 올게

지붕의 규모가 차원이 다르다. 현재 기준으로 제일 최신 야구장이어서 이제껏 가봤던 야구장들과 비교가 안됐다. 한국의 유일한 돔구장인 고척돔과 비교를 할 수가 없다. 같이 입에 담기도 실례라고 느껴질 만큼 어마어마한 돔구장이었다. 모든 것들이 깔끔하게 정리가 되어 있고 최신식으로 갖춰져 있다. 사람이 아닌 로봇이 맥주를 따르고 있고 칵테일을 제조하고 있다. 심지어 화장실의 어느 칸에는 비데까지 설치가 되어있다!

내부 곳곳에는 월드시리즈 우승 기념 트로피라든지 기념 장면 사진이나 기념품들이 많이 배치되어서 관중들의 눈을 사로잡는다. 레인저스가 창단한 지는 60년이 지났지만 우승은 2023년 딱 한 번뿐이다. 놀란 라이언이 던졌고 알렉스 로드리게스가 뻥뻥 홈런을 쳐대고, 이반 로드리게스가 도루를 마구마구 잡아내던 시절에도 월드시리즈 우승이 없었다. 그만큼 어려운 게 월드시리즈 우승이다. 뉴욕 양키스나 다저스가 이상한 건지 아직도 4팀은 월드시리즈 우승을 해보지도 했다. 심지어 시애틀 매리너스는 아직까지 단 한번도 월드시리즈 무대조차 밟아보지 못했다.

그러니 2023년 이 도시에서 월드시리즈가 펼쳐지고 레인저스가 우승을 차지하였을 때 이 도시 사람들의 기분은 어땠을까? 그 기억을 잊지 말라고 여기저기 월드시리즈 우승 기념 영상 및 사진 등이 배치되어 있다.

모조품이긴 하지만 2023년 월드시리즈 우승 트로피라고 하면서 포토존을 구성해 줬는데 사이즈는 실제 우승 트로피와 동일하다고 한다. 옆에서 지켜보는 직원에게 물었다.

"혹시 이 트로피를 들고 찍어도 돼?"

"오⋯ 1천 불을 나에게 주면 내 보스 모르게 눈감아 줄게."

당연히 안된다는 것을 참 위트 있게 대답하는 저 직원의 센스에 많은 사람들이 즐거워했고 나도 농담으로 되받아 치고 싶었다.

"난 신용카드밖에 없는데 어디서 긁으면 돼?"

이게 그렇게 웃겼나? 분위기가 신이 나서 그런지 그 직원과 주변 사람들은 크게 웃으면서 얼른 사진 찍고 나가라고 한다.

이날의 경기는 매진이었다. 비록 오타니는 출산휴가를 가서 엔트리에서 제외되어서 경기에는 뛸 수가 없었지만 다저스라는 팀의 파워로 인해 티켓값은 꽤나 비쌌다. 평소에는 30~40불이면 앉을 수 있는 내야 꼭대기 자리가 무려 110불이라는 엄청난 가격으로 리셀 사이트에서 거래가 되고 있었다. 그리고 그게 제일 싼 좌석 가격이었는데 난 결국 그 티켓을 살 수밖에 없었다. 한층 더 내려갈수록 티켓 가격은 100불 이상씩 올라간다. 다저스 효과에 부활절 휴가가 겹쳐서 텍사스 인근 지역의 야구팬들이 다 모였다. 부활절이면 그냥 교회나 성당 가서 달걀 까먹어야 하는 거 아닌가….

외야도 아니고 내야 꼭대기가 티켓값이 제일 저렴한 이유가 있다. 바로 전광판이 아예 보이지가 않는다는 것. 전광판이 보이는 자리까지 내려가면 역시 티켓값은 더 비싸진다. 더군다나 그동안 다녀왔던 구장들과는 전혀 다르게 관중들이 꽉 들어차서 아예 빈자리가 없었다. 혼자 다녀서 좋은 것은 비어 있는 자리마다 메뚜기 뛰듯이 자리에 앉아서 야구를 보는 것이었는데 그럴 기회조차 주어지지 않았다.

하지만 그래도 워낙 구장 자체가 구조가 좋아서 아래층 복도를 여기저기 옮겨 다니며 세계적인 투수들의 환상적인 투구를 좀 더 가까이 즐길 수 있었다.

텍사스 레인저스의 선발은 제이콥 디그롬, MLB에 조금이라도 관심이 있는 사람이라면 커쇼만큼이나 엄청난 선수란 걸 알 수 있을 만큼

 딸아, 아빠 미국 가서 야구 좀 보고 올게

전국구 스타플레이어다. 신인왕도 수상하고 사이영상을 2회 수상한 파이어볼러이자 그 이름값만으로도 티켓값을 지불할 가치가 있는 제이콥 디그롬. 이 엄청난 투수의 투구를 직관한다는 것이 정말 개인적으로 너무나 영광이었다. 더군다나 실력과 반비례한 유리몸이어서 당장 내일 부상당해도 이상하지 않을 투수라서 어쩌면 나중에 보지 못할 투수일 수도 있다.

그리고 상대 투수는 일본 프로야구 최고 투수이자 MLB 투수 중 최고의 몸값을 자랑하는 요시노부 야마모토. 묵묵한 표정의 야마모토는 일본 정벌에 이어서 서서히 미국 정벌을 진행하고 있는 투수이다. 그리고 그는 결국 2025년 월드시리즈를 씹어 먹으면서 챔피언 트로피와 함께 MVP까지 받는 괴력을 보여준다.

메이저리그 역사의 한편을 장식하는 두 투수의 맞대결을 직관한다는 것은 선동열과 최동원의 맞대결을 보는 것과 비슷한 가치다. 이미 구속 혁명의 역사를 쓴 제이콥 디그롬과 일본 야구 투수 역사를 바꾼 야마모토. 이런 상징들이 맞대결이 펼쳐지는 무대가 바로 메이저리그다. 나 같은 야구팬들이 열광하는 이유다.

이날 경기는 1회 시작하자마자 WBC 한국 국가대표였던 LA 다저스의 토미(현수) 에드먼이 제이콥 디그롬에게 솔로 홈런을 기록한다. 하지만 딱 거기까지가 다저스가 디그롬에게 뽑은 점수였다. 다저스 타자들은 이후 7회까지 단 한 점도 뽑지 못하고 7개의 삼진을 헌납하며 속절없이 당했다.

문제는 레인저스 타자들도 야마모토의 스플린터에 속절없이 당하면서 삼진을 10개 헌납하고 단 한 점도 뽑지 못했다는 것이다. 추풍낙엽처럼 무너지는 레인저스의 타자들을 보면서 왜 다저스가 야마모토를 천문학적인 가격으로 영입했는지 알 수 있었다.

이어서 다저스의 커비 예이츠가 나와서 8회를 지웠고 스콧은 9회에 나와서 위기를 맞았지만 레인저스 조쉬 영의 어처구니없는 주루 플레이로 더블아웃이 만들어지며 경기는 3대0으로 LA 다저스의 승으로 허무하게 끝났다.

스코어만 보면 LA 다저스의 일방적인 승리 같지만 7회까지 펼쳐진 두 투수들의 자존심 투구는 정말 눈 호강이었다. 떠오르는 신예인 야

 딸아, 아빠 미국 가서 야구 좀 보고 올게

마모토와 구시대의 사이영상 수상자 디그롬의 맞대결. 소문난 잔칫집에 볼거리도 너무나 풍부했던 경기다. 그들이 던진 공 하나하나에 팬들은 환호를, 그들이 잡은 삼진 하나하나에 팬들은 희열을 느낀다. 그게 바로 팬들이 돈을 지불하고 에이스의 투구를 보는 이유이고 구단은 천문학적인 금액으로 에이스 투수를 영입하는 이유다.

제이콥 디그롬은 이제 한 물 간 투수가 된 것이 아닐까 하는 우려는 그의 힘찬 투구에 싹 날아간다. 2025년 올해의 재기상을 획득한 진정한 레전드의 반열에 오르고 있는 투수였다.

글로브 라이프 필드를 꽉 채운 관중들의 열기는 엄청났다. 그동안 관중석이 많이 빈 야구장만 다니다 야구장이 빈자리가 없이 꽉 들어차니 이것 또한 장관이었다. 신기한 건 레인저스의 홈구장인데 다저스 팬들이 정말 엄청 많았다는 점이었다. 한국처럼 나라가 작은 경우 원정팬들이 홈 팬들 못지 않게 많이 들어오는 경우가 꽤 많다. 그런데 도시 간 이동거리도 길고 나라 또한 거대한 이곳에서 이렇게 다저스 팬들이 많을 줄은 몰랐다. LA에서 텍사스까지 비행기로도 3시간

이 걸린다. 그런데도 여기저기서 다저스 팬들이 "Let's go Dodgers!" 하는 챈트를 들으면 마치 여기가 다저스 홈구장이라고 해도 괜찮을 듯했다.

옆에 앉아 있는 다저스 팬 아저씨에게 이곳에 다저스 팬이 많은 이유를 물어보았다. 미국 부활절 휴가를 맞이해서 여행 온 팬들도 많고 댈러스에 다른 팀에 비해서 다저스를 응원하는 사람들도 많다고 한다. 류현진이 다저스에서 뛸 때 정말 많은 한국인들이 류현진 본다고 야구장 가는 것과 비슷한 느낌이 아닐까?

한국의 잠실 야구장처럼 1루와 3루로 명확하게 구분된 건 아니지만 대다수의 다저스 팬들은 다저스 덕아웃 위인 3루 쪽에 많았다. 전반적으로는 관중석 곳곳마다 다저스 팬과 레인저스 팬들이 섞여 경쟁하면서 응원하는 분위기였기에 한국과 달리 살벌한 분위기까지 연출이 되기도 한다. 상대팀의 유니폼이나 티셔츠를 입고 있는 관중들을 비난하고 저격하는 분위기도 종종 생긴다. 하지만 난 레인저스 티

 딸아, 아빠 미국 가서 야구 좀 보고 올게

셔츠에 LA 다저스 모자를 쓰고 있어서 그런지 아무도 나에게 뭐라 하진 않더라. 훗.

경기는 명품 투수전을 볼 수 있어서 난 정말 즐거웠지만 레인저스 팬들은 아무래도 좀 아쉽지 않았을까? 디그롬의 호투에도 불구하고 1점도 내지 못한 채 완봉패를 당하다니… 하지만 팬들은 디그롬이 다시 전성기 수준의 투구를 하는 모습을 보면서 그 아쉬움은 달랬을 것 같다.

보통 다른 MLB 구장에서는 'Take me out to the ball game' 노래를 신디사이저로 연주하는데 여긴 웅장한 일렉 기타로 연주를 한다. 중간에 자기 응원팀 이름을 얘기할 때 애나 어른이나 할 거 없이 "Dodgers!", "Rangers!"하고 외치는 건 참 재밌다. 그만큼 전통이 일궈낸 그들의 문화가 아닐까?

벌써 6개 구장을 돌았다. 각각 구장마다 서려있는 전통과 특색, 그리고 분위기. 이런 것들은 그 도시에서만 느낄 수 있는, 방문해야만 알 수 있는 것이다. TV 중계로는 볼 수 없고 느낄 수 없는 것들을 MLB 구장을 다니면서 직접 느끼고 체험할 수가 있다. 그런 구장 하나하나를 지나칠 때마다 살짝 아쉬움과 함께 다음에 또 오게 된다면 더 잘 즐길 수 있을 거라는 기대감으로 항상 구장을 빠져나온다.

이다음에 또 이 글로브 라이프 필드를 오게 된다면 난 어떤 것을 즐길 수 있을까? 아쉬울 것 없이 많이 즐겼다고 생각했지만 그럼에도 불구하고 언젠간 이 거대한 야구장에서 다시 한번 그 열기를 느껴보고 싶다.

 딸아, 아빠 미국 가서 야구 좀 보고 올게

텍사스 자존심. 바비큐를 향한 질주

9부

UFO로

가득한 도시

뉴멕시코주 로스웰

외계인이 건네는 인사
'Hello, Human'

로스웰은 정말 아주 작은 마을이다. 한국으로 치면 전라남도 구례 읍 만큼 작은 마을이 온통 UFO와 외계인으로 치장이 되어 있었다. 도시 입구부터 UFO 간판이 크게 그려져 있고 마을 자체가 NASA의 비밀기지처럼 외계인들이 가득 들어찬 느낌이 든다.

내가 예약한 숙소도 역시 온통 외계인 인테리어로 되어 있었다. 체크인하러 들어갈 때 프런트의 직원은 괴상한 모자를 쓰고 요상한 표정을 지으며 'Welcome' 대신 전형적인 인사 방식으로 시작을 한다

"Hello Human~."

나도 대답했다.

"Hi, Alien."

프런트 직원은 웃지도 않고 이상한 또라이를 보듯이 나를 쳐다본다. 아 이 동네에선 나의 개그가 안 통하는구나….

인근의 다른 숙소들도 이렇게 손님을 맞이할까? 비단 숙소뿐 아니라 주유소, 마트, 술집, 식당 등 정말 도시의 경제가 모두 외계에서 온 느낌이다. 도시 사람 아무나 잡아서 얼굴을 긁으면 그 옛날 미국 드라마 'V'처럼 피부 안에 파충류 피부가 드러날 것 같았다. 온통 UFO로

가득 찬 마을과의 첫 만남은 이토록 강렬했다.

텍사스에서 8시간을 달려왔지만 시차도 있고 해서 체크인을 한 시간은 오후 3시 30분 정도밖에 되지 않았다. 저녁 먹기에도 시간이 이른 상태라 그래도 UFO나 외계인에 대한 뭐 재밌는 곳이 있지 않을까 싶었다.

"여기 관광객이 오면 주로 어디를 가? 추천해 줄 만한 곳 있어?"

체크인을 하면서 나에게 Hello Human이라고 인사를 한 직원에게 질문을 했다. 외계어로 얘기하고 싶었지만 어디서 또라이가 왔나 하고 생각할까 봐 정중하게 영어로 물었다.

"이 도시는 외계인과 UFO가 다야. 그나마 여기 이 거리가 제일 번

딸아, 아빠 미국 가서 야구 좀 보고 올게

화가인데 저 3블록 아래에 UFO 박물관이 있어. 기대는 하지 말고 가. 이 도시는 정말 그것 말고는 아무것도 없어."

뼈를 때리는 팩트와 함께 본인의 진심을 전해준다. 추천을 받고도 딱히 갈 곳은 없어 서서히 마을을 둘러보면서 박물관으로 향했다.

마을의 모든 것이 UFO와 관련이 되어 있었으며 심지어 타이어 회사의 벽면도 외계인을 테마로 꾸며져 있었다. 어디를 가든 이 마을의 모든 테마는 UFO와 외계인 한 가지로 일관성 있게 통일되어 있다. 이 정도면 외계인이 날아와서 살아도 고향 같은 느낌이 들 수준이다.

심지어 공원 이름도 UFO PARK다. 간판 외에는 왜 여기가 UFO 공원인지 알 수 있는 것은 단 하나도 없다. 아주 작은 공원이지만 모토는 유니버스를 향하고 있다. 이 마을은 규모는 작지만 뉴욕 이상으로 큰 세상을 바라보고 있구나….

UFO 박물관에 도착했는데 의외로 주차장에 차들이 많았다. 도시를 다니고 있는 사람들은 많지 않았고 오히려 한적한 느낌이었는데 차들 주인이 모두 박물관에 들어와 있었는지 꽤나 많은 사람들이 구경을 하고 있었다. 딱 봐도 이 마을 사람들처럼 보이진 않았고 부활절 휴가 기간에 먼 지역에서 놀러 온 미국 내 관광객들이 대부분이었다.

뭐 그 안은 특별한 것은 없었다. 로스웰 사건 당시의 기록이나 사기로 밝혀진 외계인 해부 장면이 마네킹과 모형으로만 그려져 있었고 뭐 그냥 이래저래 잡다한 UFO 관련 사진과 자료가 전부다.

어떻게든 볼거리를 만들기 위해서 이것저것 자료를 긁어모아 열심히 만든 흔적은 있다. 잡다한 것도 모두 다 나름 포장을 하여 박물관에 전시를 한다. 심지어 UFO가 떨어진 지역의 파편이 박혔다는 바위도 전시가 되고 있다. 이게 박물관에 전시할 가치가 있을까 생각도 되지만 어떻게든 억지로라도 뭔가를 만들어야 했으니까…. 실제로는 공

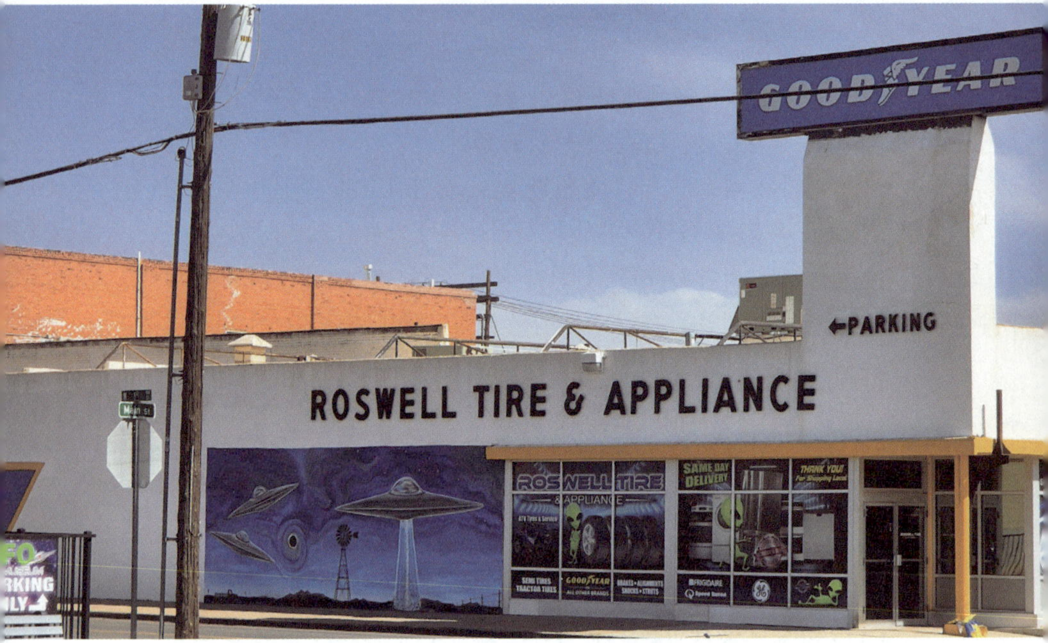
GOODYEAR
←PARKING
ROSWELL TIRE & APPLIANCE
ROSWELL TIRE
& APPLIANCE
SAME DAY DELIVERY
THANK YOU!

WELCOME
to the
UFO
MUSEUM
PARK

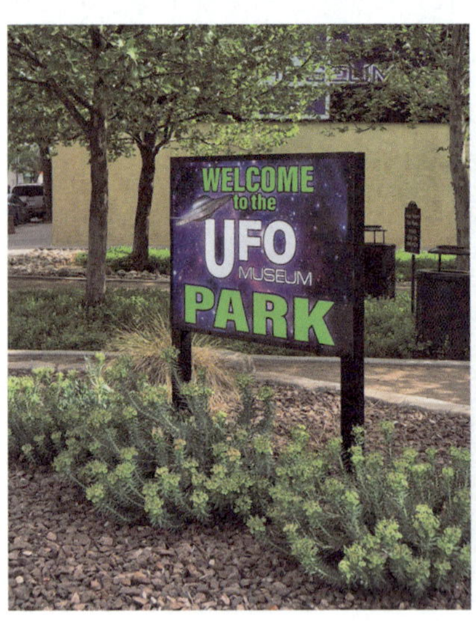

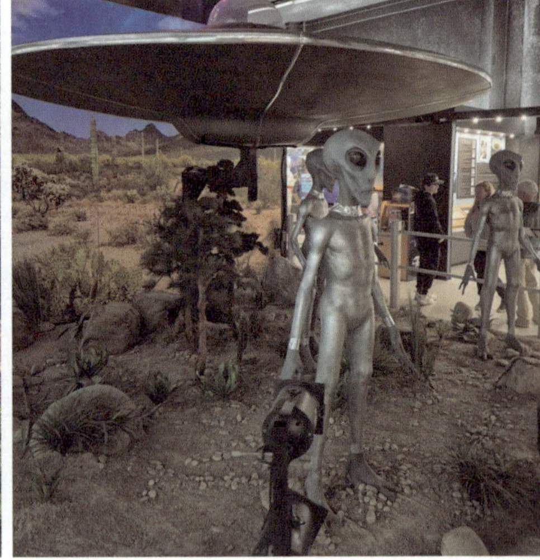

식적으로 UFO가 아니라고 미국 정부가 발표는 했지만 의심되는 포인트들은 80년이 다 되어가는 지금도 계속해서 쏟아져 나온다. 물론 옛날엔 더 많은 이야기들이 있었을 텐데 그걸 보도하는 신문기사를 오려서 액자에 담아서 전시하고 관련자들의 인터뷰 영상으로 관광객들에게 안내를 하고 있다.

실제 UFO 잔해라도 볼 수 있을까 내심 기대는 했지만 잔해는커녕 당시 UFO가 떨어졌다는 동네의 흙조차도 볼 수 없었다. 그냥 파편이 박혔다는 사실인지 알 수도 없는 기이한 바위 하나가 눈에 갈 정도였으니까…. 사기로 밝혀진 외계인 해부 장면도 마치 진짜인 것처럼 꾸며 놓은 노력이 정말 가상하다는 느낌이 들 뿐이었다.

인위적으로 만든 마네킹이나 모형보다도 영상이나 신문 기사, 사진 자료 등은 의외로 볼 것은 많아서 한 시간이 후딱 지나갔다. 한 쪽 코너에서 열심히 영어를 해석하고 있었는데 7~8살 정도로 보이는 금발의 백인 여자아이가 나한테 "하이~~" 하면서 인사를 한다. 너무나 귀엽게 생긴 금발머리 꼬마 아가씨에게 나도 살인 미소를 던지면서 인사를 받아주었다. 그 꼬마 아가씨는 아주 귀여운 목소리로 나에게 묻는다.

"너도 UFO를 믿어? 정말 외계인이 있어?"

괜히 호기심 넘치는 아이의 동심을 파괴하고 싶진 않았다. 나도 저 시기엔 공상과학적인 이야기에 관심이 정말 많았으니까.

"물론이지. 너 이 마을에 UFO가 떨어졌다는 얘기는 들었지? 아마 있을 거 같아."

진심으로 아이의 동심을 지켜주기 위해서 답을 해주었다. 그 아이의 손을 잡고 있는 수염을 가슴까지 기른 애 아빠가 웃으면서 나보고 일본인이냐고 묻는다.

"아니야. 난 한국인이야."

"오 그래? 우리 아빠는 해군이었는데 예전에 한국으로 파병 나가서 5년간 한국에서 살다 왔었어!"

계속해서 그 아이 아빠의 한국에 대한 찬양은 이어졌다. 자긴 '서울은 안 가보고 일본 도쿄만 가봤지만 도쿄 못지않은 정말 멋진 곳이라고 들었다. 나중에 이 애들을 데리고 꼭 갈 것이다. 우리 아빠는 한국을 너무 좋아해서 제대하고도 여행을 종종 다녀갈 정도였다.' 등등 정말 궁금하지 않지만 한국인으로서 기분이 좋을 만한 이야기로 대화를 이어갔다.

그리고 그의 기다란 수염이 내 목에 닿을 만큼 가까이 오더니 나에게 속삭였다.

"얘들은 UFO 안 믿어. 오히려 내가 UFO를 믿어. 분명히 외계인은 우리 주변에 있을 거야."

그는 혼자 껄껄 웃으면서 농담을 던지고 갔다. 전형적인 미국 아빠의 농담에 옆에 있는 아내가 매우 재밌다는 듯이 웃으며 나에게 미소를 지으면서 한 마디를 해준다.

"그는 정말 이상해. 미안. (He's so weird)"

역시 어느 나라든 남편들은 대체적으로 철이 없구나. 새삼 글로벌 트렌드를 깨달았다.

나름 재미있고 특이한 경험을 안겨준 뉴멕시코주의 작은 소도시 로스웰.

외계인으로 가득하고 UFO가 날아다닐 것만 같은 분위기를 풍기는 이 마을은 이번 여행에서 꽤나 독특한 주제로서 단 하루였지만 인상 깊은 재미를 안겨주었다.

로스웰은 단순히 아무것도 없는 조용한 시골 마을이지만 본인들이 내세울 수 있는 최고의 강점을 십분 활용하여 마케팅을 하고 있다. 남

     딸아, 아빠 미국 가서 야구 좀 보고 올게

들이 인정을 하든 말든 상관 없이 UFO에 대한 자부심만큼은 대단하다. UFO가 추락했는지 사실 여부를 떠나서 남들 앞에서 내세울 수 있는 무엇인가 있다는 것은 무척이나 인상적이다. 내 삶도 만약 남들이 보기에 보잘것없는 단순한 삶이었어도 그 안에 나만의 강점은 어떤 것이 있을까? 그리고 그걸로 나 자신을 마케팅 할 수 있겠지. 그게 무엇일까?

아직 찾지 못한 나만의 강점은 인생 후반기 언젠가는 찾을 수 있겠지? 이 로스웰처럼.

10부

외계인 대신
마주한
지구 최고의 협곡

1

미국 경찰 첫 번째,
미국 경찰의
에스코트를 받은
드라이브

  UFO의 도시 로스웰에서 결국 외계인도 못 만나고 UFO도 보지 못한 채 하루를 보냈다. 도시는 우주선이 되어 있지만 UFO와 외계인은 더 멀리 손 닿을 수 없는 곳에서 우리를 놀리고 있나 보다. 이제 그랜드캐년을 향해 전날과 비슷하게 9시간 이상의 장시간 운전을 해야 하지만 시시각각 변하는 풍경은 여전히 지루함보다 기대감을 더 많이 안겨주었다.

  역시 적막하고 도로의 끝도 보일락 말락 하고, 주변에 아무리 둘러봐도 볼 것이라곤 전혀 없는, 자연의 거대함 아래서 계속 질주를 하였다. 아무도 나에 대해 관심도 없고, 관심을 줄 사람조차 없는 이 도로. 그 안에서 선글라스 끼고 창문을 살짝 열어 머릿결을 휘날리며 달리면 마치 내가 영화 속의 주인공이 되는 느낌이 든다. 제임스 딘이나 브래드 피트같이 간지나는 주인공은 아닐지라도 로드 무비 '그린북'의 흑인 피아니스트 정도는 되지 않을까?

  그 영화처럼 누군가 내 옆에서 같이 KFC 치킨을 먹고 우정을 나누는 그런 그림의 배경이 될 듯 하나 정작 내 옆엔 아무도 없다. 쓸쓸하다기보다는 허전함을 느낄 수 있는 그런 시간이었는데 모처럼 하늘로 먼저 간 내 친구가 그리워지는 시간이기도 했다.

이날은 특이하게 하루에 경찰을 두 번이나 만났던 날이다. 미국이라는 곳의 경찰은 공권력이 막강하고 무서운 존재이기에 가급적이면 안 만나는 게 제일 좋다. 가해자의 인권 따위는 개나 줘버리는 멋진 공권력이 있어 어마어마한 벌금 티켓을 부과할 때는 마치 전지전능한 신과 같은 존재가 바로 미국 경찰이다.

처음 경찰을 만난 것은 로스웰을 떠나 앨버커키 쪽을 향하는 길목이었는데 고속도로가 아니고 국도여서 정말 차 한 대 지나다니지 않고 주변에 아무것도 없는 황량한 벌판의 도로였다. 나는 운전하다가 실수로 뜨거운 커피를 내 허벅지에 쏟아버리는 바람에 정리를 하기 위해서 갓길에 차를 멈출 수밖에 없었다. 누가 보면 바지에 오줌 지린 것 같은 모양새로 주요 부위에 커피를 쏟아버렸지만 아무도 없기에 밖으로 나와 열심히 뒤처리를 하고 있었다.

대충 휴지로 시트 닦고 내 바지도 닦고 나니 공기가 참 좋았다. 기온도 선선하고 잠시 차에 기대서 커피를 슬슬 마시면서 아무것도 없는 길을 멍하니 보고 있었는데 한 5분 정도 지났나? 저 멀리서 경찰차가 무서운 속도로 내가 있는 곳까지 달려오더니 내 차 앞으로 정차를 했다. 먼지 폭풍을 일으키며 빠르게 달려오는 그 속도가 어마어마했기에 난 잘못한 게 하나도 없음에도 불구하고 심장이 엄청나게 뛰기 시작했다.

멋진 카키색 경찰복에 보안관 모자를 쓰고 역시 간지나는 선글라스를 낀 경찰관이 나에게 오더니 질문을 던진다.

"이봐, 무슨 일 있어?"

강압적이지 않은 부드러운 말투였다. 위압감 같은 것은 없었고 정말 내가 무슨 일이 있었는지 걱정하는 듯한 느낌이 들어서 안도감이 들

 딸아, 아빠 미국 가서 야구 좀 보고 올게

었다.

"아니야. 난 괜찮아. 커피를 쏟아서 잠깐 정리하고 신선한 공기를 마시고 싶어서 잠깐 차 밖에 나와 있었어."

"아 그래? 보통 이런 곳에서 차가 멈춰 있으면 차가 고장 나있는 경우가 많아서 온 거야. 문제없는 거지?"

정말 그럴 것 같다. 이런 곳에서 차가 퍼지거나 기름이 떨어지면 핸드폰도 안 터지는데 정말 답도 없을 것 같다는 생각이 들었다. 그래서 도와주러 온 것이라니까 일단 안심이 되었다.

"아 전혀 문제없어. 고마워. 그런데 내가 이런 곳에 혼자 나와 있으면 위험한 거야? 갱들이 지나가다가 날 공격하거나 귀중품을 빼앗고 그런 일도 생길까?"

항상 궁금했다. 이런 곳에서 누가 날 공격하고 가도 아무도 모를 것 같은 곳이어서 범죄자가 마음만 먹으면 충분히 가능한 시나리오라고 생각했다.

"걱정하지 마, 갱들도 이런 곳에 오진 않아. 사람이 있어야 그들도 무언가를 빼앗지 않겠어? 이렇게 사람 없는 곳에 그들이 올 리는 없어. 그들은 주로 도시에서만 범죄를 저지르니까."

하긴 그 말도 틀린 게 없다. 이런 아무것도 없는 황무지에 갱들이 와서 뭘 하겠는가, 공급이 있어야 수요가 있다는 경제학 기본 개념은 갱들의 활동지에도 분명히 영향을 미치고 있었다.

"아, 안심이 되네. 알려줘서 고마워. 그런데 난 앨버커키 방향으로 가야 하는데 지금 인터넷이 터지지 않아서 맵이 멈췄어. 얼마나 가서 빠져나가야 할까?"

내가 차를 정리하려고 나올 때 습관적으로 핸드폰으로 시행하고 있는 모든 앱을 바로 닫아버렸다. 그래서 다시 구글맵을 키려니 인터넷이 터지지 않은 곳에선 새로 길을 찾지 못하고 나처럼 구글맵도 헤매고 있었다. 분명히 얼마 정도 간 다음에 우회전을 하라고 했었는데….

"아, 앨버커키를 가려면 여기서 50마일 정도 더 가서 고속도로를 타야 해. 우리도 그쪽 방향으로 가는 길인데 내 차를 따라와. 빠져나가는 곳에서 안내해 줄게."

이런 사정으로 인해서 난 이 지구 최강 대국의 엄청난 공권력을 갖고 있는 경찰의 에스코트를 받으면서 운전을 했다! 갱들이 내 뒤를 쫓아오면 주먹을 쥐고서 가운뎃손가락을 올려도 전혀 걱정이 되지 않을 것 같다. 경호원들에게 둘러싸인 대통령도 이런 기분이겠지?

에스코트를 해주는 경찰은 내가 잘 따라오게 하기 위해 천천히 간 것인지 규정 속도인 70마일보다 훨씬 느리게 운전을 하고 있었다. 답답하지만 내가 감히 경찰차를 추월해서 갈 수는 없을 거 같아 유유히 경찰차 뒤를 따라가고만 있었다. 한 40여 분 정도 지나는데 앞에 경찰차 창문에서 손이 나오더니 우측으로 회전하면 된다고 손짓을 한다.

경찰의 배려가 너무나 고마웠다. 사실 경찰의 에스코트가 시작된 지 10분 지나자마자 다시 인터넷이 잠깐 터지면서 구글맵이 바로 연결이 되었었다. 즉, 굳이 경찰의 에스코트는 더 이상 필요가 없었지만 내가 이 천조국 최강 권력의 에스코트를 또 언제 받아보겠는가! 최대한 그 쾌감을 길게 즐겨보고 싶었다. 경찰차와 길이 갈라지면서 나도 창문으로 손을 내밀어서 따봉을 날려주고 우회전해서 앨버커키 방향으로 계속 차를 몰았다.

40대 중반이 되면 아무도 챙겨주지 않는 나이가 된다. 가정에서도 가장의 역할을 해야 하고 회사에서도 누가 나를 챙겨주는 것보다 내가 후배들을 챙겨줘야 하는 시기이다. 스스로 알아서 모든 것을 다 해야 하며 내가 누군가의 의지가 되어야 한다. 그런데, 이 황무지에서 자기네 국민도 아닌 멀리 동양에서 온 한 여행객을 위해 미국 경찰이 나를 챙겨주고 의지가 되어 주었다. 내 기분은 확 흔들린다.

'누군가…의지가 되고 나를 안내해 주는 순간이 아직도 내 인생에 남아있구나.'

단순한 에스코트라기보다는 나에게 주어진 조용한 위로와 같은 40여 분간의 에스코트였다. 내가 만난 경찰은 내 인생의 문제를 해결해 주진 않았다. 다만 정말 아주 잠깐, "괜찮아? 무슨 일 있어?"라고 묻고 나를 혼자 두지 않아 의지가 되어 주었을 뿐이다.

2

미국 경찰 두 번째,
그게 말이죠, 신고를 받고
당신을 잡았습니다

미국 서부 쪽으로 향할수록 사막 지대니까 낮에는 기온이 올라서 춥지 않을 것이라고 생각하였는데 차 계기판의 온도를 보니 기온이 무려 화씨 38도였다. 한국처럼 섭씨라면 엄청나게 더운 날씨였겠지만 화씨다. 우리나라가 쓰는 섭씨를 기준으로 하면 0도에 가까운 날씨가 된 것이다. 가면 갈수록 기온은 더 떨어지면서 27도까지 내려갔다. 도대체 이 나라는 왜 화씨 단위를 써서 헷갈리게 하는지 모르겠다. 화씨 27도면 섭씨 기준으로는 영하 3도. 그러자 어느새인가 주변은 온통 하얗게 눈이 쌓여가는 진풍경을 볼 수 있게 되었다. 눈이 오는 것은 아니었고 이전에 내렸던 눈이 전혀 녹지 않고 있는 상황이었다.

이미 이런 경우가 많은 지역이어서 그런지 도로의 재설은 완벽하게 되어 있었고 난 진풍경을 보면서 계속 횡단을 이어가고 있었다. 다시 한번 기름을 채울 때가 되어서 주유소에 들러 기름을 넣고 내 몸을 녹여줄 따뜻한 커피도 한 컵 샀다.

기름을 넣고 커피를 산 후 한 3분~5분 정도 가고 있었나? 70마일 고속도로에서 한 75마일에 크루즈 컨트롤을 설정하고 신나는 락 음악을 크게 틀고 노래를 부르면서 가고 있었다. 그런데 어느 순간부터 뒤

에서 경찰 사이렌이 멀리서 들리더니 내 바로 뒤에 붙어버렸다.

오전처럼 황량한 도로에 있는 나를 지켜주러 온 경찰이 아니라는 것을 직감적으로 알 수 있었다. 계속 경찰 경고등이 휘황찬란하게 번쩍이고 있었고 난 잔뜩 겁을 먹은 채 갓길에 차를 정차하였다.

내가 무엇을 잘못하였을까? 중앙선 침범은 하지 않았는데 단순히 70마일 도로에서 75마일로 달린 게 문제가 되어서일까? 벌금이 만만치 않을 텐데 어떡하지? 법정에 출두할 시간적인 여유도 없는데 이게 웬 날벼락일까? 하는 생각이 머리를 마구 흔들기 시작했다.

다시 한번 말하지만 미국에서 경찰은 아주 위대한 존재다. 티켓을 한번 끊으면 법정에 가거나 500~700불 정도의 과태료도 심심찮게 나오는 지구 최강국의 최고 파워가 바로 미국 경찰이다. 난 또다시 쿵쾅쿵쾅 뛰는 심장을 진정시키면서 양손을 가지런히 핸들 위에 올리고 있었다.

무시무시한 선글라스를 낀 경찰이 큰 소리로 창문을 내리라고 했고 난 창문을 내리면서 아주 공손하고 비굴하게 인사를 했다.

"How are you doing, officer!!???"

직역하면 "안녕하세요 경찰 나으리." 이런 느낌일까? 하지만 경찰은 나의 어설픈 발음을 비웃기라도 하는 듯 무표정하게 그리고 무섭게 날 보면서 신분증을 요구했다.

예전에 미국에서 운전하다 경찰이 신분증을 요구할 때는 경찰이 먼저 지시하기 전에 가방에 절대 먼저 손을 넣지 말라고 했던 게 기억이 났다. 총기 소지가 합법인 나라라서 총을 꺼낼 수도 있으니 그런 매뉴얼이 있는데 먼저 가방에 손을 넣는 경우 바로 경찰이 "STOP!"을 외치거나 상황에 따라서 경찰이 먼저 폭력으로 제압을 할 수도 있다.

"내 가방 안에 여권이 있어. 내가 꺼낼까?"

난 가방에 손을 넣지 않은 채 경찰에게 공손히 물었다. 사이드 미러를 보니 뒤의 경찰차에서 또 다른 경찰이 예의 주시 하면서 나를 지켜보고 있었다.

"아니야. 그대로 있어. 트렁크 한번 열어봐. 그리고 내가 잠시 너의 가방을 뒤져볼게."

오전의 경찰은 표정도 온화하고 선글라스 안에 안성기 배우 같은 평온한 웃음이 서려 있었는데 이번의 경찰은 뭔가 표정도 딱딱하고 범죄 도시 마동석 같은 표정이었다. 그는 계속 내 차에 얼굴을 들이밀면서 뭔가 냄새를 맡으려는 듯 킁킁거리고 내 가방에서 여권을 꺼내 들었다. 그렇게 경찰관은 여권을 보더니 의아한 표정으로 나에게 질문을 한다.

"어? 너 중국인이 아니네? 넌 한국에서 왔어?"

"응 난 한국인이야. 왜? 난 지금 한국에서 여행 왔는데 혹시 내가 과속했어?"

 딸아, 아빠 미국 가서 야구 좀 보고 올게

내가 이렇게 물으니 경찰은 나에게 이번엔 살짝 표정이 풀린 편안한 얼굴로 답을 해주었다.

"과속? 아니야. 저 앞에 있는 주유소에서 신고를 받았어. 너 좀 전에 주유소에 다녀왔지?"

"맞아. 나 기름 채우고 커피 한잔 사 갖고 왔어. 영수증 보여줘?"

주유소에서 절도 죄로 신고를 했나? 난 영수증이랑 꺼내기 위해서 지갑을 열고 확인을 하려고 하는데 경찰이 다시 나에게 얘기를 한다.

"아니야. 그 주유소에서 신고한 것은 어떤 중국인이 마리화나 냄새를 풍기며 취한 채로 주유를 했다고 하더라고. 그리고 또 술을 사갖고 갔다고 신고를 했어."

비로소 나도 안심이 됐다. 아니 어떤 녀석이 음주 운전을….

"아…내 차와 가방을 다 뒤져봐. 난 술을 안 샀어."

"응 알아. 너랑 같은 차였고 아시안이어서 우리는 네가 그 사람인 줄 알고 잡은 거야. 미안해. 우리의 실수야."

미국 어디든 술을 사려면 법적으로 신분증을 확인해야 하는데 주유소에서 중국인이라고 신고를 한 것을 보니 여권으로 보고 확인한 것이 아니었을까?

그렇게 내가 범인(?)이 아니란 걸 안 경찰관은 한층 더 온화한 미소를 띠운다.

"뉴멕시코는 보통 관광객들이 잘 오지 않아. 넌 어디를 보러 온 거야? 화이트 샌드 국립공원 갔다 온 거야?"

강압적인 조사가 아닌 스몰 톡으로 친근하게 뭔가 여행 얘기를 해주고 싶었는지 웃으면서 나에게 말을 건넨다.

"아니야. 난 거길 가지 않았고 지금 메이저리그 도시를 돌면서 로드트립을 하고 있어. 난 이틀 전에 텍사스 알링턴에서 경기를 보고 이제 천천히 그랜드캐년으로 가고 있는 길이야.”

“메이저리그!! 정말 멋진데?(awesome) 너 그럼 어디 어디 갔었어? 참고로 난 컵스 팬이야. 저기 저 친구는 양키스 팬이지. 뉴욕 출신이거든.”

경찰차에 있는 또 다른 경찰관을 가리키며 얘기한다. 난 기아 타이거즈 팬이야. 라고 하려다가 포기했다 어디서부터 설명해야 할지 자신이 없어서….

“이번엔 시카고에서 시작해서 여기까지 왔어. 시카고 컵스는 아마 108년이 지나기 이전에 분명히 우승 할 거야.”

이 말을 던지고 혹시 저 경찰이 총으로 나 쏘면 어쩌나 하고 걱정했는데 다행히 웃음과 함께 내 어깨를 툭 치며 훈훈하게 마무리를 했다.

그런데 과연 그 술 취한 차이니스는 잡혔을까? 혹시 주유소 마트 직원은 아시아인이라면 무조건 차이니스를 먼저 떠올려서 차이니스가 갔다고 신고를 한 것은 아닐까? 알 수 없지만 난 하루에 두 번이나 경찰을 만났다. 한번은 경찰의 에스코트를 받으며 50마일을 달렸고, 이번엔 경찰에 잡혀서 취조(?)까지 당하는 경험을 하게 되었다.

이것도 경험이라면 경험이다. 미국 여행 후기들을 검색하다가 경찰에 단속된 얘기를 들으면 대부분 과속이었는데 난 마리화나를 피운 범죄 용의자가 되어보기도 했고, 그전에는 이 넓은 대륙에서 경찰의 에스코트까지 받아본 사람이다.

여행을 하면서 이런 일은 한번 있어야 진정한 여행 같지…. 경찰의 에스코트도 받고 경찰의 단속도 받고, 마리화나 범인으로 취조도 한번쯤 당해봐야 진정한 여행의 에피소드 아닐까? 이쯤 되니 미국 대륙을 배경으로 한 인생의 중반부의 나도 주인공이 된 것 같다. 이 나이쯤 되니까 알게 된다.

“와… 나한테도 이런 일이 일어나다니….”

이런 한 마디가 가능하면 꽤나 성공한 순간이라는 것을.

나, 이거 책 쓸 때 꼭 에피소드로 넣어야지. 편집장님. 이 부분은 절대 편집에서 빼시면 안됩니다.

3

그랜드캐넌보다 길었던
내 생각의 협곡

서서히 설산이 보인다. 즉 이제 두어 시간을 더 달리면 그랜드캐넌에 다다르게 되는 것이라 저 설산이 무척이나 반가웠다. 산 이름 따윈 당연히 모른다. 그깟 이름이 중요한 건 아니니까. 그냥 저 아름답게 쌓여있는 눈이 평생 내게 붙어있는 피로와 스트레스 같았다. 그 눈은 여름이 되면 녹아 없어지겠지만 내 어깨의 짐은 여행이 끝나면 더 무거워지겠지?

딸아, 아빠 미국 가서 야구 좀 보고 올게

이미 두 차례나 그랜드캐년을 와 보았지만 항상 동행이 있었기에 내 마음대로 가고 싶은 곳을 맘대로 다닐 수도 없고 혼자 청승맞는 고독을 씹을 수도 없었다. 그래서 이번에 처음으로 혼자 방문하는 이 거대한 협곡을 앞두고 상념에 잡힌 것이 아닐까 생각이 든다. 내가 혼자 우두커니 지는 해를 바라보며 협곡을 바라봐도 청승 떨지 말라고 욕하는 사람들은 없을 테니까.

솔직히 말하자면 어렸을 때 사진으로 먼저 만났던 그랜드캐년은 그닥 감흥이 없었다. 언젠가 63빌딩의 우리나라 최초 아이맥스에서 보았던 그랜드캐년 영상을 볼 때도 우와~ 하고 봤지만, 내가 실제로 눈으로 보기 전까지는 그 자연경관의 경이로움을 알 수가 없었다. 그냥 단지 누가 정했는지 알 수도 없는, 죽기 전에 가봐야 하는 100개의 관광지의 상위권을 차지하는 유명한 미국의 국립공원일 뿐이었다.

초등학교 4학년 때 앞에 앉아있던 녀석이 여름방학이 끝나는 날 엄청나게 자랑을 했다.

"야, 너 그랜드캐년이라고 들어봤어? 내가 거기 갔다 왔는데 진짜 안에 들어가면 못 나와서 죽는대!"

"우와! 진짜 그런 곳이 있어?"

"그럼! 그랜드캐년은 그냥 죽음의 계곡이야! 땅덩어리도 한국보다 100배나 커!"

나중에 알았지만 미국 땅덩어리가 한국보다 100배 크다…. 그 허풍을 그대로 믿었던 나의 어린 시절에 그 녀석이 자랑하듯 마지막으로 한 마디 덧붙였다.

"그거 알아? LA에서 로스엔젤레스까지 3시간이나 걸려! 엄청 멀어!"

난 그때부터 중2 때까지 무려 5년간 LA와 로스엔젤레스가 다른 도신 줄 알았다. 이래서 세계지리 수업이 정말 중요한 거구나.

　그랜드캐년은 정말 기가 차게 아름다웠고 거대했다. 수백 년 동안 갖춰지고 만들어진 이 자연의 거대함에 나란 존재는 한낱 미물로 치부하게 된다. 아마 로스웰에 도착했던 외계인도 이곳을 보면 자기들의 영역이라고 생각하지 않았을까 싶을 정도로 인간이 만들어낼 수 있는 그 어떤 것보다 더 위대하고 장엄했다.

　이런 그랜드캐년을 설명하기에 나의 어휘력이 너무나 부족하고 표현력 또한 그것을 담아낼 능력이 없다. 그냥 '우와~~ 대박~~~ 짱인데? 말도 안 돼!' 이런 중딩 수준의 감탄사만 자연스럽게 내뱉게 되는 그런 자연의 위대함을, 이곳을 와본 사람이라면 누구나 다 느끼게 될 것이다.

　　　　딸아, 아빠 미국 가서 야구 좀 보고 올게

유튜브나 잡지, 인터넷의 팝콘 콘텐츠에 왜 죽기 전에 꼭 가야 하는 명소 중에 항상 포함되는 것인지 직접 보지 않으면 알 수가 없다. 적어도 난 그랬다. 아무리 우리 딸에게 사진을 보여줘도 전혀 감흥을 느끼지 못할 것이다. 일단 나이도 적당히 들어야 그 감동을 느낄 수 있나 보다.

나도 여느 관광객들과 다를 바 없이 독사진을 찍었다.

혼자 다니는 여행이라서 항상 근처에 있는 관광객들에게 사진을 찍어 달라고 정중히 부탁을 하는데 무턱대고 찍어 달라고 하는 것보다 내가 먼저 사진을 찍어주고 나면 당연히, 그리고 의례적인지 의무적인지, "나도 너 사진 찍어줄게~"라고 묻는 경우가 대다수다.

다른 포인트로 한번 찾아가 봤다. 7년 전에 왔을 땐 마더 포인트에
서만 보고 갔었는데 해가 비치는 다른 곳의 풍경도 궁금했다. 가는 길
에 마주한 말 한 마리. 말인지 망아지인지 한가롭게 풀을 뜯어 먹으면
서 관광객들이 자신의 사진을 찍는 것을 즐기는 듯 유유히 관종스럽
게 고개를 한번 들어준다.

딸아, 아빠 미국 가서 야구 좀 보고 올게

브라이트 엔젤 트레일이라고 그랜드캐넌을 내려가면서 볼 수 있는 코스가 있다. 제일 밑에 깔려 있는 콜로라도 강까지 다녀오는 데 무려 12시간이나 걸린다고 한다.

내가 이 포인트로 온 시간이 5시 정도 되었던 것 같은데 아무래도 콜로라도 강까지는 다녀올 수 없을 것 같았다. 그래도 캐넌의 중턱이라도 다녀오고자 트레일의 코스를 밟기 시작했다.

약 한 시간 정도 걸었다. 내리막길은 내 인생이 나락으로 가는 것처럼 빠르고 편안했으나 언제나 그렇듯 올라가는 길은 힘들다. 인생도 올라가기 힘들고 그랜드캐넌 협곡 아래서 올라가기도 힘들다. 여기 살았으면 나 살 금방 빠졌을 텐데 하는 말도 안되는 생각을 하면서 뻘뻘 땀을 흘려가면서 다시 위로 올라왔다.

걷는 거 좋아하는 우리 와이프가 같이 왔으면 아예 하루 종일 코스로 잡고 걷다 오자고 했을 테고 우리 딸은 분명 싫다 할 테고 난 중간에서 어쩔 줄 몰라 딜레마에 빠져 있겠지….

가족이 그리워졌다. 원래 가족 위주로 생활하는 패밀리 맨이지만 적어도 이번 여행에서는 가족 중심보다 나만을 위한 내 중심으로 생각하려고 했었다. 그러나 가족단위 관광객이 많은 그랜드캐넌에 오니 가족이 정말 그리워지기 시작했다.

이런 환상적인 풍경을 보니 나 혼자 보는 것보다 이 느낌을 같이 공유하고 같이 감탄했으면 하는 순간이 생긴다. 바로 그랜드캐넌은 그런 느낌을 나에게 적나라하게 날려준다. 그래서 나만의 시간이 정말 행복했지만 이 순간에 가족이 너무나 그리웠다. 그랜드캐넌 오니까 뭔가 한층 더 정신적으로 성숙해진 거 같다. 뭐 원래 초딩적인 사고방식을 갖고 있고 이기적인 사람이라 이렇게 조금은 성숙해져서 돌아가야지….

거대한 이 자연의 구조물 안에서 많은 것들이 생각났다. 가족, 친구, 그리고 나. 단순한 그리움으로 여겨질 수 있는 그런 것이 아니고 나를 지탱하고 있는 그런 존재들. 수천 년의 콜로라도 강의 흐름이 만들어 낸 그랜드캐년처럼 45년 동안 살아오면서 나를 만들어낸 내 주변의 존재들. 우리 엄마 아빠를 비롯해서, 앞으로의 나를 만들어줄 우리 가족, 그리고 친구 녀석들.

그랜드캐년처럼 멋들어지게 만들어지진 않을지라도 적어도 흉하진 않게 만들어져 왔고 앞으로도 만들어지겠지? 아니면 내가 콜로라도 강이 되어서 그랜드캐년처럼 누군가를 멋지게 만드는 것도 꽤나 괜찮지 않을까 생각을 했다. 적어도 나보다는 더 멋지게 만들어줄 수 있을 텐데.

   딸아, 아빠 미국 가서 야구 좀 보고 올게

11부

라스베이거스의

화려한 투역

사각의 링에 담겨 있는
초딩의 추억

#1

1990년 막 벚꽃이 흩날리기 시작하던 봄. 충격적인 소식이 초등학교 5학년의 교실을 흔들기 시작했다.

천하무적이자 미국도 지키고 세계도 지킬 것이라고 믿고 있었던 슈퍼 히어로 헐크 호건이 WWF 레슬매니아 6에서 워리어에게 패배해서 챔피언 벨트를 넘겨버린 것이다.

내 또래라면 그 시절 워리어 대 헐크 호건의 미국 프로레슬링 챔피언십 매치를 기억하는 사람이 많을 것이다. 토요일만 되면 친구들이든 아니면 혼자든 텔레비전 앞으로 기어 나와 채널 2번을 고정하여 천둥번개 CG 안에서 날아다니는 WWF 로고를 보면서 열광해 본 추억들이 많을 거다.

알아듣지도 못하는 영어의 홍수 속에서 부모님은 영어 교육 차원에서인지 별다른 제재를 가하지 않았다. 난 동경하던 헐크 호건을 따라 한다고 집에 다 늘어져서 걸레로 사용되는 난닝구에 노란색 물감을 들여 티셔츠를 찢는 세리모니를 하다가 엄마한테 여러 차례 등짝을 스매싱 당했다.

비슷한 시기에 내 친한 친구는 워리어 따라 한다고 유성 물감으로

얼굴에 페이스 페인팅하다가 엄마한테 두드려 맞고 피부과로 직행했
으며 우리 집에 와서 층간 소음 따윈 고려하지 않은 채 레슬링을 하
곤 했다.

　경찰복을 입은 빅보스맨이 경찰봉을 휘두르며 링을 지배하고 얼마
전 고인이 된 헐크 호건이 셔츠를 찢으며 관중들의 환호를 유도한다.
또 마초맨이 초딩 남학생들의 여신이었던 엘리자베스를 어깨에 올려
서 뭇 남성들의 부러움을 샀고 팔뚝에 타이트하게 끈을 매어서 근육
이 터져서 죽었다는 루머를 양산했던 워리어도 있었다.

　내 또래라면 누구나 다 기억하는 저 슈퍼스타들은 이제 모두 고인
이 되었지만 그들이 나에게 남겨줬던 추억은 계속해서 내 마음에 살
아있다.

　　　딸아, 아빠 미국 가서 야구 좀 보고 올게

그 시절의 WWF는 이젠 WWE로 타이틀이 변했고 그 시절의 슈퍼 스타들은 더 이상 나오지 않아도 언젠가는 꼭 WWE를 현장에서 직관 하겠다는 나의 작은 소망은 계속해서 내 버킷 리스트 안에서 숨을 쉬 고 있었다. 그 숨 쉬고 있던 버킷들이 이젠 리스트에서 삭제를 당하기 위해 라스베이거스의 사각의 레슬링 경기장으로 나를 부르고 있었다.

나는 아침부터 직접 WWE를 직관한다는 설렘에 마치 우리 와이프 와의 첫 데이트를 기다리는 것과 같이 전날부터 흥분 상태였다. 이 나 이에도 이렇게 설렐 수가 있구나 하는 신선함과 함께 라스베이거스의 화려함이 결합되어서 이 흥분은 이번 여행의 절정을 치닫고 있었다.

라스베이거스에 도착하자마자 바로 짐을 풀고 WWE가 펼쳐지는 장소로 이동을 했다. 이 유흥과 향락의 도시에서 나의 기분이 통했는 지 내가 지나가는 길목에 위치한 큰 LED 광고로 프로레슬링 광고를 진행하고 있다.

전 날에 레슬매니아라는 미국 프로레슬링 최대 규모의 쇼가 라스베 이거스의 풋볼 경기장에서 8만 명 관중이 운집한 채 펼쳐졌다. 그 쇼 를 관람했던 관중들이 계속해서 머무르며 굿즈를 몸에 휘두른 채 라 스베이거스 거리를 누비고 있었다. 누군가는 스톤 콜드의 티셔츠를 입 고 있었고 누군가는 존 시나의 티셔츠를 입고 다닌다. 나는 레비싱 릭 루드[13] 티셔츠를 사고 싶었으나 그 어디에서도 릭루드 티셔츠는 팔지 않았다.

그 어린 시절 알아듣지도 못하는 AFKN에서 볼 때는 레슬링 관중 석이나 아레나 규모 자체가 엄청나게 크다고 생각했는데 안에 직접

---

13 90년대 워리어의 라이벌이었던 레슬러. 양팔을 머리 위로 올리고 허리를 돌려대던 섹시함을 강조하였고 경기에서 승리하면 여자 관중을 링으로 불러내서 키스를 하는 퍼포먼스로 초딩 들의 부러움을 샀던 레슬러.

들어와서 보니 그렇게 어마어마한 느낌은 아니었다. 내가 앉은 자리가 엄청 앞자리는 아니었지만 경기를 관전하기는 전혀 무리가 없었고 이 2만 명의 관객들과 함께 호흡하고 같이 동일한 챈트를 외친다는 것이 너무나 신기하고 또한 행복했다.

올해를 끝으로 더 이상 레슬링 무대에 오르지 않겠다고 은퇴 투어를 하고 있는 레슬러이자 할리우드 영화배우인 존 시나가 내 눈 앞에 서 있다. 항상 TV나 영상으로만 보던 레슬링 슈퍼스타가 내 눈앞에서 링 위에 올라 쇼를 하고 있다는 사실이 나에겐 비현실적이었고 초현실적이었다. 난 진심으로 이 WWE이라는 미국 프로레슬링 브랜드와 레슬러들을 꽤 오랜 시간 동안 동경하고 있었나 보다.

오랜 시간이 지나면 내가 현장에서 보고 환호하고 챈트를 외쳤던 스

   딸아, 아빠 미국 가서 야구 좀 보고 올게

타들의 일부가 레전드가 되어서 팬들의 그리움을 자아내겠지? 요즘 레슬링을 보는 사람들은 다 알법한 로만 레인즈나 CM펑크, 세스 롤린스 같은 선수들이 지금의 최고의 슈퍼스타가 되어 있다.

비록 내 추억의 주인공이었던 90년대의 슈퍼스타들은 대부분 고인이 되었거나 은퇴를 하였기에 볼 수는 없었다. 하지만 그들의 유산을 이어받아서 세계 최고의 레슬링 쇼를 만들어가고 있는 현재의 슈퍼스타들을 만나면서 과거와 현재를 이어가는 중심에서 내 추억을 서서히 정리할 수가 있었다. 그 어린 시절의 기억과 낭만, 추억이 있었기에 지금 내가 접하는 현재의 모습들이 더 가치 있고 또 아름답게 느껴지는지도 모른다.

초등학생 때 프로레슬링이 실제라고 믿고 있다가 짜고 치는 고스톱이라는 것을 알게 된 그 순간의 충격은 이루 말할 수 없었고 인정하고 싶지도 않았다. 헐크 호건이 악당들을 물리치며 그 어떤 고통도 이겨내는 것들이 다 짜고 치는 쇼였다니. 마초맨이 엘리자베스와의 사랑을 깨닫고 레슬링 경기장에서 결혼식을 올리는 것도 다 쇼였고 인디언의 후예라고 인디언 분장을 하고 나오는 워리어는 인디언과 그 어떤 연관성도 없었던 선수였다.

그렇게 뭔가 의심되던 그들의 액션이 짜고 하는 경기라는 것을 아는 순간 나의 레슬링에 대한 흥미는 사춘기의 질풍노도 시기에 산화되었다. 나뿐 아니라 내 또래도, 방송도 미디어도 더 이상 미국 프로레슬링에 대한 소식을 전하진 않았고 서서히 모두의 기억 속에 잊혀 갔다.

수 년이 흐르고 더 이상 헐크 호건도 나오지 않고 워리어도 나오지 않으며 그렇게 추억으로만 남던 WWF는 새로운 슈퍼스타들이 나오며 다시 전 세계적으로 인기를 끌게 된다. 과거의 영광을 기억하던 나는 이젠 헐크 호건이 아닌 더 락이나 스톤 콜드, 커트 앵글을 흉내 내며 이제 웹상에서 그들의 퍼포먼스를 쇼로 인정하고 보기 시작했다.

그리고 군대에서 정말 많은 후임들, 심지어 선임들도 나의 환상적인 레슬링 기술의 피해자가 되었다. 제대한지 20년이 훌쩍 지난 지금도 군대 후임들 만나면 그 시절 나의 레슬링 기술부터 애기한다.

언더테이커 초크 슬램과 더 락의 락바텀을 잘 받아주던 희영아. 네가 내 군대 선임이었는데 늦었지만 내가 사과할게. 너처럼 초크 슬램을 잘 당해주는 애는 없었어.

더 락이나 존 시나 같은 레슬러이자 엔터테이너인 슈퍼스타들이 계속해서 등장하고 가끔 헐크 호건 같은 옛 스타들도 모습을 드러내며 향수에 젖은 팬들을 계속 부르고 있다. 헐크 호건이 사망했다는 소식이 보도되었던 날에 왜 다들 나한테 카톡을 보내는 걸까…? 헐크 호

　　　　딸아, 아빠 미국 가서 야구 좀 보고 올게

건 사망 소식에 내가 제일 먼저 떠올랐다는 군대 후임들아. 추모 레슬링 경기 한번 펼쳐보자.

나 역시 그 부름에 응하면서 드디어 그들의 흔적을 비로소 현장에서 감상하고 느끼게 될 기회를 잡고 즐기게 된 것이다. 그 사각의 링을 바라보면서 수만 명의 관중들과 함께 열광하고 소리를 지르며 나의 어린 시절의 버킷리스트가 서서히 삭제가 되어 버렸다.

추억의 힘은 그 길이가 무척이나 길다.

죽을 때까지 잊지 못하는 첫사랑처럼 어린 시절의 강렬한 기억의 주체들은 마흔이 넘은 성인에게도 그 추억의 힘을 발휘하고 있다. 그 추억들이 내 앞에서 실제로 움직이는 장면을 보면서 난 다시 한번 11살 초등학생으로 회귀하여 그 추억을 마주하며 되새기고 있다.

어쩌면 아주 먼 훗날에 지금의 이 순간을 추억할 수도 있겠지. 그때 내가 라스베이거스에서 WWE를 직관했었는데… 하는 감상에 젖으면서 지금의 기억을 되새길 수도 있을 것이다. 그때도 아마 난 다시 라스베이거스로 와서 지금의 45세로 다시 회귀할 수 있길 바랄 뿐이다.

추억의 길이는 무척이나 길고 강하니까 말이다.

2

외로움을 느끼게 되는
향락의 도시

라스베이거스다. 향락으로 가득 차고 도박으로 버무려진, 호텔과 리조트 하나하나가 콘텐츠가 되어 있는 도시. 길거리엔 관광객들이 넘쳐 나고 밤이 되면 미친 듯이 화려해지는 도시에 나 홀로 덩그러니 놓여있었다. 금발의 미모 여기자가 나에게 인터뷰를 요청한다. 누가 봐도 모델같이 늘씬한 기럭지를 가진 미모의 기자가 카메라맨과 함께 내 앞에 서있다.

왜 이딴 말도 안 된 얘기를 지어내냐고? 앞으로 내가 가상 인터뷰를 진행할 것이라 기왕이면 미녀 리포터와 인터뷰를 하고 싶어서 지어냈다. 게다가 라스베이거스니까 전형적인 금발의 백인 미모의 여자 리포터라면 더 좋지 않겠어?

- 안녕하세요. 먼저 인터뷰에 응해 주셔서 감사합니다.
- 네
- 단순하고 간결한 답변 정말 감사합니다.
- 네
- 설마 이런 대답만 하려고 인터뷰하시는 건 아니죠?

- 설마 저런 질문에 뭔가 기가 막힌 답변을 기대하시는 건 아니죠?

- 됐습니다. 라스베이거스에 왜 왔어요?

- 뭐 미국 MLB 로드 트립을 하다 보니 여기까지 와버렸네요. 기왕 왔으니 여기서 미국 프로레슬링 WWE를 보는 것이 목표예요.

- 45세의 나이에 라스베이거스에 온 목표가 정말 거창하시네요.

- 칭찬으로 받아들이겠습니다

- 마음대로 하세요. 자 일단, 라스베이거스에 오니까 어때요?

- 외로워요.

- 외롭다고요? 이 도시에서? 외로움을 줄 만큼 조용하고 한적한 동네는 이미 그동안 거쳐왔잖아요.

- 그러게요. 그런데 그동안 하나도 외롭진 않았는데 그런데 여기 오니까 정말 외롭네요.

- 솔직히 잘 이해가 안 되네요. 여기 정말 보고 즐길 것이 한 가득하잖아요. 왜 외로워요?

- 정말 생뚱 맞지만 이 화려한 도시에 오니까 친구들이 생각나요.

- 친구들이요? 그 맨날 몰려다니는 고등학교 친구들?

- 맞아요. 7년 전에 그 친구들과 이 도시에서 정말 다시 10대로 돌아간 것 마냥 철없이 놀았거든요.

- 지금도 철이 없잖아요

- 지금은 혼자 철이 없지만 그때는 다 같이 철이 없었어요.

- 좋아요. 그렇다 치고 그럼 그때 얘기를 한번 해봐요

- 그때는 한국나이로 40살 기념해서 유부남 8명 포함, 총 9명이 다 같이 여행을 왔어요. 원래는 10명이었는데 한 녀석은 비즈니스 관계로 못 오게 되었고요.

- 9명이 동시에 휴가를 내서 오는 것도 쉽지 않았을 텐데…. 무엇보다

그 유부남 8명은 어떻게 다 와이프한테 승인을 받았나요…?

– 전략을 잘 짰죠. '우리 오빠만 못 가게 되면 내가 뭐가 될까' 이런 기
 분을 느끼게 하는 전략. 이걸 유부남들 모두 같은 전략으로 써먹었
 어요. '다들 와이프가 허락해 줬다네…? 난 안 되겠지?' 이 멘트와
 슬픈 표정을 지으면 100% 성공할 수밖에 없어요.

– 기가 막히네요. 근데 와이프들은 그 전략을 알아요?

– 이 책을 만약 읽게 된다면 알게 되겠죠?

– 친구들과의 가정에 평화가 깃들길 기원합니다.

– 당장 우리 집부터….

– 좋아요. 그럼 친구들과 와서 뭐 했어요?

– 생각해 봐요. 40에 접어든 남자 9명에서 오락기 꺼내 놓고 스트리트
 파이터 하면서 설거지 내기하는 장면이요.

– 한심해 보일 것 같은데요?

– 맞아요! 하지만 그 누구도 한심하다고 잔소리를 하는 사람이 없는
 거예요! 술 마시고 밤 12시가 넘었는데요 언제 들어오냐고 전화를
 하는 아내가 없어요!

– 그건 인정. 진짜 행복했겠다.

– 그렇죠. 다 같이 메이저리그 보고, NBA도 보고. 그리고 이 라스베이
 거스에 와서 카지노에서 광란의 밤을 보내고… 어쩌면 결혼하고 나
 서 그렇게 철없이 맘껏 놀아본 게 처음이자 마지막이었던 것 같아요.

– 그래서 그 시절의 기억이 떠오르는 도시라서 외롭다는 건가요?

– 맞아요. 친구들이란 존재들은 참 신기해요. 옆에 있으면 맨날 서로
 디스 하고 하지만 30년째 지내다 보니 어느새 삶의 일부가 되어 버
 린 거죠.

– 그 친구들과 함께 했던 라스베이거스, 어떤 순간들이 지금 하고 가

   딸아, 아빠 미국 가서 야구 좀 보고 올게

장 다른가요?

- 다 같이 라스베이거스에 도착했을 때 카지노에서 흘러나오는 EDM 음악이 너무 신났어요. 등치 큰 바보 9명이 엘리베이터에서 같이 춤 추면서 카지노로 들어가는 장면은 잊을 수가 없죠.

- 그게 좋아요? 그냥 바보 같은 느낌일 것 같은데?

- 바보 맞아요. 그런 바보 같은 녀석들끼리 화려한 네온 사인보다 같 이 바보 짓 하고 웃어준 기억들이 더 강렬하게 남아요. 하지만 지금 은 그런 바보짓 하면 혼자만 바보가 되는 거라 이게 진짜 쪽팔리더 라고요.

- 바보짓을 혼자 하는 것과 다 같이 하는 것이 차이라는 얘기군요. 40대 중반의 아저씨에게 나오는 정말 고퀄의 답변 감사합니다.

- 감사합니다.

- 그래요. 이제 슬슬 마무리하죠. 이번 라스베이거스에서 가장 기억에 남는 건 뭔가요?

라스베이거스의 화려한 추억

- 호텔에 들어가서 TV를 켰어요! 그런데 [Welcome Mr.Han] 이렇게 나오더라고요! 이거 진짜 이상하게 감동받았어요. 오늘 내 이름을 불러준 건 그 TV가 유일했거든요!

- 기가 막히네요. 그럼 라스베이거스에서 깨달은 것은?

- 라스베이거스는 혼자 놀아도 좋은 것들이 정말 많아요. 하지만 나 자체가 혼자서 재미를 분출하는 것이 아니라는 것.

- 님, 여럿이 있어도 그렇게 재밌는 사람은 아니잖아요?

- 다시 한번 감사드립니다.

- 자 마지막 질문입니다. 왜 이런 자작 인터뷰를 하시나요?

- 이 책을 읽는 분들이 좀 덜 지루하지 않을까요? 얼마 전 배우 박정민 씨가 쓴 책을 보니까 박정민 씨도 이렇게 자작 인터뷰를 하길래 좀 따라 해 봤어요.

- 그럼 그냥 모방 아니에요?

- 맞아요. 근데 모방은 유명한 사람이 해야 욕먹거나 할 텐데 내가 이거 똑같이 따라 했다고 박정민 씨가 신경이나 쓸까요? 일단 박정민 씨 책을 읽은 사람이 이 책을 읽을 확률은 엄청 적을 거예요. 읽어도 관심도 없을 거예요.

- 네, 물론 관심도 없겠죠. 형식은 그렇다 쳐도 내용은 그렇게 흥미진진하진 않아요.

- 계속된 덕담에 몸 둘 바를 모르겠네요.

- 좋아요. 그럼 다음 인터뷰는 언제 할까요?

- 이 책이 1만 부 이상 팔리면 진짜 기자 불러놓고 인터뷰하겠습니다.

- 그럼 안 하겠다는 것과 뭐가 다른가요?

- 출판사 편집장님이 참 좋아할 질문이네요.

- 그래요. 님과 편집장 모두 행복할 결론이 나길 바라겠습니다.

 딸아, 아빠 미국 가서 야구 좀 보고 올게

- 1만 부 이상 팔리면 편집장님과 같이 라스베이거스 다시 오겠습니
  다!

  인터뷰가 끝났다. 그리고 친구들과의 화려했던 추억을 이 화려한 도
시의 한편으로 고이 보내고 난 다시 새로운 추억을 만들기 위해서 이
거리를 거닐기 시작했다.
  비록 함께 온 친구 중 한 친구는 불운한 일로 인해 먼저 하늘로 올
라가버렸지만 함께 만들었던 추억은 나 홀로 커다란 호텔 방에서 맥
주캔을 따고 취하게 할 명분으로 충분했다. 하늘에서 이 책을 보고 있
을 그 녀석에게도 이런 나의 외로움을 알려주고 싶었다. 네가 없어서
외롭다 인마. 이렇게. 하지만 말을 안 해도 그 녀석은 충분히 공감하
지 않을까?
  그 어떤 도시보다 화려하고 유흥과 향락이 지배하고 있는 이 도시
에서 느끼게 된 외로움. 나 자신도 돌아보지만 나의 주변을 이루고 있
는 가족과 함께 친구들이라는 존재의 중요성이 다시 한번 나에게 깊
게 다가왔다.
  너희들 나 골프 못 친다고 놀리지 마라…. 적어도 난 같이 골프 칠
때 너희들 웃겨 주잖아.

12부

그냥

지나칠 수는 없는

다스베이더의

고향

1

데스밸리에서 발견한
다스베이더의 고향

영화 스타워즈에 보면 타투인이라는 행성이 나온다. 무슨 화성 같은 느낌의 행성으로 스타워즈에 영화 속에서 꽤나 많은 분량의 배경을 타투인이란 곳에서 소진하고 있다.

그 행성은 스타워즈 시리즈의 가장 큰 비중을 차지하는 제다이의 숙적 다스베이더의 고향이다. 전혀 지구 같지 않은 배경을 찾기 위해 조지 루카스 감독은 정말 많은 곳을 많은 곳을 직접 찾아다니다가 데스밸리에 도착하였고 영화의 배경 장소를 아주 흡족해하며 확정하였다고 한다.

이름에서 오는 공포감 때문에 여러 차례 고민했다. 툭하면 터져 나오는 데스밸리에서의 사망 사고 등 여름철의 고열로 인한 사건 사고가 끊이지 않는 곳이 이 데스밸리다. 하지만 다스베이더가 태어난 이 행성이 보여주는 비주얼은 결코 이곳을 지나칠 수 없게 만든다.

이름부터 참 도전적이다. 우리 와이프는 크게 만류를 하진 않았지만 샌디에이고에 살고 있는 친구는 극구 만류를 한다. 여러 차례 데스밸리의 사망 사고 기사를 던져주면서 나도 주인공이 될 수도 있다는 경고를 던져준다. 내가 살아오면서 주인공이 되어 본 적이 별로 없어서 이렇게라도 주인공이 되어 보자는 도전 정신이 더 발휘되는 곳이 데스밸리다.

그렇게 화려했던 라스베이거스를 등지고서 황량함이 가득한 캘리포니아 사막의 중심지, 다스베이더의 고향에서 죽음의 계곡을 맞이하기로 마음을 먹었다. 내가 주인공이 되든 주인공의 발자취를 따라가 보든, 어쨌든 이 여행의 주인공은 나니까.

라스베이거스에서 데스밸리 초입까지 생각보다 시간이 꽤 걸린다. 차가 막히는 구간도 아닌데 워낙 미국이란 나라가 땅덩어리가 커서 그런 지 2시간은 가야 도착하는 곳이다. 분명 아주 가깝다고 해서 진짜 가까운 줄 알았는데, 역시 사람보단 구글맵을 더 믿어야겠다.

횡단 중 자동차 기름이 없어 사망하는 기사의 주인공이 되기는 거부했다. 데스밸리로 들어가는 입구에 있는 주유소에서 갤런당 4.5불[14]이라는 금액으로 만땅 주유를 했다. 데스밸리 초입에서 필수적인 절차가 주유라서 그런지 수요와 공급의 경제학이 그대로 적용되는 가격이다. 미국에서 욕 한번 하고 한국 와서 그 보다 더 비싼 가격으로 기름을 넣고 있다. 욕을 끊을 수가 없다. 나한테 경제학 원론 B 주신 교수님께 20년 전 리포트를 다시 보내 보고 싶다. 교재가 아닌 몸으로 체험한 경제학의 기본 개념을 40대 중반이 되어서 터득했다고.

데스밸리를 횡단하면 타투인 행성을 배경으로 삼고 VR 안경을 낀 채 3시간 동안 어트랙션을 타는 느낌일 것 같다. 그런 단순한 본능적이고 유치한 쾌락을 위해 간 것인데 이곳에서 뭔가 내가 깨달은 것을 억지로 찾고 글을 쓰려니 더 안 써진다. 즉 자아 성찰이나 미지의 깨달음 따위는 없다. 그런 것을 느낄 만큼 성숙한 인간도 확실히 아니다.

---

14 환율을 1,450원으로 계산하면 리터당 약 1,720원 정도다.

　잔인하게 내리쬐는 햇볕은 4월 말임에도 불구하고 38도라고 날씨 웹사이트에서 알려주고 있다. 그리고 그 날씨 웹 사이트는 매우 Cool한 날씨라며 데스밸리를 가기 좋은 날씨라는 친절한 안내까지 해주고 있다. 날씨 웹 사이트의 Hot과 Cool의 기준이 도대체 어떻게 나눠진 것일까?

　몸에 와닿는 날씨는 매우 Hot 했지만 그 데스밸리에 다다른 나의 마음은 너무나도 Cool 했다. 역사적으로 서부 개척 시대에 이곳을 횡단하는 이주민들을 죽음에 이르게 한 죽음의 계곡을 마주하면서 쿨하게 횡단을 시작하게 되었다.

　데스밸리에 진입해서 조금 가다 보면 지브리스키라는 유명한 뷰 포인트가 있다. 일본의 유명한 애니메이션 지브리 스튜디오와 전혀 상관없다. 그냥 사람 이름이다. 여길 먼저 발견한 사람도 아니고 그냥 돈이 많아서 여기 개발하면서 자기 이름을 붙여서 지브리스키 포인트다. 그런데 개발을 한 것은 하나도 없다. 쉽게 말해 돈 내서 땅 사고 자

기 이름을 붙인 격. 언젠간 나도 이 데스밸리의 작은 산 하나 사서 한 갑산 포인트라고 지어보고 싶네. 산은 산이잖아.

개발은 안 했지만 여기서 열기가 너네 죽일 수도 있다는 무시무시한 안내는 해준다. 살짝 체험이라도 하란 듯이 유리로 되어 있는 안내판을 만지면 바로 화상을 입을 것 같다. 열기보다도 저 유리판 만지다가 손에 화상을 입고 그 상처가 곪아서 죽는 게 더 빠를 것 같다. 그러고 보니 굳이 저기에 손을 대서 온도를 체크하는 멍청이는 나밖에 없긴 했다.

뭔가 새롭고 경이로워 보였다. 정말 흔히들 얘기하는 딴 세상에 와 있는 느낌의 풍경이 저 멀리까지 가득했다. 이 엄청난 구역을 황무지로 둔 채 전혀 개발하지 않고 있는 미국이라는 나라의 땅 넓이에 대한 여유로움도 부러울 따름이다.

'아마 화성이 있다면 이런 분위기 일 것이다!'라고 많은 사람들이 여기저기 블로그나 유튜브로 얘기를 하곤 한다. 실제로 보니 마치 내가 우주복 입고 여기서 사진을 찍고 나서 "나 화성에 다녀왔어!"라고 하

면 적어도 우리 딸은 믿을 것 같다. 친구들은 비웃고.

이 엄청난 행성은 충분히 장대하고 NASA도 화성에 도착했다고 영상을 찍어도 될 만큼 기이한 비주얼이다. 하지만 현실은 더위에 이기지 못해서 씩씩거리며 에어컨 빵빵한 차로 도망치고 싶은 심정 뿐이었다.

그래도 뭔가 이상한 기분이 몽글몽글 피어올랐다. 이 더위를 뚫고 다닌다는 용기보다 지금 아니면 또 언제 여길 올 수 있을까 하는 성취감. 그리고 돌아가서 친구들한테 약간은 자랑도 해볼 수 있지 않을까 하는 우쭐함. 물론 부러워하는 녀석이 있을까는 모르겠다.

애써 포장하자면 스타워즈 에피소드 4의 제목처럼 'New Hope'라고 부르고 싶었다. 내 인생의 남은 시즌에도 아직은 신작 에피소드가 무궁무진할 수 있다는 새로운 희망. 거창하지도 철학적이지도 않은 단순한 희망이다. 그저 황량한 사막에서 조용히 나에게 되뇌었다.

"2막으로 접어드는 내 인생에서 아직은 희망 같은 것이 있을 수 있겠구나. 그래도 여기처럼 뜨겁지만 않았으면 좋겠네."

다른 것도 필요 없다. 제다이도 다스베이더도, 포스도 필요 없다. 이 사막 한가운데서 '내 중년 인생은 이제 시작이다' 라는 작은 포스만 있어도 충분할 것이다.

   딸아, 아빠 미국 가서 야구 좀 보고 올게

감당하기 어려운
그들의 일탈

"우리는 피닉스에서 왔어. 그런데 우린 신혼부부가 아니야. 이 남자는 와이프가 있거든."

응? 난 처음에 잘못 들은 줄 알았다. 신혼부부처럼 보이는 커플이 단테스뷰에서 셀카를 찍다가 나에게 자기들 사진을 찍어달라고 부탁을 하였다. 그리고 무슨 공식인 것 마냥 내 사진도 아주 엉덩이가 도드라지게 찍어주었다.

난 서로 너무 사랑하는 포즈로 뽀뽀까지 하는 사진을 열심히 찍어주고 허니문을 왔냐고 물어보았지만 돌아온 대답은 정말 의외였다.

신혼부부가 아니고 남자가 와이프가 있다니….

"아, 그래? (웃으면서) 그럼 그 와이프가 바로 너라는 거지?"

남자는 뭐 하러 그런 소리까지 하냐는 표정으로 여자를 바라보았고 여자는 웃으면서 다시 또 놀라운 대답을 한다.

"아니야. 나도 남편이 애리조나에 있어. 난 투싼에서 왔거든. 그냥 우린 여기 라스베이거스에 여행 온 커플이야."

다신 만날 일이 없는 동양에서 온 영어도 제대로 구사하지 못하는 남자에게 굳이 거짓말을 할 필요는 없다고 생각했나 보다. 아무리 개

방적인 할리우드식 문화가 펼쳐진 미국이라고 해도 불륜의 사실을 저렇게 대놓고 얘기하는 사람은 없을 텐데…. 다신 볼 일이 없을 테니 그냥 다 얘기한 건지 그들과 아무렇지 않은 듯이 진행된 스몰토크는 뭔가 나도 비밀 얘기를 하나 해야 할 것 같은 생각이 들게 만들었다.

하지만 난 절대 싸이월드 방명록이 모두에게 공개되는 시절 나를 짝사랑하는 여자인 척하면서 "당신을 몰래 좋아하고 있었어요"라고 방명록을 썼다는 얘기를 하진 않았다. 그리고 우리 회사 센터장님과 골프 치러 갔다가 벙커에 빠진 걸 몰래 벙커 옆에 옮겨 놓고 "벙커에 안 들어갔어요!"라고 소리친 것도 얘기하지 않았다.

죽음의 계곡을 내려다보는 단테스뷰에서 할리우드 문화가 가득한 미국인의 진정한 일탈을 목격했다. 국가적인 문화가 아무리 다르다 해도 시대와 국가를 불문하고 비난받을 얘기를 한 그들을 이해할 수는 없다. 더군다나 아무렇지 않게 모르는 사람에게도 자신 있게 얘기하는 그들의 똘끼도 새삼 놀라웠다.

단테스뷰라는 지역명 때문에 자신의 죄를 아무렇지 않게 고할 수 있는 것일까? 이 죽음의 계곡을 한눈에 내려다보며 지옥의 형상을 볼 수 있는 곳이 단테스뷰다. 단테의 신곡은 읽어보지도 않았지만 대충 뭐 지옥 편에 죄를 돌려받는 그런 걸로 기억이 난다. 아직 춘향가 원문도 다 읽어보지 못했는데 유럽 이태리의 기독교적 서적을 읽을 만큼 내 지식의 욕구는 높지 않다.

서부 개척시대에 금광을 캔다고 이 계곡을 지나다가 살인적인 더위로 수많은 사람들이 목숨을 잃었다. 그들이 죄가 있는지는 모르겠지만 단테스뷰 아래서 죄를 돌려받았다고 해도 무리는 아닐 것 같다.

그 커플의 죄가 다시 돌아갈지는 관심 없다. 내가 이번 여행을 40대 유부남의 일탈이라고 생각했지만 내 일탈을 아주 귀여운 수준으로

 딸아, 아빠 미국 가서 야구 좀 보고 올게

만들어낸 그들의 일탈.

 일탈이 뭐 별거 있나…. 내 삶의 정도에서 벗어나면 그게 일탈이잖
아. 난 스스로 감당할 수 있는 일탈만 해야지.

13부

피아노와

기타가 속삭인

비음의 하룻밤

Academy Ave
STOP

미안해요,
난 동성애자가 아니에요

내가 멈춰 선 곳은 비숍이라는 조그마한 캘리포니아 시골 도시. 슬슬 해가 저물기 시작해서 이 동네에서 숙소를 찾아봐야지 하고 멈췄다. 너무 평화로운 동네여서 그런가…. 너무 조용하다 못해 유령도시처럼 거리에 사람들이 없었다. 그냥 작은 마을의 주거지역이어서 그런지 해가 저무는 시간에 가족과 저녁 시간을 보내기 위해 다들 집에서 그들만의 이야기를 나누고 있나 보다.

우리 집 보스도 우리 딸이랑 맛있는 저녁을 먹고 있겠지? 쓸데없이 또 감성에 젖어든다. F의 삶이란….

그 조용하고 평화로운 마을의 한 공간을 장식하고 있는 작은 호스텔을 발견했다. 첫 느낌이 마치 영화 '업(UP)'에서 풍선 할아버지가 풍선을 달고서 실수로 이 작은 마을에 내린 듯한 느낌이 들었다. 민트초코 아이스크림을 잔뜩 뒤집어 쓰고 라푼젤이 숨어 있을 것 같은 분홍색 지붕 장식 같은 것들이 이 도시의 다른 집과는 너무나 확연하게 눈에 띄었다. 앞 마당에서 바비큐를 해먹으면서 지나다니는 아무나 초대해도 이상할 것 같지 않은 기분이 들었다.

지나가다가 우연히 발견해서 내 발걸음을 부여잡은 이 기묘한 집.

뭔가 재밌는 일이 일어날 것 같은 상상력이 먼저 반겨주는 이 집 사진
을 찍어 와이프한테 보내줬다. 정말 예쁘지 않냐고 자랑을 했는데 와
이프는 뜻밖의 답을 한다.
　"이 호텔, 동성애자 숙소 같은데?"
　레인보우 깃발,
　저 깃발이 퀴어를 뜻한다는 사실을 40대 중반이 들어서서 처음으
로 알게 되었다. 기본 상식이라고 말하지 말라. 그럼 내가 너무 부끄럽
잖아.

　　　　딸아, 아빠 미국 가서 야구 좀 보고 올게

난 동성애에 대해서 특별한 반감이 있지 않았기에 거리낌은 없었다. 난 전형적인 이성애자이기에 그들의 성향을 공감하진 못하지만 이해와 존중을 하려고 노력하고 그들도 똑같은 사람이기에 별다른 거부감도 없었다.

누가 봐도 마음이 설렐 만큼 엄청나게 잘생긴 젊은 백인 남성이 싱긋 웃으면서 체크인 웰컴 인사를 해준다. 그러면서 어디서 왔느냐, 오느라 힘들진 않았느냐 매우 친절하게 호스텔 구석구석을 소개해 주는데 정말 착하고 친절하게 나를 응대해 주었다. 더군다나 잘 생긴 외모를 가진 매우 호감을 느끼게 하는 사람이었다. 하지만 같이 셀카를 찍자고는 못했다. 나도 부끄럽거든.

여행객들이 정보를 교환하고 이야기를 나누는 작은 커뮤니티 라운지가 있다. 저녁을 먹고 맥주 한 잔을 하면서 책을 읽고 있는데, 문신 가득한 대니얼이라는 이름을 가진 잘생긴 백인이 기타를 들고서 멋진 연주를 시작한다. 많이 들어봤던 곡이라 무엇이었는지 한참 생각을 했다. 그 기타리스트가 연주하는 곡이 'Can't take my eyes off you'라는 것을 깨닫고 나도 자연스럽게 합주라도 한번 맞춰볼까 하는 생각에 피아노 앞에 앉았다.

술도 한잔했고 취기에 자연스럽게 분위기를 맞춰보고 싶어서 기타 치는 대니얼의 연주에 자연스럽게 피아노 연주를 넣어보았다. 그 순간 그 친구와 함께 라운지에 있던 모든 사람들이 어메이징!, 그레이트~ 라며 연주 끝에 엄청난 박수를 쳐주었다.

내가 옷 입는 패션 센스는 정말 세계 최악의 수준이긴 하나 음악 센스는 제법 있었나 보다. 대니얼은 매우 놀라는 눈으로 나한테 고맙다며 혹시 다른 곡도 같이 해볼 수 있냐고 제안을 한다. 플로리다에서 왔다며 간단하게 자기소개를 한 대니얼은 한국에서 왔다고 한 나에

게 BTS곡을 같이 연주해 볼 수 있냐고 제안을 하였고 즉석에서 함께 연주하기로 한 곡은 '다이너마이트'.

단순한 코드 반복이라 함께 약간은 어설프지만 둘이서 재즈틱하게 연주를 하였고, 이어서 타지에서 캘리포니아로 왔으니 '호텔 캘리포니아'도 같이 연주하였다. 그 순간은 라운지에 함께 있던 대여섯 명이 피아노와 기타를 둘러싸고 노래를 부르고 노래 끝에는 같이 맥주캔을 부딪히며 치어스!를 외치는 작은 파티가 실현될 수 있었다.

음악은 시대적, 지역적 힘도 있지만 글로벌하게 모두를 엮어줄 수 있는 공감의 힘도 갖고 있다. 함께 '캘리포니아 드림'과 '마이 웨이', '스탠바이 유어 맨' 같은 올드 팝송 몇 곡을 연주했고, 솔로 연주를 부탁한 그 친구에게 LALA Land의 '미아&세바스티안 테마' 피아노 솔로곡으로 연주를 들려주었다.

아, 생각해 보니 진짜 잘 쳤던 거 같다. 적어도 그 순간에 난 그들에 게 엘튼 존[15] 같은 존재가 된 느낌이었다.

대니얼과는 연주를 마치고 맥주 한잔하면서 이런저런 얘기를 나눠 보았다. 자긴 28살인데 플로리다에서 일하다가 회사를 관두고 혼자 서 캘리포니아 여행 왔다고 한다. 나처럼 가족이 있거나 아이가 있고 회사를 다니고 있는 신분은 아니어서 그냥 기약 없이 집시처럼 한 두 달 정도 돌아다니다가 고향으로 돌아갈 거라고 한다.

분명 내 또래라고 생각했는데 나보다 무려 16살이나 어리다니… 그 어린 나이에 두려움 없이 홀로 장시간 여행을 떠난다는 것이 참 부러 웠다. 그런 얘기들, 또 음악 얘기들을 나누다 보니 어느덧 시간은 자정 을 넘었고 난 자러 가야 하겠다고 굿나잇 인사를 하는데 대니얼이 살 짝 나에게 묻는다.

"넌 어느 도미토리룸이야?"

"아니야, 난 2층에 프라이빗 룸에서 자."

이 말이 나오는 순간 그 친구의 눈빛이 다시 달라졌다. 뭔가 잘 됐 다는 표정과 함께 나에게 See U Later 이라고 하면서 자기 도미토리 침 대로 갔다. 난 그냥 물어봤나 보다 생각하고 내 방에 들어가서 샤워를 하고 침대에 누워서 핸드폰을 보고 있었는데… 갑자기 똑똑.

"누구세요?"

"나야, 대니얼."

"아, 대니얼 무슨 일이야?"

방문을 열었더니 샤워 가운을 걸치고 머리가 젖어있는 채로 온 대 니얼이 와인 한 병과 잔 두 개를 보여준다.

---

15 엘튼 존도 동성애자다.

"괜찮으면 우리 밤 새우면서 술 한잔 하지 않을래?"

이거 원나잇 제안인 거지? 남녀 사이였으면 그린라이트냐고 물어봐도 될 제안이었을 텐데 엄연히 XY 염색체를 가진 남자가 나에게 들이댔다. 순간 여기가 퀴어 숙소라는 것과 우리의 연주를 듣고 있던 사람들 모두 남자들이었다는 것을 깨달았다.

내가 동성애에 대해서 반감이 없고 그들을 존중하지만 난 엄연히 이성애자다. 당연히 여자를 좋아하고 여자랑 결혼한 전형적인 이성애자다. 일반적으로 음악을 전문적으로 했던 남성들에게 동성애자 비율이 높다는 애기를 들은 적이 있었는데 아마 그래서 대니얼도 나를 그렇게 생각했던 것이었을까?

과거에 군 생활할 때 훈련소 동기 중 한 명에게 고백을 받은 적이 있었다. 물론 군대니까 남자다. 자기가 입대하기 전에 다녔던 이태원 게이 클럽에 음악 하는 남자들이 많아서 나도 그럴 것이라고 생각하고 고백을 했다고 했다.

그땐 갖고 있는 총으로 쏠 뻔했다. 혐오나 증오가 아니고 너무나 당황해서. 그 순간 훈련소에서 그 녀석과 같이 껴안고 샤워하면서 등 밀어주던 기억들이 주마등같이 스쳐 지나갔다.

그 이후에 처음으로 남자한테 플러팅을 당하니 기분이 정말 묘했다. 나이 45세에 플러팅을 당하다니…. 여자도 아니고 남자한테….

"미안해. 난 이성애자야. (I'm sorry, I'm straight)"

동성애자가 깊은 관계를 요구할 경우 아주 공손하고 정중하게 거절할 때는 이렇게 답을 하면 된다고 예전에 배웠는데 처음으로 써먹어봤다.

"오, 미안해. 난 정말 몰랐어. 네가 혼자 이 숙소에 와서 나와 같은 줄 알았어."

대니얼은 그렇게 당황해하진 않았다. 아, 그렇구나, 정도로 웃으면서 그는 나에게 악수를 청하며 굿바이 인사를 건넸다.

"그럼 내일 아침 우리 같이 모닝커피 정도는 괜찮지?"

"물론이지. 내가 기가 막힌 코리안 믹스 커피를 선사해 줄게."

우린 가벼운 주먹 인사를 나누며 각자의 방에서 연주의 여운과 이 인연의 여운을 즐겼다. 다행히도 함께가 아닌 각각 즐겼다. 그리고 진심으로 우리 집 보스가 너무나 보고 싶었다. 우리 집 보스였다면 이 작은 방에서 좋은 분위기를 만들었을 텐데.

이 동화 같은 집에서 맞이한 영화 같은 장면이 계속해서 펼쳐진 저녁이었다. 때로는 이렇게 생각지도 못한 곳에서 새로운 의미와 새로운 경험을 겪게 된다. 뭐 준비해야 할 것도 없고 준비할 수 있는 것도 없다. 그냥 내 앞에 놓인 상황에서 난 나의 즐거움을 찾고 그들의 즐거움도 존중하며 배려만 할 수 있다면 이 아름다운 장면은 언제나 해피엔딩이다.

나 이래 보여도 미국에서 남자한테 대시 받은 남자다.

2

혼자 그렇게 다니면
지루하거나
외롭지 않아요?

외롭다. 가끔은 쓸쓸하다. 하지만 슬프진 않다. 오히려 이 육체적인 외로움을 즐길 수 있어서 기쁘다.

피아니스트 윤한의 '여행을 시작하는 당신에게'를 재생시켰다. 외로운 여행에 대해서 이 음악은 나를 공감하는 듯했다. 음악이 만드는 감성은 여행의 묘미를 더 빛나게 만든다.

윤한의 음악은 아무도 공감하지 못한 내 여행을 공감해 준다. 음악이 위로가 되고 음악이 치유가 되는 극적인 순간을 느껴 보았다.

아무 생각 없이 달리다 들른 카페에서 아내에게 편지를 쓴다. 당신과 딸 덕분에 지금 행복한데 당신 덕분에 외로움도 느낀다고 모순에 가득 찬 내용을 썼다.

뒤늦게 편지를 본 아내는 뭔 개소리냐고 묻는다.

이 감정을 표현할 수가 없어서 그냥 미안하다고 했다. 다행히 뭐가 미안하냐고 묻지 않는다. 고마워 여보.

외로운 감정이 쳐들어오면 저 멀리 올려다본다. 세상에 없을 것 같은 풍경이 눈앞에 펼쳐져 있다.

파란 하늘을 보니 밥 로스 아저씨가 파란 캔버스에 흰 물감 휙 뿌리고 "참 쉽죠?"라고 할 것 같은 구름이 보인다. 밥 아저씨가 살아 계셨으면 이 하늘을 참 좋아했을 텐데.

그림은 참 쉽겠지만 글로 표현하기는 어렵다. 글도 못 쓰는 내가 왜 책을 쓴다고 해서 이런 고생을 사서 하는지는 모르겠다. 편집장이 보고 혀를 끌끌 차더라도 이 챕터의 감동은 꼭 남겨놓고 싶다. 편집장님 제발 이건 편집하지 말아요.

외로움과 쓸쓸함이 뒤따르는 여행
하지만 너무나 즐겁고 행복한 여행
모순으로 가득 찬 여행의 감정
이 또한 나만 느낄 수 있는 감정
아무도 이해를 못 하는 감정
피아니스트 윤한은 이해하는 감정

라임 죽인다. 쇼미 더 머니에서 누가 이 라임 써주면 내가 투표할 거다. 이 글의 초안을 본 와이프가 다시 묻는다. 뭐 이런 잡글이 다 있냐고.

잡글을 쓰는 것도 내 자유
외로움과 쓸쓸함을 즐기는 것도 내 자유
이 여행이 내게 전해주는 감정의 마약
그 쾌락을 즐기는 나만의 바이브
난 끝까지 라임을 놓지 않는 영포티 보이

야구가 도시를 이사할 때, 새크라멘토에서 펼쳐진 애슬레틱스의 이야기

At Sutter Health Park

TEXAS RANGERS

VS

ATHLETICS

새크라멘토를 연고로 하는 MLB 팀은 없다. MLB뿐 아니라 NFL도 NHL도 없고 딱 유일하게 새크라멘토 킹스라는 NBA 팀이 있는, 스포츠로는 외로운 도시다. 그렇다고 그 NBA 팀이 잘하는 팀도 아니고 매년 리그 꼴찌를 밥 먹듯이 하는 팀이라 인기도 별로 없다.

그런 도시에 메이저리그 팀이 이사를 왔다. 연고지 이전이라는 큰 변화가 생긴 것이 아니고 임시로 애슬레틱스라는 팀이 오클랜드에서 새크라멘토로 이사를 온 것이다. 그리고 이 스포츠로 박복한 도시에 3년간 메이저리그 경기가 펼쳐진다.

애슬레틱스는 원래 오클랜드라는 도시를 연고로 하는 MLB 팀이었다. 하지만 오클랜드시의 성의 없는 구장 관리와 범죄 도시라는 치안 문제로 인해 팀은 성적과 흥행 모두 나락으로 떨어졌고 결국 연고지 이전이라는 초강수를 띄우게 된다.

문제는 이전하기로 결정된 라스베이거스에 아직 구장이 완공이 되지 않은 것이다. 그렇다고 계약이 종료된 오클랜드로 다시 돌아갈 수도 없다. 그런 이유로 애슬레틱스는 2025년부터 2027년까지 3년간 새크라멘토 Sutter Health Park라는 트리플A 구장에서 경기를 치르게 되는 히스토리가 생겼다.

이 Sutter Health Park는 "새크라멘토 리버 캣츠"라는 샌프란시스코 자이언츠 산하 트리플A 팀이 사용하는 구장이다. 그러다가 앞서 얘기한 대로 애슬레틱스가 임시적으로 사용하면서 잠실구장의 LG와 두산처럼 트리플A팀과 애슬레틱스가 공동으로 사용을 하게 된 것이다. 그래서 그런지 구장 내에는 애슬레틱스의 홈구장이라는 것을 벽면이나 구장 외관에 꾸며 놓은 것은 없다. 팀 스토어에 들어가 봐야 '아 이곳이 애슬레틱스의 홈경기장이구나' 하고 느낄 수 있을 뿐이었다.

뉴욕 양키스나 샌프란시스코 자이언츠같이 보통 MLB 팀은 팀명 앞에 연고하는 도시를 붙이는 경우가 대부분이다. 하지만 3년 뒤면 라스베이거스로 떠날 팀이다 보니 연고지가 붙지 않은 채 공식적으로 Athletics라고만 명명이 되어 있다. 도시 연고를 기반으로 하는 MLB의 역사에 우리 도시가 없으면 자연적으로 애착이 생기지 못한다. 예전에 KBO에서도 현대 유니콘스란 팀이 서울로 가겠다고 인천과 계약을 해지했다가 서울 입성이 무산되면서 일단 수원에 연고를 두었던 적이 있다. 당연하겠지만 곧 떠날 팀을 응원하는 팬이 얼마나 있겠는가… 그래서 당시가 한국 프로야구 흥행의 암흑기이기도 했지만 현대 유니콘스는 왕조의 전력과 반대로 흥행 참패의 주동자로 불리게 되는 흑역사가 있다.

관중석이 텅텅 빌 것이라는 예상과 달리 생각보다 많은 관중들이

RH
REDHAWK
RESORT + CASINO
redhawkcasino.com
CATCH THE EXCITEMENT
AT RED HAWK!
TEXAS 3 8 0 6
ATHLETICS 2 8 1
006
33

TOYOTA
VISITOR INN HOME
3 6 2
BONNEY
Sutter Health

찾아왔다. 애슬레틱스가 오클랜드 콜로세움 경기장을 사용할 때는 관중 동원은 MLB에서 최하위권에 속했다. 그래서 1만 1천 석 밖에 안되는 이 구장으로 임시 연고를 정할 때 관중 동원에 대한 고민은 없었을 것 같다. 관중이 적은 비인기 팀의 설움이라고 해야 할까….

임시 연고지 구장이지만 그래도 새크라멘토에서의 애슬레틱스의 평균 관중은 1만 명에 가깝다. 같은 구장을 사용하는 트리플A 경기보다 두 배 가까운 수치다. 4만 명 규모의 구장을 사용하던 오클랜드 시절과 크게 다를 바 없는 수치였다. 오히려 관중 점유율이 90%에 가깝다 보니 텅텅 비어 보였던 오클랜드 경기장보다 관중이 꽉 들어찬 느낌이 더 보기 좋을 정도다.

그동안 항상 MLB 경기를 보려면 샌프란시스코까지 가야 했던 새크라멘토의 야구팬들은 외로웠다. 그래서 임시 구장이긴 하지만 최고의 수준의 경기가 펼쳐지는 MLB를 볼 수 있다는 사실에 도시의 많은 팬들은 애슬레틱스의 임시 이사를 환영하고 있다.

Sutter Health Park, 입에 딱 달라붙지 않는 이름의 야구장은 가족 친화적인 느낌이 드는 구장이다. 팬들이 돗자리 깔고 잔디 위에서 야구를 구경할 수 있는 공간이 외야부터 내야 안쪽까지 깔끔하게 차지하고 있다. 그동안 가봤던 딱딱한 MLB 구장의 의자보단 진짜 Park 같은 느낌의 구장이어서 더 아기자기하고 소도시의 분위기가 느껴진다.

그래서 뭔가 이런 마이너리그 구장은 그냥 야구 게임 보면서 우리끼리 피크닉이나 하자 하는 생각으로 많이 오는 느낌이 든다. 야구야 이기던 지던, 우린 그냥 놀자. 뭐 이런 느낌? KBO도 차츰 그렇게 야구 자체를 즐기러 오는 문화가 생겨나고 있긴 하지만 아직은 승패에 연연하는 팬들이 더 많긴 하다. 일단 내가 그렇다. 지면 너무 스트레스를 받는다.

 딸아, 아빠 미국 가서 야구 좀 보고 올게

오늘 내가 관람한 자리는 홈팀인 애슬레틱스의 덕아웃 위에 있는 아주 좋은 자리였다. 구장이 작아서 어디서든 잘 보이겠지만 그래도 이런 자리는 미국에선 정말 비싼 자리로 분류가 된다. 하지만 이 자리를 위해 지불한 가격은 고작 27불로 환율을 적용하면 약 4만 원 정도. 한국과 비교를 하면 많이 비싼 가격이지만 전주 금요일의 텍사스에선 이 정도 자리는 약 1백만 원 정도 되는 가격이었다. 이 가격으로 이 좋은 자리를 누릴 수 있는 것도 2027년까지다. 아마 라스베이거스로 연고지 이전이 완료되면 티켓값은 LA 다저스 이상의 수준으로 비싸질 것이 분명하다.

경기 중간에 발견한 애슬레틱스의 우승 연도 안내 현수막이다. MLB 구장에서는 우승 연도를 관중들의 눈에 잘 띄는 곳에 아예 모형을 박제해서 걸어 놓는 것이 보통이다. 하지만 애슬레틱스는 임시 구장이라서 그런지 저 아홉 번의 우승을 초라한 현수막으로 밖에 표현할 수가 없다. 창단 후 한 번도 월드시리즈 우승을 해보지 못한 팀이 아직도 4팀이나 있는데 아홉 번의 우승을 저렇게 쉽게 뜯고 붙일 수 있는 현수막으로 대체하다니….

지금은 비록 약팀의 이미지이지만 월드시리즈 아홉 번 우승은 같은 서부의 내셔널리그 다저스와 같은 우승 횟수다. 아메리칸 리그는 양키스라는 우주 최고의 명문 구단이 있어서 그 우승 횟수를 따라잡긴 힘들지만 아메리칸 리그에서도 명문팀인 보스턴 레드 삭스와 동일한 9회 우승을 차지한 팀이 바로 애슬레틱스다. 100년이 넘는 역사 속에서 강팀이었어야 할 애슬레틱스는 90년대부터 빌리 빈 단장 시절인 2000년대 초반을 제외하고 항상 약팀의 이미지가 강하게 팬들에게 박혀있다.

미국 야구장은 티켓값은 저렴해도 구장 내 식음료 물가는 상당히 높다. 그렇다고 맛있지도 않다. 맛과 가격이 비례하지 않는다는 것을 이번 MLB 구장들을 다니면서 처절하게 깨달았다. 그래서 대체적으로 야구장에서 뭔가 사 먹는 경우는 거의 없다. 하지만 날씨는 춥고 배도 고프고…. 옆에 앉아있는 할아버지는 김이 모락모락 나는 치킨 텐더와 감자튀김을 들고 오더니 옆에 있는 할머니와 맛있게 먹는다. 결국 그 모습에 매료(?) 되어서 결국 나도 2만 4천 원짜리 텐더&프렌치프라이를 먹을 수밖에 없었다.

너무 추워서 뜨거운 커피를 사 와서 몸을 녹여야 했다. 그 뜨거운 커피가 5분도 채 안 돼서 미지근한 커피로 돌변할 만큼 날씨는 추웠다. 그런데 옆에 있는 할아버지는 아이스크림과 슬러시까지 사 와서 할머니와 나눠먹는다. 도대체 저들의 체온은 어떻게 구성되어 있는 것일까? 패딩과 목도리를 하고서 아이스크림과 슬러시를 먹다니….

내가 5일 전에 텍사스에서 디그롬 대 야마모토의 눈 호강하는 투수전을 감상했었는데 오늘도 텍사스 선발이 또 디그롬이다! 그리고 애

슬레틱스의 선발투수는 J. T. GINN. 일단 이름값에선 아무래도 디그
롬의 존재감이 너무 뚜렷하여 경기전 분위기는 텍사스가 우세할 것
이라는 생각이 대세였다. 전체적인 팀 전력도 물론 텍사스가 훨씬 우
위였으니까 경기전 리뷰에선 다들 텍사스 레인저스의 승리를 점치는
분위기였다.

 개인적으로 세계 최고의 투수였던 디그롬의 폼은 정말 간지 난다.
상 남자의 투구 폼으로 삼진 잡는 모습은 간지의 절정을 보여준다. 역
시 남자는 간지. 다음에 사회인 야구 투수로 올라가게 되면 디그롬 폼
을 한번 따라 해 봐야지.

 한 때 리그를 지배했던 선수의 투구 장면을 바라보는 것은 너무 행
복했다. 100개 내외의 공을 던지는 디그롬의 공 하나하나에 얼마나
많은 재활의 노력이 담겨 있을까…. 그가 던지는 공과 그의 투구폼은
많은 팬들과 메이저리그를 사로잡았고 그래서 신인왕과 사이영상이
라는 타이틀을 그에게 선사하였다. 이젠 예전처럼 메이저리그를 씹어
먹는 투수가 아닐지라도 다시 지금의 투구를 하기까지 재활의 노력은
분명히 눈물겨웠을 것이다. 그래서 그는 올해의 재기 상도 타지 않았
는가!

 애슬레틱스에선 어제 MLB 데뷔 첫 경기에서 적시타를 치면서 팬
들을 열광하게 만들었던 닉 커츠가 오늘도 경기에 나섰다. 짧은 마이
너리그 생활을 마치고 MLB에 데뷔해서 첫 경기에서 적시타까지 쳤
으니 얼마나 기분이 좋았을까? 환호해 주는 관중들에게 인사를 해주
고 지역 미디어의 집중 관심이 마냥 좋은지 입가에 미소가 끊이지가
않는다. 팀 내 유망주에서 항상 최상단 그룹에 위치해왔고 데뷔 첫 게
임부터 주목을 받아왔으니 새로운 스타 탄생에 팬들과 미디어는 열광
할 준비가 되어 있다.

수년에 걸쳐도 MLB에 진입조차 하지 못한 선수들이 정말 많다. 마이너리그인 싱글 A단계에서 차례차례 올라가면서 28살 ~30살 사이에 잠깐 MLB 콜업했다가 사라지는 선수들이 대부분이다. 그런 상황에서 1년도 채 안 되어서 빅 리그에 데뷔를 한 닉 커츠는 슈퍼스타가 필요한 애슬레틱스의 중심이 되어야 할 것이다. 그리고 아마 또 LA 다저스나 뉴욕 양키스가 어마 무시한 돈을 제시하고 중간에 채 가겠지….

물론 선수층이 얇은 애슬레틱스 팀 사정도 있긴 하겠지만 그래도 어디 그게 쉬운가? 언젠가 이 선수가 대성하게 되면 난 이 선수의 데뷔 두 번째 경기를 봤다고 온 세상에 떠들고 자랑해야지. 그리고 내가 이 여행을 마치고 한국에서 여름을 보내는 동안 이 선수는 올스타가 지난 후반기부터 MLB를 차츰차츰 진짜로 정복해 나가고 있다. 하지만 이날은 2타수 무안타로 경기 후반엔 대타로 교체. 닉 커츠의 활약

은 나중에 라스베이거스에서 꼭 볼 수 있길 기대한다.[16]

경기는 레인저스의 디그롬이 2실점을 하긴 했지만 그래도 5.1이닝을 잘 막아냈다. 애슬레틱스는 4회 솔로 홈런 3방을 터뜨리면서 디그롬의 승리투수 요건도 마련해 주었다. 하지만 임시 연고지 팬들을 위한 애슬레틱스의 집중력은 실점 이후에 등장한 호건 해리스가 기가막힌 투구로 레인저스의 타자들을 틀어막아 준다.

그 호건 해리스와 불펜 투수들의 활약에 보답이라도 하듯 애슬레틱스는 9회 말 마지막 공격에서 기어이 동점을 만들었다. 관중들은 열광을 하기 시작했고 결국 9회 말 투아웃에 역전 끝내기 안타를 날리며 임시 홈구장의 팬들을 열광의 도가니로 몰아넣은 듯하다. 분명히 관중들은 열광했을 거다.

아마 관중들이 열광했을 그 순간 나는 이미 숙소로 돌아와 있었다. 내가 어지간하면 박빙의 게임은 끝까지 다 보는데 경기 보다가 얼어죽을 것 같아서 구장을 떠날 수밖에 없었다. 애슬레틱스의 승패가 중요한 게 아닌 수준이었다. 저체온증으로 컨디션이 나락으로 가서 여행을 조기 마감할까 봐 걱정이 될 수준으로 추웠다.

오들오들 떨면서 입은 딱딱딱 떨리는 경험도 오랫만에 해보고, 기온은 12도로 낮은 데다가 바로 옆에 강이 있어서 바람도 엄청나게 불어왔다. 아니, 보통 4월 말이면 좀 선선한 기운으로 야구를 볼 시기 아닌가? 더군다나 여긴 날씨가 아름답기로 유명한 캘리포니아인데! 생각보다 많은 팬들이 두꺼운 패딩을 입고 담요를 갖고 입장한 이유를 그제야 확실히 이해를 할 수가 있었다.

진짜 미시간 호수 바람은 저리가라고 할 정도의 미친 바람에 얼굴

---

16 닉 커츠는 2025년 아메리칸 리그 신인왕을 차지한다.

이 하얗게 질리면서 입술도 파르르 떨렸다. 그 모습을 본 옆에 계신 할아버지가 나에게 돌아가서 따뜻한 물 마시면서 쉬는 것이 좋겠다고 권할 정도였으니까….

경기를 끝까진 보지 못했지만 그래도 3년 뒤엔 누구도 경험하지 못할 애슬레틱스의 새크라멘토 연고지 시절 경기를 봤다는 것으로 오늘의 의미를 찾고 난 자동차에 히터를 맥시멈으로 돌리고서 몸을 녹이고 나서야 숙소로 안전하게 들어올 수 있었다.

숙소에서 맥주 한 캔을 따고서 지역 케이블 방송에서 생중계로 애슬레틱스가 끝내기 안타를 치는 순간을 보았다. 저 자리에 없어서 너무 아쉬웠던 마음과, 죽지 않고 숙소로 와서 살 수 있었구나 하는 안도감이 동시에 모순을 일으켰다. 그래도 언젠간 새크라멘토 도시 역사에서 MLB 경기가 펼쳐졌던 2025년의 한 경기를 내가 직접 직관할 수 있는 기회는 다시는 없을 테니 이 경기도 나에겐 큰 의미가 있는 경기였다.

메이저리그 경기장 치고는 매우 아담한 경기장이었지만 추위에 벌벌 떨며 경기를 지켜본 것은 하나의 추억으로 남겨놓자. 반면 교사로

    딸아, 아빠 미국 가서 야구 좀 보고 올게

다음날 샌프란시스코 자이언츠의 이정후 경기를 볼 때는 중무장을
해서 추위와의 싸움도 꼭 이기리라.

14부

누가 샌프란시스코를 좀비의 도시라고 하였는가?

샌프란시스코가
그렇게 위험해요?

약에 취한 사람들이 좀비처럼 거리를 메우고 있고 노숙자들이 약을 달라고 관광객들을 습격할 수도 있다는 말도 안 되는 소문(?)이 돌고 있던 샌프란시스코.

내가 라스베이거스에서 카지노를 하고 있을 때 옆에 있던 할아버지와 여행 얘기를 하다가 샌프란시스코 방문 예정을 얘기했더니 조심하라는 얘기를 수도 없이 나에게 강조하였다. 절대로 밤늦게 혼자서 그 도시를 돌아다니지 말라는 아주 엄격한(?) 충고를 해주었다. 끝말이 아주 강한 'Be careful'이었다.

그동안 스마트폰으로 샌프란시스코를 많이 검색해서인지 알고리즘에 얽혀서 나에게 추천되는 릴스나 숏츠는 샌프란에서 벌어지는 위험한 장면들이었다.

뭐 그리고 살만하니 도시가 존재하고, 사람들이 많고 물가도 비싸고, 식당도 많고 그런 게 아닐까? 물론 오클랜드나 볼티모어 등 대표적으로 치안이 험한 곳들도 사람들이 살긴 한다. 그래도 샌프란시스코는 관광객이 정말 많은 도시라서 그렇게 처절하게 치안이 안 좋거나 관광객을 상대로 범죄가 많이 일어날 것이라고는 생각하지 않았다.

실제로 난 샌프란시스코를 다니면서 노숙자를 여러 명 만났다. 긴 수염에 떡진 머리, 햇살에 그을린 검은 피부, 그리고 리어카 혹은 마트에서 훔쳐 온 카트를 끌고 다니는 노숙자들이 정말 많긴 했다. 약에 취해 있는 건지 아니면 술에 취한 건지는 알 수 없지만 대부분 눈은 퀭했고 초점이 없는 노숙자들도 정말 쉽게 볼 수 있는 것은 팩트였다.

첫날에 야구 경기를 끝나고 밤늦게 숙소에 돌아가는데 노숙자 한 명이 나에게 다가온다.

"이봐, 혹시 돈 좀 줄 수 있어? 아니면 담배도 좋고, 술도 좋아."

아마 처음 마주쳤을 때는 흠칫할 수도 있겠지만 그렇게 위협적인 태도는 아니었기에 난 차분히 답을 해줬다. 그리고 일단 덩치는 내가 더 크니 싸워도 내가 이길 수 있을 것 같았다. 그러고 보니 난 학창 시절 참 싸움을 못하긴 했었는데….

"미안, 난 현금이 전혀 없어. 그리고 난 담배를 피우지 않고 당연히 술도 없어."

"아, 그러면 지금 네가 들고 있는 그 음료를 나에게 줄 수 있어?"

분명히 노숙자인데 적어도 나에게 얘기하는 말투와 발음은 내가 쉽게 알아들을 수 있게 매우 또박또박 정확히 얘기를 한다. 게다가 정중하다. 뒤에 'sir'까지 붙여가면서 적선을 요구하는 것이 꽤나 정중해 보였다. 너무 추워서 카페에서 티를 하나 사고 이미 반 정도 마셨는데 이걸 달라는 게 이해는 안 됐지만 그 사람도 뭔가 몸을 녹일 것이 필요했나 보다.

"이거 이미 반이나 마셨어. 상관없어?"

"물론 상관없어. 고마워. 신이 축복을 내릴 거야.(God bless you)"

행실과 달리 나에게 신의 축복까지 선사해 주며 내가 남긴 음료수를 턱수염에 마구 흘리며 흡입하듯 마셨다. 아직 뜨거운데…. 미국의

딸아, 아빠 미국 가서 야구 좀 보고 올게

노숙자는 강철 혀를 갖고 있나 보다.

내가 있는 숙소는 샌프란시스코의 대표적인 관광지인 피셔맨스 와프에 있는 호스텔이다. 호스텔이 있는 곳까지 올라가는 언덕이 사람이 뜸한 곳이라 좀 으스스하고 위험할 수도 있다. 그래도 돌아가려면 한 시간이나 돌아가야 하는 부담 때문에 그냥 뭔 일이 있겠나 싶어서 그쪽으로 향하고 있는데 갑자기 뒤에서 반가운 한국말로 "저기요" 하며 누가 나를 불렀다.

"저 위에 있는 호스텔에서 머무시죠? 저희도 거기 머물거든요. 올라가는 길이 좀 무서워서 그러는데 혹시 같이 올라가도 괜찮을까요?"

20대 여자애 두 명이 나에게 보디가드를 해달라며 간청하는 눈빛으로 날 바라보고 있었다. 아까 내가 노숙자와 음료수 협상을 하고 있을 때 근처에 있는 것을 봤는데 이들도 나를 보고서 뭔가 덩치 큰 내가 보디가드 역할도 해줄 수 있을 거라 믿었나 보다. 솔직히 이 길 나도 무서운데…. 누군가 위협하면 내가 제일 먼저 도망칠 텐데 괜찮을까… 하고 생각했지만 대놓고 그렇게 얘기할 수는 없으니까…. 일단 나도 무섭게 느끼는 길이니 길동무가 있는 건 좋다고 생각했다.

"네, 그래요. 근데 제가 한국인인 거 어떻게 알았어요?"

"입고 입는 점퍼가 기아 타이거즈 점퍼잖아요. 저도 야구 좋아하거든요. 아까 자이언츠 야구장에서도 봤었어요."

다행히 숙소로 돌아가는 길은 아무 일도 없었다. 다니는 사람이 별로 없다 보니 노숙자들도 여기서 구걸할 생각을 안 했나 보다.

이름도 주고받지 않았던 그 20대 여자애 두 명은 친구끼리 미 서부 여행을 왔다고 한다. 자기들도 샌프란시스코가 위험하다고 애기를 많이 들어서 걱정했는데 걱정했던 것만큼 위협적인 일은 없었다고 했다. 굳이 찾자면 유니온 스퀘어에서 욕을 하면서 자기들끼리 싸우는 현지인들을 보고서 무서웠고 약에 취해서 길거리에 누워있는 약쟁이가 자기들한테 손을 뻗는 게 무서웠다는 것 정도. 그 정도는 꼭 샌프란시스코가 아니고 뉴욕에서도 LA에서도 흔히들 일어나는 일이고 심지어 한국의 서울역에서도 쉽게 볼 수 있는 풍경이다. 물론 한국은 약이 아니고 술에 취한 경우가 대부분이긴 하지만.

결국 내가 느낀 것은 관광 차원에서 샌프란시스코를 오는 것은 위험하지 않다. 물론 샌프란시스코뿐 아니라 미국이든 싱가폴이든 유럽이든 백 프로 안전을 보장할 수 있는 여행지는 없다. 하지만 나 같이 소심한 사람도 2박 3일 샌프란시스코에서 머물면서 느꼈던 것은 차량 털이나 소매치기는 발생할 수도 있지만 목숨을 위협하는 중범죄는 별로 없다는 것이다.

실체와 상관없이 좀비가 들끓는 도시니, 가방 뺏기고 차가 매번 털리는 도시니, 치안이 최악으로 가는 도시라는 소문이 아예 트렌드로 잡혀가는 샌프란시스코. 하지만 실제로 가서 느끼면 그런 치안의 위협보다 아름다운 도시와 아름다운 사람들이 많다는 것을 느낄 수 있는 도시. 이 샌프란시스코처럼 살아오면서 실체를 알지도 못한 채 선입견으로만 사람을 평가하고 편향된 눈으로 바라보는 경우가 정말 많다.

어린 시절의 나 역시 그런 선입견에 내 실체보다 편향된 평가를 받아보았다.

"쟤 피아노도 못 치면서 피아니스트가 되겠대. 웃기지 않아?"

초등학교 4학년 때 같은 반 여자애들한테 들었다. 물론 내가 인기가 없고 잘생기지 않았고 그래서 더 같잖아 보였을 수도 있다. 만약 차은우가 초등학교 4학년 때 피아니스트가 되겠다고 했으면 아마 여자애들은 조성진이나 임윤찬보다 차은우가 더 잘친다고 했겠지?

그때 같은 반 여자애들 앞에서 실제로 피아노를 칠 기회를 갖기 전까

 딸아, 아빠 미국 가서 야구 좀 보고 올게

지 난 그냥 조롱거리였다. 같은 피아노 학원 다녔던 아직 이름도 기억나는 김은영. 은영이가 같은 여자애들한테 나를 위해 얘기했다.

"아니야, 쟤 그래도 우리 피아노 학원에서 6학년 언니들보다 훨씬 잘 친다고 원장 선생님이 그랬어."

결국 그 아이도 나와 같이 조롱거리가 되었다. 고맙다 은영아. 그때 말은 못 했지만 진짜 고마웠어.

결국 1학기 말 장기자랑 시간에 당시에 내가 피아노 앞에 앉아서 연주했던 쇼팽 왈츠로 그들의 조롱은 어느 순간 사라졌다. 물론 은영이에 대한 조롱도 사라졌고 난 여전히 인기도 없는 너드남이었지만 그래도 피아노는 잘 친다라는 얘기를 들어왔다.

내가 가진 매력을 다른 사람들이 조롱으로 삼았듯이 이 아름다운 도시가 치안이 안 좋은 어둠의 도시처럼 포장되는 것이 너무나 안타까웠다. 그래도 언젠가는 이 도시가 단순히 노숙자와 약에 취한 사람들이 많을 뿐이지 여전히 매력이 넘치고 아름답고 좋은 사람들이 많이 있는 곳이란 것을 다시 알게 될 것이다. 나를 알아봐 준 김은영처럼.

근데 김은영이었나, 김은정이었나.

2

너 피아노 칠 줄 알아?

딸아, 아빠 미국 가서 야구 좀 보고 올게

호스텔의 커뮤니티 공간에서 누군가가 피아노를 치고 있길래 가서 감상을 하고 있었다. 그 사람이 나가고 나서 옆에 있는 호스텔 직원에게 나도 한번 피아노를 쳐보고 싶다고 하니 그 직원이 나에게 물었다.

"너 피아노 칠 줄 알아? 여긴 많은 사람들이 모여 있어서 소음이 되면 안 돼."

내가 앞에서 쇼팽의 즉흥환상곡을 친 그 누군가보다 100만 배는 더 잘 칠 수 있다고 얘기하고 싶었지만 그냥 조용히 직원에게 얘기했다.

"절대로 소음이 되진 않을 거예요. 시끄럽다고 생각하면 언제든지 절 말려주세요."

먼저 피아노를 친 인도 사람으로 보이는 사람이 일어나고 나서 한참 뒤에 앉았다. 외모만 보면 그 인도 사람은 나보다 피아노를 100만 배 더 잘 칠 것처럼 생겼다. 인도에서 IT 천재로 미국에 유학 온 것처럼 보이는 호리호리하고 앳띤 얼굴이었고 난 누가 봐도 배 나온 중년의 아저씨였으니까. 그래도 피아노는 얼굴로 치는 것이 아니라는 것을 증명하고 싶었다. 외모가 이끄는 홍행성과 어그로성을 과연 나의 예술이 넘어설 수 있을까!

처음에 피아노 앞에 앉아서 손가락을 잠시 풀었을 땐 그 공간에 있는 사람들은 전혀 관심이 없었다. 자기들 이야기만 하고 책을 읽거나 핸드폰만 보는 사람들이 대부분이었다.

이런 차분한 분위기에 좀 시끄러운 곡보다는 감미로운 영화음악이 좋을 것 같아 영화 '러브 어페어'의 OST를 잔잔하게 연주하였다. 곡도 유명하고 익숙한 곡이어서 그런지 주변의 시선이 나에게 쏠리는 것을 느낄 수 있었다.

또 관종기가 내 안에서 끓어오르기 시작했다. 누군가가 날 주목하면 기분이 업된다. 초딩스러운 기분도 참 오랜만이었다. 아니, 내가 피아노를 치면서 누군가에게 주목을 받아본 게 정말 오랜만이었다.

첫 곡 연주를 마치자 생각보다 많은 박수가 나왔고 옆에 있는 멋진 남자가

"One more please." 하고서 나를 유심히 쳐다보았다. 누군가 내 연주를 들어준다는 사실에 기분은 꽤나 좋았다. 비록 남자의 신청곡이었지만 나는 리스트의 '사랑의 꿈'을 연주하였다. 이번엔 좀 더 많은 사람들이 커뮤니티룸에 모여서 나를 지켜보고 연주 후에는 더 많은 박수가 쏟아

졌다. 이 박수소리의 쾌감에 피아노 연주자들이 피아노를 끊지 못하나 보다.

이번에는 여자다. 옆에서 날 유심히 지켜보던 노부부의 할머니가 온화한 미소를 띠며 또 한 곡을 연주해 줄 수 있냐고 말한다. 내가 또 젠틀맨이라 여성의 연주 신청을 신사로서 거부할 수는 없다. 난 그 할머니의 연령대에 맞춰 프랭크 시나트라의 '마이웨이'를 피아노로 멋들어지게 연주하였다.

"이거 내가 너무나 좋아하는 곡이야."

조용히 연주를 듣고 있는 할머니가 감격에 겨운 말로 나에게 고맙다고 인사를 해준다. 난 뭐라고 리액션을 해줘야 하나 고민하다가 내뱉은 핵노잼 대답은.

"No tips, but thanks!"

할머니 손을 꼭 잡고 계셨던 할아버지가 매우 큰 소리로 웃으면서 일어서더니 내 등을 토닥거려 주었다. 마치 내가 이 노부부의 아들이 된 것 같은 기분이었다. 아, 우리 아빠도 그 노래 참 좋아하시는데…. 정작 아빠 앞에서 그 곡을 연주한 적이 몇십 년 전이란 것을 깨달았다. 이렇게 음악은 없는 효심까지 올라오게 만든다.

그리고 라라랜드 OST와 함께 마지막으로 쇼팽 녹턴 2번과 20번. 그리고 터져 나오는 앙코르에 어쩔 수 없다는 듯이 영화 '말할 수 없는 비밀' OST에 나오는 쇼팽 왈츠까지 연주하며 약 30여 분의 시간을 내가 주인공이 되어서 맘껏 즐겼다.

나에게 피아노를 칠 줄 아냐고 물었던 그 직원이 와서 내일도 이 시간에 연주를 해줄 수 있냐고 한다. 커뮤니티 게시판에 홍보해서 사람들 즐겁게 해주고 싶다고. 대신 1박 금액을 환불해 주겠다는 달콤한 제안도 해준다. 내일 이 시간에 야구장을 가야 했기에 정말 미안하다고 했다. 꽤나 솔깃한 제안이었지만 받아줄 수는 없었다. 대신 뭔가 비싼 연주자인 척 자존심은 세워볼 수 있었다. 돈이 1원도 되지 않는 하찮은 자존심 따윈 없어도 되는데….

그래도 뭔가 이 시간에 이 공간에서 내가 주인공이 될 수 있었는데 그런 기분은 워낙 오랜만이라 자존감이 급상승하게 되었다. 생각해보면 나는 아주 어린 시절에도 피아노 앞에서만큼은 관종끼가 발휘되어서 자존감이 높아졌는데, 30년이 훌쩍 지나도 그 성격은 여전한가 보다.

샌프란시스코의 저녁은 그렇게 음악으로 저물어 갔다. 내가 항상 되고 싶었던 피아니스트라는 꿈은 이젠 나의 현실에선 불가능하지만 이 작은 공간에서 생각지도 못했던 리사이틀로 잠시 나 자신이 다시 피아니스트가 된 기분이었다. 피아노가 있고 내 연주를 듣는 사람들과 그 연주에 대해서 박수를 쳐주는 사람. 그 속에서 과거의 꿈이 현실이 된 것 같아 그 꿈을 위해 미친 듯이 질주했던 나의 20대가 대견해졌던 시간이었다.

내가 타임슬립을 통해서 과거로 돌아간다면 음대에 합격했다고 꿈을 위해 도전의 첫발을 내딛고 흥분해 있는 나에게 꼭 얘기해 주고 싶다. 너의 꿈은 결국 이뤄질 것이라고. 그리고 넌 행복해할 거라고. 더군다나 무대는 미국 샌프란시스코야!

이정후 티셔츠와 피자, 커피가 감동을 자아낸 샌프란시스코 자이언츠

At Oracle Park

TEXAS RANGERS

VS

SF GIANTS

취업 준비생 시절 면접마다 존경하는 인물로 손꼽았던 이종범의 아들. 그리고 내가 샌프란시스코 방문했을 때 기준으로 유일한 한국인 빅 리거인 이정후가 주전으로 뛰는 팀. 미국 서부의 명문팀이며 2010년대 2년마다 월드시리즈 우승을 세 차례 일궈냈던 전통의 강호. 이번 여행해서 제일 기대하고 있었던 그 샌프란시스코 자이언츠의 경기를 보기 위해 오라클 파크를 방문했다.

이번 MLB 경기 중에서 유일하게 외야석을 예매했다. 한국이든 미국이든 외야석을 그렇게 좋아하진 않는데 이날은 '정후 크루존'이라는 곳에서 정후 크루들과 함께 응원하기 위해 처음부터 이곳을 타깃으로 예매를 하였다. 그래서 경기 내내 난 이정후의 등짝을 실컷 관람할 수 있었다.

오라클 파크를 향해 열심히 가고 있으면 저 멀리 베이 브리지가 보

인다. 금문교 못지 않은 거대하고 멋진 장관을 그려주는 다리이고 통행료도 금문교와 같은 수준이다. 기능적으로나 경제적으로는 금문교와 가치가 비슷하지만 네임밸류에선 상당히 떨어지는 베이 브리지. 비록 최악의 치안을 자랑하는 도시지만 오클랜드와의 가교 역할을 하고 있는 저 다리는 금문교로 인해서 항상 이 도시의 2인자가 되어 있는 느낌이다.

한국의 과거 KBO 스타 중 하나인 심정수가 이승엽으로 인해 만년 최고의 2인자로 은퇴했던 것처럼, 베이 브리지도 금문교로 인해서 만년 2인자이다. 더군다나 한국식 이름도 없어서 그런지 금문교는 들어봤어도 베이 브리지를 처음 듣는 사람들도 많다.

아무튼 그 베이 브리지를 보면서 10년 만에 방문하는 오라클 파크(구 AT&T파크)는 10년 전과 외관 내관 모두 변한 것이 하나 없고 구장

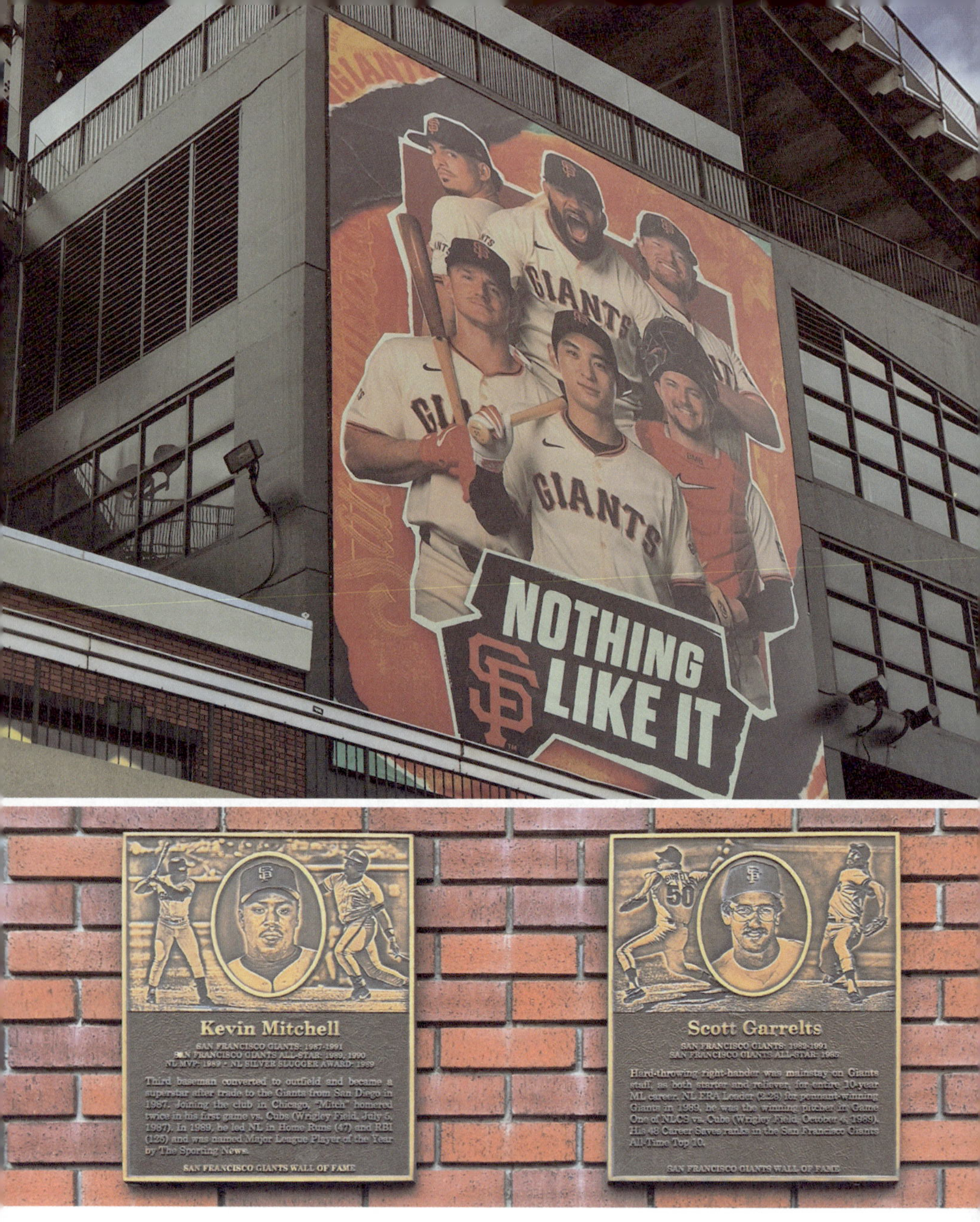

Kevin Mitchell

SAN FRANCISCO GIANTS: 1987-1991
SAN FRANCISCO GIANTS ALL-STAR: 1989, 1990
NL MVP: 1989 • NL SILVER SLUGGER AWARD: 1989

Third baseman converted to outfield and became a superstar after trade to the Giants from San Diego in 1987. Joining the club in Chicago, "Mitch" homered twice in his first game vs. Cubs (Wrigley Field, July 5, 1987). In 1989, he led NL in Home Runs (47) and RBI (125) and was named Major League Player of the Year by The Sporting News.

SAN FRANCISCO GIANTS WALL OF FAME

Scott Garrelts

SAN FRANCISCO GIANTS: 1982-1991
SAN FRANCISCO GIANTS ALL-STAR: 1985

Hard-throwing right-hander was mainstay on Giants staff, as both starter and reliever, for entire 10-year ML career. NL ERA Leader (2.28) for pennant-winning Giants in 1989, he was the winning pitcher in Game One of NLCS vs. Cubs (Wrigley Field, October 4, 1989). His 48 Career Saves ranks in the San Francisco Giants All-Time Top 10.

SAN FRANCISCO GIANTS WALL OF FAME

딸아, 아빠 미국 가서 야구 좀 보고 올게

이름만 바뀌었다. 전통을 중시하는 국가의 특성상 야구장을 쉽게 변화시키지는 않는다. 하긴 잠실 야구장도 10년 전과 전혀 달라진 것이 없으니까….

경기장 앞을 항상 역동적으로 지키고 있는 레전드 동상들과 그리고 구장 벽면을 장식한 Wall of Fame 레전드 선수들. 내가 KBO 만큼 MLB에 정통하진 못해서 그런지 모르는 사람들이 대부분이긴 한데 아마 이 도시에서 태어나고 자란 올드팬들에겐 그리운 이름들이겠지?

확실히 오라클 파크는 예쁘다. 타자의 홈런이 외야의 우측 펜스를 훌쩍 넘기게 되면 맥코비 코브라는 바다로 공이 빠지게 되는데 그것을 스플래시 히트라고 부른다. 이날까지 총 106개의 스플래시 히트가 나왔다.

예전에 배리 본즈의 홈런 신기록이 나오던 경기는 그 홈런 볼을 잡기 위해 수많은 보트들이 해안가에 빼곡히 들어차 있었다. 좌타자였던 배리본즈의 좌측 끌어당기는 홈런이 종종 스플래쉬 히트를 만들어 내기 때문에 그 공을 잡기 위해 수많은 팬들이 몰리는 현상이었다. 당시 이 코브의 보트 대여료가 수 백 불 이상 됐다는 기록도 있었다. 하지만 신기록 홈런 타구는 스플래쉬 히트로 기록되지는 않았는 것이 참 안타까운 사실.

구장 벽면 및 전광판 영상을 장식하고 있는 이정후를 보면 현재 이정후가 자이언츠 안에서 차지하는 위상을 짐작할 수가 있다. 실제로 저 경기를 보던 시기엔 이정후는 3할 이상의 타율을 기록하면서 시즌 초반 자이언츠를 이끌어 가고 있었다. 약간 오버해서 얘기하자면 이 지역에선 오타니 수준의 슈퍼스타 대접을 받고 있었다는 말이다.

원래 모든 선수들이 다 나오는 것 아니냐고 생각할 수도 있을 텐데 보통 이런 대형 이미지의 센터는 팀의 중심 선수를 배치한다. 다저스

에서는 과거에 커쇼가, 지금은 오타니가 차지하고 있고, 양키스에선 데릭 지터에 이어서 애런 저지가 차지하고 있었다. 그 센터를 지금 자이언츠는 이정후에게 내주고 있는 것이다. 실제로 구장에 가보면 주요 팀 홍보 영상이나 주요 이미지들은 죄다 이정후가 차지하고 있다.

물론, 최근에는 자이언츠에 과거의 버스터 포지라던가 배리 본즈 같은 초대형 슈퍼스타가 없다. 샌프란시스코 지역뿐 아니라 미국 전역을 사로잡는 스타에 목마른 팬들과 스타 마케팅을 해야 하는 자이언츠의 전략이 이정후를 향하고 있는 느낌이다. 그런 스타 마케팅의 대상이 될 수 있다는 것도 이정후에게 이 팀이 얼마나 큰 기대를 걸고 있는지 알 수 있다.

그리고 팀 스토어에서 제일 눈에 띄는 곳에 위치한 저지는 이정후의 51번이다. 맷 채프먼이나 범가너 정도만 이정후 옆에서 알짱(?) 거리며 놓여있다. 관중석에는 심지어 한글로 "이정후"라고 쓰여있는 저지를 입고 있는 팬들도 상당히 많다!

"여기서 어떤 선수의 유니폼이 제일 잘 팔리나요?"

당연히 '정후리'라는 답이 나왔다. 그다음이 맷 채프먼이라고 하면서 나보고 동양인이니 이정후 유니폼을 구입하는 것을 추천한다고 꺼내온다. 가격이 무려 250불이다. 약 40만원 정도.

"우린 항상 51번을 제일 잘 보이는 곳에 배치해. 올해는 개막하고 나서 51번 유니폼과 티셔츠가 제일 많이 팔리거든. 그러니 우리는 계속 여기에 걸어놓지."

쓸데없는 곳에서 괜히 국가 부심이 올라간다. 더군다나 내가 제일 존경하는 인물의 아들 아닌가!

이정후의 인기가 상당하다는 것을 알 수 있는 부분은 금토일 경기는 외야의 142구역을 아예 '정후 크루존'이라고 지정을 한다는 것이다. 이정후 팬들을 정후 크루라고 부르는데 이 구역을 공식 홈페이지를 통해 예매한 관중들에게는 정후 크루 티셔츠를 나눠준다. 어지간한 스타플레이어가 아니면 이렇게 특정 구역을 선수 이름으로 명명하여 운영하는 것은 정말 흔치 않은 일이다.

난 처음에는 정후 크루존인 142 구역 티켓을 갖고 있는 사람들에게 모두 정후 크루 티셔츠를 나눠 주는 줄 알았다. 당연히 티켓 예매 이력을 갖고 갔으나 리셀 사이트에서 예매한 티켓은 불가라는 청천벽력 같은 답을 들어야 했다. 정후 크루 티셔츠는 리셀 사이트가 아닌 MLB 공식 사이트에서 이 구역을 예매한 사람에게만 제공한다고 한다. 그 주황색 셔츠를 너무나 입고 싶었는데….

한참을 졸라봤다. 내가 너에게 일반적인 티셔츠 가격인 50불을 줘도 이 정후 티셔츠는 받을 수 없냐고 물어보았지만 절대 안 된다는 답만 하는 융통성이 전혀 없는 직원이었다. 아마 공무원 했으면 정말 일 잘했을 것 같다. 망할….

너무나 아쉽게도 티셔츠를 받지 못하고서 아쉬움을 같은 정후 크루

존에 앉아있는 주변 사람들에게 토로하였다. 아쉽지만 그래도 난 당신들과 함께 여기서 응원하니까 괜찮아!라며 스스로 정신승리를 하고 있었는데 뒤에서 나의 얘기를 듣고 있던 한 아줌마가 내 어깨를 툭툭 친다.

"난 어제도 여기 앉아서 똑같은 티셔츠를 받았어! 이거 두 번째 받는 거야. 그래서 난 이거 또 없어도 돼. 이거 너한테 주고 싶어, 그리고 놀라지 마, 정후리 팔찌도 너에게 같이 선물로 주고 싶어."

처음 보는 이름도 모르는 동양인에게, 그리고 샌프란시스코에서 쉽게 볼 수 있는 그냥 흔한 여행객인 나에게 그 아줌마는 고두심 같은 미소를 띠며 나에게 정후 크루 티셔츠를 안겨주었다.

"너 여기 여행 온 거라며. 멀리서 왔을 텐데 이런 선물을 받아 가면

정말 좋지 않겠어?"

정말 아름다운 광경 아닌가? 모두 이정후의 팬이라는 이름 아래 서로서로 이렇게 배려를 하고 나눔을 한다는 것. 난 이런 상황을 전혀 생각하지 못했기에 어떻게 리액션을 펼쳐야 하나 고민을 한참 했다.

"와…. 정말 미치겠네…. 나 지금 너무 기뻐서 눈물 날 것 같잖아! 나 너 좀 안아도 될까?"

내가 할 수 있는 최고의 감동 표현이었다. 그리고 그 아주머니와 정말 포근한 포옹을 나눴고 주변에 있는 다른 정후 크루가 대신 고맙다면 그 아줌마와 악수를 한다. 나와 전혀 상관이 없는 사람이긴 했는데 그 아줌마에게 당신이 베푼 배려는 자신들도 기분을 좋아지게 했다고 한다. 그 사람의 그 말이 나를 더 기분 좋게 하였다.

아…. 이걸 어떻게 보답해야 하나 고민하면서 화장실을 잠깐 다녀오는데 정후 크루존 위에 있는 커피 판매 매장에 그 아줌마가 줄 서 있

딸아, 아빠 미국 가서 야구 좀 보고 올게

었다. 그래서 조용히 옆에 가서

"혹시 내가 너의 커피를 사주면 안 될까? 네가 준 선물은 정말 너무 감동이었어. 내가 너에게 이렇게라도 보답하지 못한다면 난 정말 너무 슬플 것 같은데. 커피라고 내가 너에게 살 수 있게 해줄래?"

그 아주머니는 막 웃으면서 흔쾌히 답을 한다.

"It's my pleasure."

내가 그 아주머니에게 준 커피는 내 들끓어 오르는 마음이 충분히 담길 만큼 뜨거운 커피였다. 나의 마음과 감동을 담은 커피를 전해주고 나서 내 자리에 앉아서 경기 시작을 기다리고 있는데 그 아줌마가 다시 내 어깨를 두드린다. 내 후각을 자극하는 냄새와 함께 눈앞에 보이는 건 피자. 그 아주머니는 나에게 피자를 주면서 말했다.

"지금 배가 고플 타이밍인데 오라클 파크에선 이 피자가 진짜 맛있어. 이 피자는 내가 아니고 샌프란시스코와 자이언츠가 너에게 웰컴이라고 선물해 주는 거야. 좋은 기억을 갖고 한국으로 돌아가길 바랄게."

정말 너무 감동적이지 않은가? 옆에서 듣고 있던 정후 크루들과 구장 직원인 안내원 할아버지까지 나에게 "웰컴 투 샌프란시스코"라고 웃으며 인사를 건넸다. 야구 시작 전부터 이들의 배려와 함께 행복을 공감하면서 난 이미 세상을 다 가진 기분이었다. 난 이 주변 정후 크루들과 함께 야구 끝날 때까지 마치 처음부터 같은 동료였던 거 마냥 껴안고 같이 하이파이브하고 너무 재밌게 경기를 지켜봤다. 이 나라는 진짜 악수와 포옹을 좋아하는구나.

이정후가 타석에 들어서면 정후 크루존에선 너나 할 거 없이 "정후리" 챈트를 외친다. 아니, 정후 크루존뿐 아니라 오라클 파크 전체적으로 "정후리" 챈트가 계속해서 울려 퍼진다.

정후 크루 티셔츠를 입은 사람들과 태극기를 들고 온 관중 모두 다

같이 이정후를 연호하는 장면은 뭔가 가슴이 뭉클하다. 한국 프로야구처럼 응원단장과 치어리더가 주도하면서 억지로 관객들에게 선수의 이름을 연호하게 하는 그런 응원 방식은 아니다. 팬들이 먼저 "정후리"를 외치면 경기장의 오퍼레이터가 그 챈트가 나오는 걸 확인하고서 구장 스피커로 비트를 찍어준다.

그러면 온 오라클 파크의 관중들이 한목소리로 "정후리"를 외치는데, 이 장면은 정말 한국인으로서 전율을 느끼게 한다. 그냥 한 스타를 관중들이 기다리고 그의 활약을 기대하는 그런 장면이지만, 그 중심에 이정후가 있다는 건 '국뽕'을 넘어서 그 선수의 팬으로서 정말 감동과 함께 흥분을 자아내게 하는 장면이다.

난 태어나서 수만 명이 내 이름을 부른 적이 한 번도 없었는데 기분이 어떨까….

어쨌건 내가 좋아하는 선수들을 미국 관중들도 이렇게 좋아하다니. '하성킴'이라는 챈트를 많이 받았던 김하성도 샌디에이고 파드레스 시절에 존재감이 정말 뚜렷했고 골든글러브까지 받을 만큼 인정을 받았던 선수였다. 반면에 작년에 많은 게임에 나서지도 못하고 보여준 게 없었던 이정후였지만 올 시즌 초반의 활약 덕분에 존재감이

     딸아, 아빠 미국 가서 야구 좀 보고 올게

정말 엄청나다.

외야에서 바라보는 오라클 파크의 전경과 전광판의 비디오 판독을 지켜보고 있는 이정후. 그리고 후리건스. 내가 이 샌프란시스코에서 얻어 간 수많은 감동과 추억들이 이정후의 맹활약과 함께 내 야구 로드트립에 큰 이정표가 되었으면 좋겠다.

경기 중에 내 옆에 있는 한 관중이 나에게 와서 묻는다.

"한국에는 이정후 응원가가 있다고 하던데 정말이야?"

"응 맞아. 이정후 뿐 아니라 유명한 선수들은 다 각각 자기만의 응원가가 있어."

"혹시 그거 알려줄 수 있어? 우리가 여기서 같이 응원가를 크게 부르면 이정후가 좋아하지 않을까?"

난 정말 열심히 주변 사람들에게 이정후 응원가를 알려주었다. '안타'라는 한국식 발음은 정말 쉽게 발음했지만 '날려버려라'라는 발음은 그들에겐 너무나 어려웠다. 하지만 열심히 따라 하는 그들과 함께 정말 큰 소리로 응원가를 불렀고 내 근방 사람들 모두 신나서 함께 응원가를 따라 부르기 시작했다. 아마 여기서 여러 차례 응원가를 들어봤겠지만 먼 타지에서 자신의 한국 시절 응원가를 듣는 기분은 조금 다르지 않을까? 세계최고 리그에서 이정후의 한국 응원가를 다 같이 불러줄 수 있는 것 또한 이 구역의 유일한 한국인으로서 국뽕이 차오르게 만들었다.

"저기 잠시 인터뷰 좀 할 수 있을까요?"

영어로 들어온 질문이 아니었다. 아주 깔끔한 한국어로 누군가 나를 부르더니 인터뷰를 요청한다. 이 도시에 와서 정말 좋은 사람들과 함께 응원한 것도 너무 신이 났는데 그 절정을 인터뷰로 장식까지 하다니. 한국 JTBC에서 이정후를 찍기 위해 오라클 파크를 방문했는데

딸아, 아빠 미국 가서 야구 좀 보고 올게

얼떨결에 내가 방송에까지 나가게 되었다.

오늘은 샌프란시스코의 최근 레전드 중 한 명으로 작년 말에 은퇴한 브랜든 크로포드 셀러브레이션 행사가 있었다. 그래서 그런지 관중이 더 많았고 크로포드 기념 그래픽 티셔츠도 모든 관중들에게 나눠 주었다.

무엇보다 자이언츠의 레전드 선수들이 자리를 빛내 주면서 크로포드의 셀러브레이션을 축하해 주었는데 버스터 포지(현재 자이언츠 구단 사장)가 등장을 했다. 워낙 이 지역의 프랜차이즈 스타이고 세 차례의 우승을 이끌었던 포수였기에 인기가 많은 줄은 알긴 알았는데 이 정도로 관중들이 환호할 줄은 몰랐다. 90년대 WWF에서 헐크 호건이 등장할 때 관중들이 내지르는 함성 수준이라고 하면 비교가 되려나.

그리고 현재 텍사스 레인저스의 감독인 부르스 보치 감독, 샌프란시스코가 짝수 해의 전설을 이루며 2년마다 우승을 3번 할 때 명장이었던 보치 감독이 소개되자 오늘 상대하는 팀의 감독임에도 관중들은 기립 박수를 치며 환호를 지른다.

그렇게 수많은 동료들에게 축하를 받은 브랜든은 구장 내에서 카퍼

레이드로 관중들에게 야구공을 던져주면서 인사를 나누며 세리모니를 마무리한다. 한 팀의 프랜차이즈 선수로서 이렇게 관중들에게 환대를 받으며 은퇴식을 하는 것은 정말 선택된 자만이 받을 수 있는 영광이 아닐까?

드디어 경기가 시작되는데 오늘의 대결은 아메리칸 리그 방어율 1위 타일러 말리가 텍사스 레인저스 선발투수로 나섰고 샌프란시스코 자이언츠는 사이영상 출신 로비 레이가 선발투수로 눈 호강 투구를 보여준다. 그러고 보니까 데릭 스쿠발, 제이크 디그롬, 그리고 로비 레이까지. 총 3명의 사이영상 수상자들의 투구를 보게 되는 영광의 여행이 되었구나….

경기 초반엔 뭔가 딱 집중이 되지 않았다. 외야에 있어서 시각적으로 집중도가 떨어지는 것도 있지만 그것보다도 경기 내내 주변에 앉은 정후 크루들과 이정후의 KBO 시절 얘기, 이정후 아빠인 바람의 아들 이종범 이야기 등을 나누면서 서로 웃고 떠드느라 진짜 시간이 순식간에 지나가버렸기 때문에.

정후 크루 중 한 명이 자기가 작년에 찍은 이정후 폴라로이드 사진이라고 선물해 주었다. 그리고 한 동양인[17]은 내가 입고 있는 점퍼를 보더니 작년 KBO 챔피언 기아 타이거즈 유니폼 아니냐고 먼저 아는 척을 해주었다. 아니, 난 작년 일본 프로야구 우승 팀도 모르고 대만 프로야구 우승 팀도 모르는데 MLB팬이 한국 프로야구 우승 팀의 유니폼과 팀 명을 안다는 것이 정말 놀랄 일이었다.

어떻게 알았냐고 하니 코로나19 때 MLB가 열리지 않았을 때 미국에서 KBO가 중계되었었다고 한다. 그때 KBO를 처음 접하고 생각보

---

17 동양인지만 미국에서 태어나고 자란 중국계 미국인.

 딸아, 아빠 미국 가서 야구 좀 보고 올게

다 너무 재밌어서 자주 유튜브로 찾아본다고 한다. 선수마다 응원가가 있는 것도 너무 재밌었고 관중들의 열광적인 분위기도 메이저리그와 다른 분위기라 꼭 한국에서 야구를 보고 싶다고 하였다. 그래서 한국에 오면 내가 야구장을 데려가겠다고 약속을 하고 이메일 주소를 서로 공유하였다.

자신이 제일 유심히 보고 있는 선수는 타이거즈의 김도영이며 언젠가 이정후와 함께 김도영이 뛸 기대한다고. 그리고 K-POP을 좋아하며 아이브의 안유진 팬이라는 TMI까지 전해주었다. 나도 안유진 좋아하는데 역시 국가와 민족을 막론하고 예쁜 여자는 어디서든 통하는구나. 안유진 짱.

경기는 자이언츠가 2대2 동점인 가운데 9회말 공격에서 대타로 나선 베일리가 초구를 공략해서 끝내기 안타를 기록하면서 승리를 가져온다. 맘 같아선 이정후에게 끝내기 찬스가 와서 저런 물세례를 이정후가 받았으면 좋겠지만 뭐 야구를 오늘 내일만 하는 게 아니니까.

오늘은 전체적으로 정후 크루들과 노느라 사진을 많이 못 찍어서 좀 아쉬웠다. 이정후도 첫 타석 안타 이후에 두 번째 타석은 정말 잘 맞은 게 레인저스 유격수의 호수비로 안타가 지워지고, 결국은 4타수 1안타.

행복한 기억과 기분 좋은 선물을 받게 되어서 너무나 행복했던 샌프란시스코 자이언츠의 홈구장인 오라클 파크. 비록 늘어나는 홈리스들 그리고 마약쟁이들과 전쟁을 치르고 있는 샌프란시스코지만 나에겐 이번 여행의 가장 인상적인 도시 중 하나로 기억이 될 것 같다!

오라클 파크에서 다저스 저지를 입고 온 팬들을 둘러싸고(험악한 분위기가 아니고 화기애애하고 즐거운 분위기로) "Beat LA! Beat LA!"를 외치는 걸 보며 '아 SF 팬들은 정말 다저스를 싫어하는 구나…' 라고 느낄 수가 있다. 다저스를 싫어하는 샌프란시스코 홈구장에서 경기를 지켜보고 난 이제 LA 다저스의 경기를 보러 다저스타디움 티켓을 예매하는 아이러니함.

난 이정후도 좋아하고 자이언츠도 좋아하지만 일단 그에 앞서 야구 자체를 좋아하는 야구팬이니까.

　　딸아, 아빠 미국 가서 야구 좀 보고 올게

15부
꼭 한번은
달려야 할
쩌시딕 코스트
하이웨이

1

파도야,
너는 퇴근이 없구나!

퍼시픽 코스트 하이웨이를 타고 내려오다 보면 캠브리아라는 아주 작은 해안가 마을이 있다. 너무 작아서 그런지 마을 전체적으로 핸드폰이 터지지 않는 기가 막힌 곳이다. 그동안 여러 차례 지나왔던 핸드폰 불가 지역은 일단 사람이 없는 허한 벌판 이기라도 했지 여기는 사람이 사는 마을인데 핸드폰이 거의 안 터진다. 대신 마을 앞 해변에서는 뭉쳐 있던 나의 마음의 근육이 시원하게 터진다.

디지털에서 탈출해서 아날로그로 가득 찬 마을은 바다 풍경부터 자극적이다. 디지털이 전혀 침범할 수 없는 방어막이 형성된 분위기를 연출하는 아름다운 해안 마을이다.

해안가에 서면 저 멀리 펼쳐져 있는 태평양 바다가 내 막힌 속을 시원하게 뚫어준다. 지쳐왔던 지난 삶 속 감정의 응어리가 몰아치는 파도에 휩쓸려 태평양 속으로 사라질 것만 같다. 계속되는 파도와 그 시각을 물리적인 소리로 표현하는 파도 소리는 귀에 꽂혀 있는 이어폰을 빼게 만든다. 너무나 일정한 리듬감은 비트박스를 만들어도 될 것처럼 들려왔고 바람 소리는 그 리듬에 멜로디를 넣어주는 듯 휘파람 소리를 내며 불고 있다.

이 풍경이 너무 아름다워 회사 후배에게 사진을 보냈다.

"야. 여기 미서부 퍼시픽 코스트 하이웨이 달리다가 온 곳인데 태평양 바다 죽이지 않냐?"

"형, 지금 제주도 아니에요? 제주도인데 미국이라고 뻥치는 거죠?"

야, 여기 제주도 아니야. 내가 US Route 66에서 감동에 겨워 사진을 보내줄 때 충북 음성 드립으로 감동을 폭파시켰던 녀석이란 걸 내가 잊고 있었다. 물론 제주도 역시 너무나 아름답고 훌륭한 곳이다. 충북 음성도….

가끔 돌고래도 출몰한다고 하는데 돌고래는 제주도에서도 볼 수 있으니 정말 단편적인 모습만 보면 제주도와 다를 게 없긴 하구나. 그래 제주도와 닮은 이곳은 얇은 곡선처럼 아름다운 자태를 뽐내는 수평

딸아, 아빠 미국 가서 야구 좀 보고 올게

선이 있다. 더군다나 LA의 산타모니카처럼 사람들이 바글거리지도 않고 한적하여 사색을 즐기며 산책을 하기에 너무나 좋은 해안 도시였다.

체크인을 마치고 나서 도로 보수로 인해 가보지 못했던 정말 아름답고 절경이라는 1번 국도 구간을 거슬러 찾아 올라갔다. 숙소가 퍼시픽 코스트 하이웨이에 있고 시간도 서너 시 밖에 되지 않아 아직 해가 중천에 떠 있는 시간이다. 그대로 숙소에서만 있기에 너무나 이 해안이 아름다웠고 그 아름다움을 배가시키는 날씨가 펼쳐졌기에 차를 끌고 그 해안 도로를 즐기러 출발했다.

어느 나라든 해안 도로는 최고의 드라이브 코스이다. 해안 도로는 길을 따라 느낄 수 있는 시각적 쾌감이 일반 도로와는 차원이 다르다.

딸아, 아빠 미국 가서 야구 좀 보고 올게

그래서 어느 동네든 해안 도로만 있다면 '여기가 해안 도로입니다.' 하는 이정표가 항상 존재하는 게 아닐까?

뭔가 그림 같았던 해안 도로의 풍경. 낮게 깔린 구름과 초록이 짙은 산이 한 폭의 그림 같은 풍경을 만들어주는 이 도로는 길 끝이 잘 보이지 않는다. 눈앞에 있는 오르락 내리락 하는 길들은 내 인생의 타임라인 같다. 어쩔 땐 끝없이 추락하다가 어쩔 때는 힘차게 올라가고, 평평한 길을 안정적으로 갔다가 다음 코스는 오르막길인지 내리막길인지 알 수 없는 막막한 내 인생. 바다와 산 사이를 비집고 달리는 이 길은 '인생의 대담한 드로잉 펜'같은 느낌이다.

창문을 내리면 바다 내음이 코를 찌른다. 머리카락은 대치동 미친놈처럼 난리가 난다. 난 그래도 좋다. 아무도 없는 이 길 위에선 머리 모양 따윈 필요 없고 풍경이 더 중요하니까. 한쪽에선 파도가 정말 끝도 없이 바위를 때리고 있고, 다른 쪽에선 갈매기들이 옹기종기 모여 자기들끼리 회의를 하고 있다. 이런 멋진 해안가에서 회의하면 좋은 아이디어도 마구 샘솟을 것 같다. 우리 회사 해안가로 옮겼으면 좋겠다. 아, 생각해 보니 이렇게 좋은 곳을 꼭 회사랑 연계할 필요는 없겠구나. 그냥 우리 가족끼리 여기서 매일 저녁 산책하는 것이 더 좋긴 하겠다.

중간중간 있는 뷰포인트에는 꼭 차 한두 대쯤 멈춰 서 있다. 그 앞에 선 연인이 껴안고 키스를 하며 셀카를 찍고 있고 다른 차 앞에선 백발의 노부부가 조용히 커피를 나눈다. 모두 같은 바다를 보고 같은 바다의 공기를 마시며 같은 공간을 누리고 있지만 다들 조금씩 다른 표정을 짓는다. 똑같은 풍경도 각자 인생의 화면에서 다르게 재생되고 있다. 나에게 재생되는 화면은 그냥 하염없이 흐르는 바다와 끝없이 소리를 내며 바위를 내치고 있는 파도의 쓸쓸함이 느껴지는 화면이었다.

길가의 표지판엔 "Deer Crossing"이라는 글씨가 보인다. 그런데 사슴은 한 마리도 보이지 않는다. 대신 어떤 관광객이 셀카봉을 들고 도로 근처를 배회하며 열심히 셀카를 찍고 있다. 아마 사슴들이 그걸 보고 "인간이 또 건너네" 하고 생각하고 있을 것 같다.

그리고 바람이 계속 불어온다. 목적지도 없고, 딱히 할 일도 없는데, 그 바람이 길을 가리켜 준다. "계속 가, 아직 볼 게 많아." 내가 그동안 45년을 살아오면서 이런 거 하나 즐길 줄 모르고 여유 없이 그렇게 각박하게 살아왔단 말인가…. 뒤늦게라도 이걸 느꼈으니 다행이라고 생각해야 할까?

이제 슬슬 해가 지기 시작하는 것 같았다. 도로에 가로등조차 보이지 않아 아무래도 깜깜한 어둠 속 운전이 될 것 같아 다시 숙소 방향으로 차를 돌렸다. 그래도 선셋은 숙소 앞 해변가에서 보고 싶었기에 대충 지금 출발하면 시간이 맞을 것 같았다.

멀리 구불구불 이어지는 도로를 보면 누군가 산등성이에 붓으로 길

 딸아, 아빠 미국 가서 야구 좀 보고 올게

을 그리다가 대충 만족하고 손을 뗀 느낌이다. 파도는 계속해서 바위와 하이파이브를 하고 있고 바람은 차창의 빈 공간을 찾아서 내 머리를 계속해서 헝클어버린다. 어느 나라에서나 서쪽 해변가라면 볼 수 있는 풍경이겠지만 동경하는 나라에서 달리는 태평양 해안 도로는 그 의미가 다르다.

그 하늘과 공기를 온전히 느끼고자 차의 창문을 열고 창밖으로 손을 내밀어 그 공기를 고스란히 느끼고 있었는데 창문 밖으로 뭔가 꽤나 구질구질한 냄새가 내 코끝을 자극한다. 흔한 한국의 시골에서 맡을 수 있는 소똥이나 말똥 냄새가 아니다. 더 비리고 뭔가 바다스러운 냄새가 내 코를 계속 자극하고 있었다. 지도를 보니 바로 바다코끼리가 서식하는 동네를 내가 지나고 있는 것이다. 이곳을 놓쳐선 안되지 하고 주변을 돌아보니 친절하게 주차장까지 한편에 마련되어 있는 스팟이 보였다.

바다코끼리의 식민지로 왔다. 바다에서 불어오는 바람 소리와 함께 파도소리, 그리고 어디선가 끼익 끼익 거리는 소리가 들린다. 그 소리들과 함께 꽤나 비리한 냄새 역시 짙어지고 있었다.

그 끼익 끼익 거리는 소리를 따라 가면 수 백 마리의 바다코끼리[18]가 천하 태평하고 나태함의 극치를 보여주며 쉬고 있는 광경을 마주할 수 있다. 주변에는 차도 없고 사람도 없어서 야생의 날 것 그대로의 느낌이었다. 아마 이 근방 마을의 인구보다 바다코끼리 개체 수가 훨씬 많을 것 같았다. 이쯤 되면 누가 마을의 주인인지 헷갈리기도 한다.

움직이기도 하고 소리를 내기도 하는 바다코끼리들이 있긴 한데 한 9할은 아무 움직임 없이 숨 쉬는 움직임만 보이며 자고 있다.

---

18 혹은 바다사자라고 하기도 하고 그냥 물개라고 하기도 하겠지.

'너도 여기 와서 자고 싶으면 자.' 라는 듯, 얼굴을 들어 날 살짝 쳐다보는 바다코끼리도 있었다. 이 동물들을 보면서 꼭 인간이어야 행복한 건 아닐 거 같다는 생각이 든다.

그냥 일도 안 하고 아무것도 하지 않고 생명유지만을 위해 살아가는 이 동물들이 본능적인 측면에서 바라보면 더 행복하지 않을까? 우린 인간이니까 도덕이니 법이니 그런 것에 본능을 억제해야만 하는 그런 삶을 사는데 쟤들은 그런 게 없잖아?

'그래. 니들도 행복하게 살아라. 난 너희들을 바라보며 좀 더 고차원적인 행복을 탐구해 보고 느껴보고 살아가 볼게.'

뭐 대충 이런 다짐들을 하면서 인문학적인 느낌으로 억지를 부려보았다. 마치 그게 단순한 동물과 인간의 차이점이라는 것을 스스로 깨닫고 나 스스로 나 자신이 얼마나 다행스러운 존재인지 강제로 세뇌를 시키듯이 말이다.

금빛 물결이 해안을 덮쳐오고, 노란 태양이 빛을 잃어가며 수평선 너머로 얼굴을 숨기려고 하는 그 찰나의 순간 하나하나가 나에겐 장관이었다. 그리고 이 문구를 표현할 방법이 없어서 너무나 아쉬운 마

 딸아, 아빠 미국 가서 야구 좀 보고 올게

음에 뭔가 적당한 멘트가 없을까 하고 고심했다. 핸드폰을 들고 메모장에 이 장관을 여러 차례 썼다 지운다. 결국 지극히 현실적인 멘트만 남겨졌다.

"끊임없이 움직이는 파도를 보면 끊임없이 월급을 위해 일을 하고 있는 내가 오버랩이 된다. 파도야…난 그래도 퇴근과 휴가라도 있지, 넌 퇴근과 휴가도 없으니 내가 너보단 낫다."

2

Just do it -
위대한 나의 아내

나는 내가 아이로 불렸을 때는 아기들을 좋아했고 내가 아이라고 불리지 않고 청년으로 불리기 시작할 때는 아이들도 정말 좋아했다. 아이들이 나를 좋아하는지는 잘 모르겠다. 하지만 어쨌건 그들은 내 개그에 언제나 폭소를 하였고 나의 개그는 만 9세 미만에게 최적화되어 있다는 것을 깨달았다. 일단 우리 딸은 9세 이전까지는 아빠가 세상에서 제일 웃기다고 했다. 하지만 지금은 내 개그에 한숨만 내쉰다. 내가 아이를 키우고 있어서 그런지 아이들은 그 누구보다 행복해야 한다고 생각했다. 나의 딸이 태어나면서 내가 그 딸에게 행복을 주기 위해 책임을 진다는 것은 정말 즐거운 일이었다.

그래서 난 아이와 놀아주는 것을 정말 좋아한다. 우리 아이 키즈카페 데리고 갈 때는 키즈카페에서 BTS 급의 대우를 받아왔다. 현실의 BTS는 거리가 멀었지만 육아계의 BTS는 바로 나였다. 아이들이 나로 하여금 미소를 지을 때는 세상에서 내가 스탠딩 코미디쇼의 주인공이 된 듯한 기분이 든다. 그들은 진정 나에게 환호하고 열광해 줬다. 응원봉 만들어서 팔고 싶을 정도였다.

이번 여행에서도 주변에 아이들이 있으면 난 어디서든 그들에게 웃음을 주고 싶었다. 이번에 LA 다저스타디움에 방문하였을 때에도 내 옆자리엔 너무나 사랑스러운 아이가 앉아있었다.

자, 오늘의 타깃은 너다!

귀여운 흑인 여자아이는 만 5세 소피아라고 했다. 이제 5살이면 야구 룰도 모를 테고, 재미도 없어서 그런지 야구에 집중하지 못하고 옆에 있는 엄마한테 계속 투정을 부리고 있었다. 우리 딸 5살 때가 생각났다. 야구 룰도 모르는데 주변에서 시끄럽게 소리만 지르고 지루하니 몸부림을 치던 우리 딸과 비슷했다.

딸의 과거 모습이라고 생각되자 살짝 놀아줄까 싶어서 갖고 있던 초콜릿을 하나 주었다. 그 아이는 싱긋 미소를 지으면서 아주 귀여운 목소리로 "땡큐" 하고는 초콜릿을 받았다.

"나도 너처럼 너무나 사랑스러운 딸이 있어. 너를 보니 나도 딸이 너무나 보고 싶어."

진심을 담아 한 얘기였다. 그 아이를 보니까 진짜 우리 딸이 너무 보고 싶었거든. 그러자 옆에 있던 아이 엄마가 의아하다는 듯이 나에게 물었다.

"왜 아이를 야구장에 데리고 오지 않았어? 혼자 온 거야?"

"아…. 내 딸은 지금 한국에 아내와 있어. 난 지금 혼자 여행을 왔거든. 벌써 3주가 다 되어가는데 너의 딸을 보니 우리 딸이 너무나 보고 싶네."

근데 내가 영어를 잘 못하다 보니 시끄러운 야구장에서 정확하게 의사 전달을 하기 위해서 목소리의 데시벨을 좀 높여 크게 답을 했다. 그러자 야구를 보고 있던 주변의 사람들이 상당히 관심 있는 표정으로 나와 그 아이 엄마와의 대화에 귀를 기울이는 것이 느껴졌다.

"혼자서? (Alone?) 잠깐만. 그럼 아내와 아이는 한국에 있고 너 혼자

3주간 여행을 온 거야?"

정말 믿기지가 않는다는 표정이었다. 이 아이의 엄마는 크게 놀랐고 그 말을 들은 주변의 엄마들도 같이 놀랬다. 엄마들은 놀라고 아빠들은 믿질 못하고 있다.

"응, 내가 와이프한테 엄청 졸랐거든. 아마 일 년은 졸랐을 걸? 결국 와이프는 드디어 나에게 3주간의 휴가를 줬어. 그리고 자유도! (Yes! I have great wife! She gave me 3 weeks of vacation and FREEDOM!)"

내가 마지막에 내뱉은 단어 "Freedom"을 정말 크게 강조하면서 애기했더니 주변에 있는 사람들은 엄청나게 웃으면서 나를 감탄의 눈빛으로 쳐다본다. 이미 그들은 오타니가 안타를 치던 홈런을 치던 관심 없고 무키 베츠가 기가 막힌 호수비를 해도 눈길조차 주지 않는다. 내 오른쪽에 있던 일본인 중년 커플의 남자가 나에게 질문을 한다. 일본식 발음이 섞여 있지만 영어를 꽤 잘한다. 한국은 일본에 야구도 밀렸지만 나 때문에 영어도 밀리는 것 같다. 미안하다, 대한민국.

"어떻게 하면 회사 출장도 아니고 여행을 3주씩이나 보내줘? 아이는 다른 사람이 키워주는 거야?"

"아니야. 아이는 주변 도움 없이 나와 아내가 키우고 있어. 물론 아내도 일을 하고 있어. 그녀는 나보다 더 연봉이 높아."

정말 거짓 하나 없이 난 팩트를 계속해서 읊었는데 그들의 눈은 더더욱 휘둥그레지고 있다. 도저히 말도 안 된다는 눈빛이 주변에서 나를 향해 쏟아졌다. 다저스의 더스틴 메이가 만루홈런을 맞았지만 잠시 탄식만 내쉬고 다시 그들은 나를 주목하며 옆에 있는 일본인 커플이 나에게 질문을 던진다.

"그럼, 지금 네가 3주간 혼자서 여행을 가 있는 동안에는 너의 아내가 혼자서 일도 하고 육아도 하고 있는 거야?"

   딸아, 아빠 미국 가서 야구 좀 보고 올게

이 새끼 이거 정신 나간 거 아냐? 미친 거 아냐? 하는 질문들이 나에게 세례를 퍼붓는다.

"응, 맞아. 우리 애는 지금 초등학교를 다니고 있어서 낮에는 굳이 누가 돌봐 주지 않아도 돼. 한국은 미국처럼 의무적으로 보호자가 옆에 있어야 하지 않아."

그 순간 바로 앞에 앉아있는 한 노부부 중 할아버지가 뒤를 돌아보면서 갑자기 나에게 큰 소리로 얘기를 한다. 앞서 한 마디도 하지 않고 그냥 귀만 열어놓고 나의 이야기를 다 들었나 보다.

"Great! 넌 정말 그레이트 한 아내를 두었어!"

단순한 칭찬인데 그 말투며 표정이며 순간 주변 사람들을 확 휘어잡는 목소리로 크게 외쳤다. 분위기가 개그를 만든다고 그 할아버지의 찰진 발음과 타이밍은 주변 수십 명의 웃음을 유발하였다. 그리고 나에게 진심으로 부럽다며 심지어 악수까지 청한다. 아니, 이게 악수까지 청할 일인가는 모르겠지만 그 할아버지는 진심으로 나에게 부럽다는 표정을 던지며 악수를 청했다.

"내가 보기엔 넌 정말 최고의 아내를 갖고 있는 것 같아. 나도 3주간의 자유와 여행을 찾아 한국으로 가고 싶어. 난 이젠 돌봐야 할 어린 자녀들도 없어. 이미 그들은 성인이 되어서 출가했거든. 하지만 지난 40년간 난 그냥 꿈만 꾸고 있었지."

그는 정말 진지하게 얘기했다. 개그 욕심이 전혀 섞이지 않은 이야기였고 정말 본인의 소망이 느껴지는 이야기였다. 하지만 그 말 자체가 개그가 되었고 지미 펠런 쇼 같은 분위기가 되었다. 하지만 역시 개그 욕심이 없어 보이는 할머니의 한 마디.

"Just do it!"

할머니는 NIKE의 유명한 광고 카피를 그대로 던졌다. 이게 왜 웃긴

지는 모르겠지만 분위기가 개그를 만든다고 또 다시 주변은 웃음바다가 되었다. 할아버지 꼭 서울에서 만나요.

국적을 불문하고 유부남이 아이와 아내를 두고 홀로 3주간의 휴가를 가는 것은 정말 기적과 같은 일이란 것을 이 짧은 순간의 대화로 깨달았다. 나와 같은 유부남이나 젊은 커플이든 노부부이든 그들에게 육아와 남편의 자유 이야기는 야구 경기 이상의 흥미를 느끼게 해주는 아젠다가 된다.

난 그들에게 우리 와이프의 위대함을 뽐내는 국적을 넘어서는 팔불출이 되어 있었다. 남편의 팔불출 같은 행동은 국적을 불문하고 여자들의 기분을 좋게 하는 러블리한 잇 템이다. 적어도 그들은 나의 이 자유로운 여행을 남편의 이기적인 행동이라기보단 우리 와이프의 위대함으로 받아들인 듯했다. 그리고 철없는 남자의 실천력이라고 생각했겠지?

앞에 앉은 노부부의 할머니가 할아버지에게 외쳤었던 그 한마디 "JUST DO IT". 이미 일 년 전에 위대한 나의 와이프가 나에게 외친 얘기였다.

실천력을 발휘하기 위해선 배경이 필요하다. 그 배경을 만들어주는 것은 함께 가족을 구성하고 있는 배우자가 만들어주었다. 그래서 더 고맙고, 더 미안하고. 더 사랑할 수밖에 없다. 그런 감정을 위해 정말 잠시라도 혼자서 보내는 시간이 필요하지 않을까?

우리 와이프도 열흘 가까이 유럽에 놀러 간다고 하는데 나와 같은 생각을 가질 수 있을지 다녀오면 물어봐야지.

 딸아, 아빠 미국 가서 야구 좀 보고 올게

Just Do It!

오타니 쇼헤이를 위한 오타니에 물든 LA의 재패니즈 나잇

At Dodger Stadium

MIAMI MARLINS　　**LA DODGERS**

2025년 4월 28일. LA 다저스는 '재패니즈 헤리티지 데이'로 쉽게 말하면 일본인의 날 행사를 진행하였다.

워낙 다인종이 몰려서 사는 도시라서 그런지 LA 다저스는 가끔 해외 팬들이나 교포들을 위해 특정 나라의 날이라는 행사를 마련해서 진행한다. LA도 샌프란시스코도, 뉴욕에서도 매년 코리안데이 행사를 진행하는데 일본 선수가 3명이나 포진한 LA 다저스가 일본 팬들을 위한 행사를 하는 것은 너무나 당연한 일이었다.

어쨌건 재패니즈 헤리티지 데이라서 그런지 정말 일본인 관객이 많았고 대부분 오타니와 야마모토 저지를 입고 야구장에 왔다. WBC 일본 국가대표 유니폼을 입고 온 일본인들도 많았다. 외국인들이 나에게 "곤니치와"라고 말을 건다. 저녁 인사는 "곤방 와"인데… "빠가야로!"라고 외치려다가 싸울까 봐 참았다.

딸아, 아빠 미국 가서 야구 좀 보고 올게

저 멀리 야자수가 보이면서 이제 LA에 도착한 게 실감이 났다. 천사들의 도시라는 닉네임과는 달리 홈리스가 바글바글해서 항상 치안에 조심하라는 외교부 문자 오는 LA.

다저스타디움은 3번째 방문이다. 경기 티켓도 비싸고 애착이 있는 팀은 아니었지만 오타니 쇼헤이가 전성기를 보내는 경기를 내 눈으로 직접 보고 싶었다. 미국을 넘어서 전 세계의 야구 아이콘의 절정이 되어가고 있는 오타니 쇼헤이.

굳이 설명을 더 할 필요가 없는 야구선수. 지금도 100년 전의 베이브 루스나 루 게릭을 사람들이 얘기하듯 100년 뒤에 아마 지금의 오타니 쇼헤이를 얘기할 것이다. 만화로 만들어도 욕먹을 것 같은 오타니는 지금 현실로서 내 앞에서 플레이를 하고 있었다. 100년 전에 베이브 루스의 경기를 직접 관람했던 관중들이 부럽듯이 100년 뒤에 누군가가 나를 부러워할 것이다.

다저스타디움의 주차장 크기는 진짜 어마어마하다. 대중교통보단 자가용으로 생활하는 게 필수인 도시라서 그런지 다들 야구장에 올 때 차를 끌고 온다. 그 엄청난 관중의 자가용을 받아들이기 위해 16,000대 이상의 차량이 주차할 공간이 마련되어 있다. 주변에 지하철역도 없고 버스도 가깝지 않은 대중교통으로는 정말 최악의 야구장이다.

다저스타디움 주차비는 제너럴 파킹의 경우 40불을 지불해야 한다. 게다가 한 70~80불 정도 지불하면 야구장 입구에서 가까운 곳으로 주차를 안내해 준다. 다저스타디움은 주차 수입만 어마어마한 경제 가치를 일으키고 있다. 예전 구단주가 LA 다저스라는 팀은 팔았지만 이 주차장의 소유권은 그대로 자기가 갖고 있어서 그 수익은 고스란히 예전 구단주에게 간다고 들었다. 나무위키에도 없는 이야기인데

유명 메이저리그 해설 위원이 한 얘기다. 덕분에 아는 척 좀 했습니다. 후후…. 결국 한국이나 미국이나 부동산 돈벌이가 최고구나…. 나도 땅이나 좀 사 놓을 걸.

재패니즈 헤리티지 나잇을 전광판에 가득 장식하고 미국 국가를 일본 여자 아이돌 그룹이 부른다. 그리고 사쿠라 LA 모자를 디자인한 디자이너가 시구와 함께 플레이볼을 외쳤다. 온통 일본판이다. 일본에 대한 반감이 여전히 남아있는 한국과 달리 미국은 2차 세계 대전에 전쟁 상대였던 일본에 대해 매우 우호적이다. 정치는 정치고 스포츠는 스포츠니까.

개인적으로 LA 다저스가 이렇게 코리안 데이라던가 재패니즈 헤리티지 나잇 같은 아시아 국가를 위한 행사를 하는 것에 대해서 매우 긍정적으로 생각한다. 이 시기엔 김혜성이 MLB로 콜업이 되기 전이라 다저스 안에 한국인 선수는 없어서 한국의 관심이 덜 할 뿐이지 Korean Heritage Night 행사도 매년 진행했다. 역사적으로 소녀시대가 나가서 시구하고 수지도 시구했다. 역시 예쁜 여자는 세계적인 야구

장에서 시구도 할 수 있구나.

미국 국가를 부르는 여자 아이돌 그룹의 노래를 듣다가 생각났는데 노래는 진짜 우리나라 가수가 훨씬 잘한다. 아마 가수 박정현이 손을 휘저으며 미국 국가를 부르는 거 보면 여기 야구장 관중들 난리 날 텐데…. 야구는 어쩔 수 없이 일본에 밀리지만 노래나 아이돌은 절대 일본에 밀리지 않았으면 좋겠다. 우리나라는 전 세계의 K-POP 문화를 이끌어가는 문화 콘텐츠 선진국이니까!

경기 중간에 일본의 보이그룹도 소개가 되었다. 뭔가 NCT 느낌도 나는데 한국이나 일본이나 아이돌의 외모는 다 비슷한 느낌이다. 아이돌 얼굴을 잘 인지하지 못하는 나와 비슷한 영포티들에게 그냥 한국의 아이돌이라고 해도 '아 그렇구나' 하고 넘어갈 것 같았다. 아마 여기에 있는 일본 관중들은 한국 아이돌이 일본 아이돌과 비슷하다고 생각할 수 있겠지.

아이돌의 국적이 어디든 이런 한 국가의 문화나 정체성을 미국에서 볼 수 있다는 것은 글로벌 시대의 좋은 현상이다. 나중에 한국에서도 용병으로 뛰고 있는 나라의 행사를 해주면서 그 나라의 문화를 소개해 주는 날

딸아, 아빠 미국 가서 야구 좀 보고 올게

이 올 수도 있겠지…? 도미니카공화국 데이! 베네수엘라 데이! 이런 거 좋잖아?

다저스타디움 한편에 영구결번들이 나열이 되어 있다. 역사와 전통이 깊은 팀이기에 상당히 많은 영구 결번이 있었는데 아마 몇 년 뒤에 커쇼의 22번과 오타니의 17번도 영구 결번 리스트에 추가되겠지. 역사와 전통이 깊어서 그런지 빈 스컬리 같은 다저스 라디오 캐스터 역시 그 역사의 한 편에서 본인의 이름을 밝히고 있다. 미국은 워낙 지역주의라 다저스 경기만 중계해 주는 라디오 프로그램이 수 십 년째 이어져 오고 있다.

몸 푸는 오타니. 멀리서 봐도 정말 만화를 찢고 나온 남자 같다. 키 크고 잘 생겼고, 무엇보다 야구도 너무 잘하고 인성도 좋기로 유명한, 단점이 정말 없어 보이는 쇼헤이 오타니. 야구 보다가 한 일본인 관중과 오타니 애기를 하면서 ‘오타니는 퍼펙트한 사람 같다, 단점도 없을 것 같다.’라고 했더니 그 남자는 ‘단점이 없는 인간은 없다’라고 하면서 오타니는 귀가 짝짝이거나 발가락이 기형이거나 할 거라고 했다.

그래 참으로 고맙다. 나도 발가락은 이상하게 생겼어….

오타니의 행동 하나하나에 수많은 사람들의 이목이 집중이 된다. 그가 타석에 서면 나를 비롯해서 수많은 팬들이 스마트폰을 들고 그를 자기만의 영상에 담고자 한

다. 그의 행동과 말 한마디가 끼치는 영향력은 정말 어마어마하다. 그
럼에도 불구하고 다른 유명 슈퍼스타와 달리 구설 수 하나 없이 MLB
에서 활동하고 있는 것을 보면 질투가 나긴 하지만 인정할 수밖에 없
다. 100년이 지나도 현시대의 레전드 선수로서 역사의 한 페이지를 장
식하고 있을 인물이다. 그래서 난 오타니를 보러 다저스타디움에 올
가치가 충분히 있다고 생각한다.

난 2층 앞자리에 앉았다. 예전에 1층에 왔을 때 바로 머리 위에 데
크가 나와 있어 하늘로 향하는 공이 가려졌던 기억이 있었다. 그래서
함께 그 자리에 앉았던 고등학교 친구들에게 욕을 한 바가지로 얻어
먹었던 기억이 잊혀지지 않는다. 그래서 이번엔 아예 처음부터 2층 앞
자리로 자리를 지정해서 표를 예매했다. 확실히 시야도 1층보다 2층
이 훨씬 좋다.

그리고 파울볼이 정말 많이 날라온다. 내 바로 앞자리에 있던 아이
는 글러브로 날라오는 파울볼을 멋지게 잡아 주변 사람들의 박수를
독차지하였다. 내가 야구공을 잡으면 주변의 아이에게 선물해 주려고

1번 타자로 나서는 오타니 쇼헤이

    딸아, 아빠 미국 가서 야구 좀 보고 올게

했는데 나에겐 그럴 기회는 오지 않았다.

다저스의 선발은 더스틴 메이. 엄청난 강속구를 던지는 우완 파이어볼러임과 함께 팬들의 속과 구단의 속을 엄청나게 뒤집어버리는 유리몸의 소유자인 더스틴 메이.

토미 존은 데뷔 3년 안에 수술을 두 번이나 받은 경험도 있고 작년엔 뭐였더라… 소화기관이 파열되면서 다저스의 월드시리즈 우승에 동참을 하지 못한… 아예 시즌을 날려버린 화끈함도 갖고 있는 투수다.

많은 팬들이 건강하기만 하면 우완 커쇼가 될 수 있다는 기대감을 갖고 있다. 하지만 한국에서 NC의 구창모가 건강하기만 하면 아시아 최고 좌완이 될 거라는 기대처럼 현실 가능성이 거의 없다. 부상 여파인지 비록 시즌 초반이긴 하지만 예전처럼 100마일 넘게 마구마구 뿌려대지는 않고, 식도였나 위였나…. 암튼 소화기관이 파열되면서 허리를 잘 못 쓰는 건지 공 끝이 밋밋해지는 느낌도 든다. 기록적으로 더스틴 메이의 3점대 후반 방어율은 시즌 초반 엄청난 투고 타저의 MLB와는 분명히 역행하는 느낌이다.

오타니는 1회부터 안타를 치고 도루를 하고 공격의 선봉장으로 나서면서 이날 4출루를 기록한다. 오타니가 날리는 시원한 홈런을 보고 싶었지만 오타니는 리드오프로서의 역할을 너무 충실히 하는 바람에 시원한 홈런보다 4번이나 출루하는 기염을 토했다. 내가 죽기 전에 오타니가 홈런 치는 걸 직접 볼 수 있는 날이 오겠지? 아니 그보다 이도류로서 투수와 타자를 병행하니 언젠간 마운드에서 오타니가 던지는 것을 내 눈으로 직접 보고 싶다.

LA 다저스 선발투수인 더스틴 메이는 꽤 잘 던졌다. 5회까지 무실점으로 틀어막으면서 다저스가 5대0으로 앞서가면서 싱겁게 경기가 끝날 거 같은 느낌이 들었고 6회 원 아웃까지 잡은 더스틴 메이가 주

76
DODGER
Coca-Cola
UCLA Health
ESTRELLA JALISCO
Spectrum
blue CALIFORNIA
smartwater
Budweiser
DAISO
JIM BEAM
STARLUX AIRLINES
TEL
OHTANI
17
11
OHTANI
17

자를 두 명 남겨둔 채 마운드에서 내려올 때 관중들은 그에게 기립 박수를 보냈다.

그렇게 끝날 거 같았던 경기는 메이가 내려가자마자 마이애미가 5대 5를 만드는 동점 만루 홈런으로 다저스타디움을 침묵으로 빠뜨린다. 어지간하면 원정팬들의 함성이라도 들리는 것이 MLB 구장인데 마이애미 말린스가 전국구 인기 구단은 아니었기에 정말로 침묵과 탄식으로 야구장이 도서관으로 변하는 순간을 직접 느낄 수 있었다.

그렇게 동점이 되면서 관중들의 귀갓길을 걱정하게 되는 시간이 되어가는 찰나, 결국 연장 전에서 2023년 WBC 한국 대표팀에서 뛰었던 토미 '현수' 에드먼이 역전 끝내기 안타를 쳐서 다저스타디움을 열광의 도가니로 몰아간다.

그냥 끝내기 안타도 극적인데 이미 1점을 먼저 주고 마지막 공격을 하는 순간에서 터진 역전 끝내기 안타는 도파민을 제대로 분출시킨다. 난 이번 여행에서 끝내기 안타 경기를 4번이나 지켜봤다. 새크라멘토에서는 너무 추워서 막판에 도망쳐 나와 그 순간을 함께 즐기진 못했지만 그 외 3번의 경기는 모두 그 현장에서 다른 관중들과 하이파이브를 나누며 도파민을 터뜨릴 수 있었다.

다저스타디움은 여전히 거대했다. 무려 5만 5천 명이 들어가는 MLB 최다 관중석을 보유하고 있다. 최근 13년 연속 포스트시즌 진출로 인해 관중들은 기하급수적으로 늘어서 2025년에는 400만 명이 다저스타디움을 찾았다. KBO가 2025년 총 관중이 1,200만 명이라고 난리가 났는데 MLB는 다저스 한 팀만 400만 명의 관중을 모아온다. 이 거대한 구단이 모아오는 관중의 매출만으로 1조가 넘는다. 그 밖에 벌어지는 중계권이나 굿즈, 식음료 판매까지 합친다면 아마 작은 나라의 전체 국가 예산하고 맞먹는 수준일 것이다. 물론 나 역시

그 전체 관중 및 매출에 기여를 하였다. 그리고 나는 세계 최고의 야구 선수의 최전성기를 내 눈으로 지켜본 것으로 그 가격의 가치를 맘껏 느끼게 되었다.

세계 최고의 구단에서 펼쳐진 세계 최고 선수의 플레이. 그리고 끝내기의 감동. 그 열광과 환호. 그래서 야구가 주는 그 매력은 끝이 없다. 슈퍼스타가 존재하고 항상 새로운 스타가 나오니까. 그 중심에 서 있는 오타니 쇼헤이를 직접 본 것은 수십 년이 지나서 야구를 좋아하는 아이들에게 자랑할 거리가 될 수 있겠다.

샌디에이고 펫코 파크에서 이정후를 외치다

At Petco Park

SF GIANTS

VS

SAN DIEGO PADRES

2025년 4월의 마지막 날, 나의 미국 MLB 로드트립의 마지막 날 내가 너무나 사랑하고 애정하는 샌디에이고의 펫코 파크를 찾았다. 더군다나 이날의 경기는 이정후가 소속된 자이언츠가 원정 경기로 방문하는 날. 애당초 일정을 짤 때도 굳이 자이언츠가 경기하지 않아도 이 샌디에이고의 펫코 파크에 방문할 예정이었다. 그런데 때마침 이정후가 뛰는 자이언츠가 원정 경기로 펫코 파크에서 경기를 하니 내 이번 여행 마지막 MLB 경기로서 더할 나위 없이 좋은 매치업이었다.

내가 샌디에이고를 좋아하고 이 야구장을 좋아하는 이유 중 하나는 바로 날씨다. 이젠 날씨에 연연하지 않고 모든 것을 다 긍정적으로 받아들이는 해탈의 경지에 이르렀지만 그래도 날씨가 좋으면 그냥 기분이 전체적으로 좋다. 인간의 컨디션의 큰 영향을 미치는 요소 중 하나가 바로 날씨인 것 같다.

펫코 파크는 내가 그동안 가봤던 MLB 구장 중에서 제일 많이 방문하였던 구장이다. 샌디에이고에 거주하고 있는 친한 친구 덕분에 제일 처음 방문한 곳도 펫코 파크였고, 제일 많이 방문했던 야구장도 펫코 파크가 되었다.

항상 처음은 정말 설레고 기억이 남는다. 나의 첫 메이저리그 경기가 펫코 파크여서 이 도시와 경기장은 설렘이 여전히 가득 차 있다. 그리고 20년 전에 처음 보았던 메이저리그 경기도 기억에 뚜렷하다. 나를 메이저리그로 이끌었던 박찬호가 샌디에이고 파드레스 소속일 때 선발투수로 등판했었고 당시 상대팀인 뉴욕 메츠 선발투수는 전설적인 투수 페드로 마르티네즈. 내 10대 후반의 영웅 박찬호를 본 것도 감격에 겨웠는데 상대 투수가 바로 페드로 마르티네즈라니. MLB 관람 첫 경기의 선발 매치업 네임밸류가 이 정도라면 그 가치가 얼마나 엄청난 경기였는지 아마 MLB 팬들은 다 공감할 것이라고 믿는다.

펫코 파크에서 관람하였던 첫 경기는 여러 가지가 정말 기억에 남았

다. 박찬호가 5.2이닝 2실점으로 승리투수가 된 것. 그리고 구대성이 뉴욕 메츠 소속으로 나왔고 데이빗 라이트가 미친 호수비로 원정 경기지만 관중들에게 기립 박수를 받았던 볼거리가 가득했던 경기.[19]

전 메이저리거 김선우 해설 위원이 콜로라도에 뛰던 당시 펫코 파크에서 선발 등판했던 날도 펫코 파크로 가서 당시 김선우 선수를 만났었다. 몸을 풀던 김선우 선수에게 응원을 해줬고 응원을 받았던 김선우 위원은 나에게 공을 선물로 던져 주었다. 그리고 역시 전설적인 선수였던 켄 그리피 주니어가 신시내티 소속으로 샌디에이고를 방문해서 경기할 때도 난 그 현장에 있었다. 그리고 그날 켄 그리피 주니어가 친 파울볼은 잡아내는 행운까지 얻었다! 홈런볼은 아니고 그냥 단순한 파울볼이지만 나에게 그 가치는 충분하다. 다른 사람이 친 것도 아니고 켄 그리피 주니어가 친 파울볼이라니까! 그리고 그 볼은 지금도 내 본가에 고스란히 잘 보관되어 있다.

매경기마다 나에게 선물 같은 순간들을 많이 안겨준 경기장. 그리고 내가 제일 처음 방문했던 MLB 경기장. 마흔 살 넘어 제일 행복한 여행인 이 로드트립의 마지막 종착지로 펫코 파크는 당연한 수순이라고 생각했다.

이번 여행에서 처음으로 동반자와 야구 경기를 보러 갔다. 샌디에이고에서 차로 20분이면 갈 수 있는 멕시코 티후아나에 살고 있는 나의 친형. 나와 전혀 닮지 않았지만 엄연하게 같은 핏줄이자 어렸을 때부터 수도 없이 싸우고 뒹굴고 했던 친형. 다행히 한국에서 같이 타이거즈를 응원했기에 야구 응원하면서 싸울 일은 전혀 없었다. 오히려 싸우다가도 야구장 안이나 티비를 통해서 야구를 보면서 같이 껴안고

---

19 실제로 이 장면은 역대 메이저리그 호수비에 항상 꼽히는 전설적인 수비 장면으로 남았다.

  딸아, 아빠 미국 가서 야구 좀 보고 올게

화해를 하는 일이 더 많았기에 우리 형제에게 야구는 참 특별했다.

이번에 야구장을 가면서 생각해 보니 1995년 7월 30일 잠실 야구장에서 당시 해태 타이거즈와 OB 베어스 경기를 본 게 형과 함께 마지막으로 간 야구장이었다. 당시 타이거즈의 까치 김정수가 6.2이닝 노히트노런을 하다 안타를 맞고 다음에 올라온 투수는 선동렬. 선동렬의 투구를 보면서 형과 함께 하이파이브를 치던 야구장이 정확히 30년 전이었다. 즉, 30년 만에 형과 함께 야구장을 가게 되었는데 형 덕분에 이정후의 땀구멍까지 보일 만큼 잘 보이는 자리에서 야구 경기를 볼 수 있었다.

입장해서 펫코 파크의 여기저기 둘러보았다. MLB 구장에서 제일 많이 왔던 구장이지만 올 때마다 여긴 항상 나에게 새로운 느낌이다. 내가 기억력이 부족해서 그런 것보다는 예전에 잘 보지 못했던 부분이나 무심코 지나갔던 부분들이 올 때마다 새롭게 눈에 들어온다.

낮 경기라서 강렬하게 내리쬐는 햇볕에 정말 힘든 관람이 되지 않을

까 걱정이 됐다. 예전에 펫코 파크에서 낮 경기를 보다가 햇볕을 정면
으로 받아 피부색이 흑화 된 것을 경험했었다.

다행히도 그늘 자리는 오히려 긴 팔 입은 게 다행일 정도로 서늘해
서 그늘과 햇볕을 왔다 갔다 하면서 더위를 식힐 수도 있었다. 참 아
이러니한 것은 한국 프로야구의 경우엔 보통 그늘이 일찍 지는 곳에
홈 덕아웃이 위치하는데 펫코 파크는 원정 덕아웃쪽(3루쪽)이 더 빨
리 그늘이 진다. 그래서 한 5회쯤 되었을 때 자이언츠 선수들이 있는
원정 덕아웃 위는 그늘로 뒤덮여진다. 덕분에 정말 최상의 경기 관람

딸아, 아빠 미국 가서 야구 좀 보고 올게

조건이 형성되었고 난 햇빛과의 처절한 싸움에서 자연스럽게 회피를
할 수가 있었다.

　야구장 위로 파란 하늘만 바라보며 사는 이 도시의 사람들이 얼마
나 부러운지. 왜 샌디에이고가 은퇴하는 사람들이 제일 살고 싶어 하
는 도시로 뽑히는지 알 수가 있다. 물론 한국도 날씨가 좋을 때는 샌디
에이고 못지않은 멋진 하늘을 선사해 준다. 차이점은 샌디에이고는 야
구 시즌의 90%는 저런 날씨 아래서 경기를 볼 수 있고 한국은 10%가
안된다는 것이다. 나도 은퇴하고 샌디에이고에서 살아야겠다. 일단 그

전에 돈 좀 많이 벌어 놓자.

샌디에이고 파드레스는 비록 단 한 번도 월드시리즈 우승을 못한 팀이지만 역사가 60년 이상 되었기에 거쳐간 레전드가 많다. MLB의 역사를 아는 사람이라면 누구나 다 들어봤을 법한 이름인 토니 그윈과 트레버 호프만. 미스터 파드레스라고 불리는 토니 그윈은 구장 바로 앞에 동상이 세워져서 그 선수의 위엄을 알 수 있다. 수많은 관중들은 토니 그윈 앞에서 기념사진을 찍으며 그를 기리고 있다.

지옥의 종소리로 불리던 호프만은 아직 고인이 되지 않아 동상은 세워지지 않았지만 구장 곳곳에 호프만을 기리는 간판들이 많이 보였다. 20년 전 호프만이 최전성기였던 시절 파드레스 경기 보러 왔던 날. 9회 말에 호프만이 등장할 때 종소리가 울리면 관중들은 엄청나게 환호를 지르기 시작한다. 그러면 덕아웃에서 호프만이 종소리에 맞춰서 위

딸아, 아빠 미국 가서 야구 좀 보고 올게

풍당당하게 등장한다. 그날 나눠준 노란 타월을 흔드는 관중들이 호프만의 등장에 열광하는 장면은 정말 압도적이었고 이 선수가 얼마나 대단한 선수로서 팬들의 사랑을 받았는지 그 순간에 느낄 수 있었다.

MLB 최초의 500세이브를 거뒀던 파드레스의 수호신이었지만 아쉽게도 월드시리즈 반지는 갖지 못한 당대 최고의 마무리 투수. 반면에 라이벌이었던 마리아노 리베라는 무려 4개의 반지를 갖고 있는데 비해 호프만은 그 부분이 무척이나 아쉬울 것 같다.

그리고 슬슬 이정후가 몸을 풀러 나왔다. 샌프란시스코 오라클 파크에서 볼 때 보다 더 가까이 볼 수 있었다. 간지나는 185cm의 기럭지와 탄탄한 하체를 보면서 이정후가 올 시즌을 얼마나 열심히 준비했는지 체형으로서 느껴볼 수가 있었다. 한국인 교포 및 유학생들이

많이 사는 남부 캘리포니아 특성상 이정후를 보러 온 한국인 팬들도 꽤 많이 볼 수 있었다. 물론 나와 같은 여행 온 관광객들도 많이 있었고 그들은 연신 이정후를 외치며 부르기 시작했다.

샌프란시스코 자이언츠 팬들도 상당히 많이 왔다. 이정후를 외치고 다른 자이언츠의 슈퍼스타를 외치는 관중들 속에서 자이언츠 선수들은 몸 풀러 나오면서 관중들과 인사도 나누고 리액션을 정말 풍부하게 해준다.

이런 문화는 한국에서도 빨리 자리가 잡혔으면 좋겠는데 한국의 외국인 용병들은 정말 리액션도 너무 잘해주지만 한국 선수들은 저런 리액션이 많지 않아서 아쉬운 부분이 많다. 물론 모든 선수들이 다 각자의 루틴과 징크스가 있을 것이어서 강요할 수는 없지만 그래도 팬으로서 선수와 잠깐이라도 대화를 나누고 소통하는 공간이 있으면 얼마나 좋을까 싶은 생각이 든다. 그래야 팬들은 선수에 대한 애착이 강해지고 열렬한 팬이 될 텐데.

본인을 부르는 수많은 팬들을 인지한 이정후는 경기 시작 전에 팬

들에게 다가가서 사인을 해주기 시작했다. 이정후에 앞서서 맷 채프만도 팬들에게 사인을 해줬는데 채프만과 이정후의 공통점은 일단 아이들 위주로 사인을 해준다. 그래서 마흔 중반을 바라보는 내가 가서 사인을 해달라고 하기엔 참 민망함이 들어 그 옆에서 이정후가 사인해주는 모습을 조용히 지켜만 보고 가까이서 사진만 찍을 뿐이었다.

주로 아이들 중심으로 사인을 해주는 이정후는 한 십여 분을 팬 서비스에 집중한다. 키움 히어로즈 시절에 팬 서비스에 대해서 어땠는지는 모르겠다. 하지만 확실히 팬 서비스에 최선을 다하는 MLB에 와서인지 그도 역시 팬들과의 소통에 다른 MLB 슈퍼스타처럼 참여하며 자신의 인기를 맘껏 누리는 듯하다.

이제 경기 시작을 앞두고 노래를 꽤 잘하는, 이름을 전혀 알지 못하는 가수가 나와서 미국 국가를 열창한다. 내가 이날까지 미국 국가를 총 12번 들었는데(MLB 11번, NBA 1번) 거짓말 잔뜩 보태면 나 이제 미국 국가 거의 다 외울 수 있을 거 같다. 발음도 좋고 음정도 잘 맞추는 비음치였다면 나도 경기장에서 목청껏 따라 불러 봤을 텐데… 하지만 모든 MLB 구장에서 7회 말 시작 전에 울려 퍼지는 'Take me out to the ball game'은 나도 제법 외우고 잘 따라 부른다!

이제 이번 여행의 마지막 MLB 경기는 시작되었다. 샌디에이고 파드레스의 선발투수는 마이클 킹. 작년도 잘했고 올해도 곧잘 하는데 성적에 비해서 그렇게 주목도가 높진 않다. 물론 현지 팬들에겐 주목도가 높겠지만 한국 팬으로서 김하성이 없는 파드레스의 경기를 볼 기회가 적어져서 한국에선 주목도가 낮은 게 아닐까 싶다. 실제 앞뒤에 앉은 아줌마 아저씨들 말로는 마이클 킹은 현재 샌디에이고 선발진 중 최고라고 킹을 엄청 치켜세운다.

자이언츠 3번 타자로 나서는 이정후가 처음으로 마이클 킹을 상대한다. 3루 쪽에서 나와 형은 정후리를 연호하였고 주변에 앉아있는 자이언츠 팬들은 우리와 하이파이브를 치면서 함께 정후리를 외쳤다. 첫 타석은 아쉬운 3루수 앞 땅볼로 물러났지만 일단 주변 후리건들을 섭외한 것으로 오늘 경기는 응원은 재밌게 할 수 있을 것 같다.

샌프란시스코 자이언츠의 선발투수는 랜던 룹. 빅 리그에 데뷔한 3년 차 투수라서 그런지 안정감은 별로 없었고 일단 파드레스의 야구 천재 타티스 주니어를 전혀 공략하지 못했다. 정말 이젠 타격에 눈을 뜬 야구 천재라서 그런지 타티스 주니어는 정말 무시무시하다.

아직까지 한 번도 타티스 주니어가 뛰는 경기를 직접 본 적은 없었다. 나중에 이 선수가 전설로 기억이 될지 혹은 약쟁이로 기억이 될지는 알 수 없다. 그래도 지금 현재로서 최고의 선수 중 한 명으로 뽑히는 타티스 주니어를 직접 내 눈으로 봤다는 것은 내 야구 관람 역사의 순간이다.

예전에 뉴욕에서 톰 글래빈의 경기를 직관할 때도 당시엔 그 의미가 엄청난 것인지 몰랐었다. 메이저리그의 레전드가 되어 있는 그 선

딸아, 아빠 미국 가서 야구 좀 보고 올게

수의 투구를 내가 직관했다는 것이 얼마나 대단한 일인가! 그래서 이정후도 그렇지만 타티스 주니어의 플레이도 여러 차례 눈과 사진에 담아서 만약 이 선수가 전설이 되었을 때 난 저 선수의 OOO 번째 경기에 직접 현장에서 그를 응원했다!라고 얘기할 수 있겠지.

파드레스에 3대0으로 끌려가던 샌프란시스코 차이언츠 이정후는 나와 형, 그리고 주변의 후리건스의 '정후리' 챈트에 보답하듯이 안타를 작렬하였고 1점을 따라붙는다. 비록 외야까지 흘러가는 하드 히팅은 아니지만 이정후는 그렇게 6경기 연속 안타와 함께 타점을 하나 추가한다. 한국에서 이정후가 안타를 날리는 모습을 수도 없이 많이 봐왔지만 이렇게 미국에서 세계 최고의 선수들 속에서 안타를 날리는 모습은 정말 대견스럽다. 그의 아버지인 이종범을 보면서 자란 나에겐 이종범의 유산인 이정후에게 그렇게 애정이 갈 수밖에 없나 보다.

최근 MLB는 전체적으로 투고타저가 뚜렷하다. 파드레스나 자이언츠나, 심지어 다저스에서도 1할 대 주전 라인업도 쉽게 볼 수 있다. 그 엄청난 투고 타저 사이에서 3할을 계속 유지하면서 매 게임마다 안타를 생산하는 이정후가 정말 대단하긴 하다.

이정후는 이날 안타를 하나만 기록했다. 멀티히트가 기대되는 타구도 있었는데 파드레스의 좌익수 헤이워드가 기가 막힌 다이빙 캐치로 이정후의 안타를 지운다. 역전의 위기에서 하필 이정후의 타구를 아웃으로 만드는 기가 막힌 호수비를 보여주는 순간 관중들은 환호를 내지른다.

그렇게 경기는 막판까지 자이언츠가 끌려가고 파드레스는 세이브 점수 차에서 한국 오승환의 전성기급 활약을 펼치고 있는 수아레스를 내보낸다. 비록 볼넷은 하나 내줬지만 삼진 2개를 곁들이며 깔끔하게 마무리. 실제로 수아레스가 작년보다 훨씬 더 안정적이라며 올해는 정말 다저스와 경쟁해 볼 수 있겠다고 기대하는 옆자리 팬이 있었다.

내 뒤엔 자이언츠 팬인 아주머니가 앉아있었는데 이정후 얘기로 경기 내내 여러 얘기를 나누면서 함께 정후리를 외치곤 했다. 그는 경기 막판에 나에게 미국에 온 지 얼마나 됐냐고 묻는다.

"나는 18일 전에 미국에 도착했어. 그리고 오늘 밤 다시 한국으로 돌아가."

"그냥 여행 온 거야? 여기서 사는 거 아냐?"

"아니야. 난 그냥 여행 왔고 티후아나에 있는 형을 만나러 온 거야."

"그런데 너 영어 너무 잘하는데? 진짜 너 영어 너무 잘해!"

이 아줌마는 엄청난 진심을 담아서 얘기를 한다. 그 정도의 칭찬을 받을 수준이 아닌 나의 영어실력은 내가 잘 아는데 역시 영어는 문법과 발음이 아니고 자신감이라는 것을 다시 한번 깨달았다.

"난 영어 발음도 구리고 문법도 항상 틀리거든. 난 결코 영어를 잘하지 않아."

"네가 미국에서 일하지 않는 이상 그런 건 아무도 신경 쓰지 않을 거야! 영어는 그냥 자신감이 제일 중요해! 넌 지금 나와 계속 대화를 하면서 나를 웃게 해주고 우리의 농담도 다 알아듣잖아? 넌 영어 정말 잘하는 거야."

"정말 고마워. 그런데 나 기회 있다면 미국에서 일하고 싶어."

"오, 그래? 그럼 영어 공부 더 열심히 해!"

잔인한 팩트로 웃으며 내 어깨를 두드린다. 그리고 티후아나에 있는 형한테 스페인어로 뭐라 말을 했는데 나는 무슨 말인지 몰랐지만 형은 웃으면서 스페인어로 뭐라 답을 한다.

"저 아줌마가 너 영어 진짜 거침없이 잘한다고 나한테 얘기한 거야. 하지만 발음은 별로래."

 딸아, 아빠 미국 가서 야구 좀 보고 올게

훗…. 난 한국말 더 잘하는데…. 그래도 뭔가 여행 막판에 진심을 담은 칭찬을 들을 수 있어서 기분이 좋은 것은 어쩔 수 없다. 그리고 그 아줌마는 극 E의 성향을 갖고 있었다. 경기가 끝나고 같이 사진 찍자고 하며 너무나 자연스럽게 내 허리를 팔로 두르고 있어서 나도 자연스럽게 형과 아줌마 사이에서 어깨동무를 하며 마치 엄청 친한 사람인 양 사진을 찍었다.

이렇게 나의 마지막 MLB 경기는 샌디에이고 펫코 파크에서 마무리가 되었다. 한국의 기아 타이거즈처럼 특별히 응원하는 팀이 있는 것은 아니지만 그래도 여러 팀의 경기들을 보면서 난 그 도시의 팀을 진심으로 응원하면서 관중들과 하나가 될 수 있었다. 그러면서 난 그동안에 가볼 기회가 없었던 꿈꿔왔던 구장들의 몇 개를 해치웠다. 아직 더 가야 할 곳은 많이 남았지만 이번 로드트립의 메인 테마인 MLB 로드 트립은 이제 여기서 접고 또 다른 로드트립을 기약하면서 난 펫코 파크에게 아쉬운 작별 인사를 고했다.

이 펫코 파크도 언제가 될지 모르겠지만 다음에 또 미국에 온다면 다시 한번 찾아오리라….

마흔 살 넘어
제일 행복한 여행인
이 로드트립의 종착지

펫코 파크 Petco Park

16부

다시 LA에서

시작을 꿈꾸며

이별을 닮은 도시

LA

안녕. 이별의 도시 LA, 새로운 시작을 위해 다시 올게

내가 사랑하는 캘리포니아의 가장 유명한 도시. 그리고 언제나 밝은 햇살이 내리쬐는 천사의 도시. 더불어 사계절 내내 온화한 기온으로 인해 노숙자들의 천국이라고 말할 만한 그런 기온조차 아름다운 도시.

하지만 항상 치안이 안 좋은 곳으로 손 꼽히며, 높은 범죄율, 관광객들에게 대중교통을 권하지 않는 도시. 미국 갱스터를 배경으로 한 드라마나 영화에선 항상 빠지지 않는 도시, 그리고 나도 20년 전에 실제로 히스패닉 갱에게 돈을 뜯겼던 경험이 있는 무시무시한 도시.

그럼에도 불구하고 언제나 LA에 올 때마다 여행의 절정이 되는 도시. 그리고 항상 내가 미국을 떠날 때 마지막을 장식하는 도시. 희망과 아쉬움이 공존하는, 천사들의 도시라고 하지만 범죄율이 높은 도시처럼 뭔가 오묘하고 모순되는 느낌이 동시에 존재하는 그런 도시가 LA다. 이번 여행의 끝은 또 LA다. 매번 미국에 올 때마다 끝을 말하는 도시. 그래서 그런 것일까? LA는 나에게 시작을 알려주는 도시라기보단 이별을 항상 고하는, 그래서 나에겐 이별을 닮은 도시다.

원래는 3일 뒤에 한국으로 떠나는 일정으로 미국에 들어왔었다. 그런데 난 무려 3일이나 앞당겨 한국으로 돌아가는 것으로 귀국 일정을 앞당겼다. 더 많이 즐기고 여유를 느끼고 힘들게 온 만큼 최대한 즐길 수도 있었는데 이미 가족에 대한 그리움이 나의 감정을 지배하기 시작했다.

내가 아직 이 긴 여행을 마지막까지 끝없이 즐기기엔 난 너무나 패밀리 맨 인가 보다. 특히나 가족단위 관광객이 많이 보이는 LA에서는 우리 딸 또래의 아이들을 볼 때마다 너무나 미친 듯이 딸이 보고 싶었고 힘껏 안아주고 싶었다.

뭔가 여행이 끝나는 아쉬운 마음과 가족을 그리워하는 마음을 보여주기라도 하듯 하늘은 살짝 구름이 끼면서 잿빛 하늘을 만들었다. 난 일부러 마지막 바다를 보기 위해 해안 도로로 차를 몰았다. 저 넓은 태평양을 또 난 다시 언제 와서 볼 수 있을까? 다음에 또 이곳을 마주한다면 지금보다 더 여유 있게 바라와 하늘을 바라볼 수 있을까? 물론 난 다시 한번 자유로운 혼자만의 미국 로드트립을 더 길게 꿈꾸고 있지만 이 아름다운 광경은 나 혼자가 아닌 나의 아내와 나의 딸이 함께 공감해 주면 더 감동은 더 커지지 않을까 싶었다.

미국에서의 마지막 저녁으로 내가 선택한 메뉴는 어쩌면 너무나 당연하게도 In N Out이다. 저 육즙이 넘치는 고기 패티를 머금은 햄버거 빵. 언제나 실망시키지 않은 감자튀김. 미국에서 이 자유의 여행을 마무리하는 만찬으로 전혀 부족함이 없는 저 기름진 햄버거는 마지막까지 내 지방의 한 조각으로 합류하면서 여행의 흔적을 기꺼이 내 안으로 쑤셔 넣게 되었다.

솔직히 말하면 비행기표를 바꾸는 순간 한 번 더 생각해 볼 걸 하는 아쉬움이 남긴 했다. 그냥 LA 산타모니카 비치 카페에 앉아서, 혹은 팔로스버디스의 기가 막힌 뷰를 자랑하는 스타벅스에 앉아서 하

 딸아, 아빠 미국 가서 야구 좀 보고 올게

루 종일 시간을 보낼 수도 있었다. 무언가를 꼭 하지 않아도 이 화창한 날씨 아래서 마지막을 좀 더 가치 있고 의미 있게 보낼 수도 있다. 회사도 육아도, 현실에서도 마음껏 한참 벗어난 이 휴가를 최대한 즐길 수 있는 시간이 무려 3일이나 더 있었지만 그 현실 안에선 그리움의 결정체인 가족이 있기에 난 현실을 3일 빨리 택하게 되었다.

그렇게 가족은 너무나 소중하고 그리운 존재다. 현실에서 항상 벗어나고 싶었지만 그 현실에서 가장 큰 부분을 차지하는 것이 나의 아내와 딸이기에 난 다시 현실로 돌아가야 한다. 아마 그게 내가 이번 여행에서 얻게 된 가장 큰 깨달음이나 성찰이 아닐까…?

항상 미국을 올 때마다 이별을 말하는 도시. 언젠가 다시 또 혼자서 오게 된다면 이번엔 LA를 이별의 도시가 아닌 시작의 도시로 맞이하고 싶다. 다음에 메이저리그 30개 구장 투어를 진행한다면 그때는 꼭 LA에서 시작을 할 것이다.

우리 집 보스가 보내준다면….

시애틀
Seattle
스포캔
Spokane
워싱턴
포틀랜드
Portland
오리건
보이시
Boise
아이다호
몬태나
보즈먼
Bozeman
빌링스
Billings
와이오밍
노스다코타
사우스
다코타
미네소타
미니애폴리스
Minneapolis
위스콘신
미시간
토론토
Toronto
샌프란시스코
San Francisco
산호세
San Jose
캘리포니아
솔트레이크
시티
Salt Lake City
네바다
유타
덴버
Denver
미국
콜로라도
네브래스카
오마하
Omaha
아이오와
캔자스시티
Kansas City
일리노이
미주리
인디애나
폴리스
Indianapolis
시카고
Chicago
인디애나
오하이오
신시내티
Cincinnati
웨스트
버지니아
버지니아
켄터키
라스베이거스
Las Vegas
로스앤젤레스
Los Angeles
샌디에고
San Diego
앨버커키
Albuquerque
애리조나 주
피닉스
Phoenix
투손
Tucson
뉴멕시코
댈러스
Dallas
오클라호마
캔자스
내슈빌
Nashville
테네시
멤피스
Memphis
아칸소
미시시피
앨라배마
샬럿
Charlotte
노스
캐롤라이나
애틀랜타
Atlanta
사우스
캐롤라이나
조지아
잭슨빌
Jacksonville
올랜도
바하칼리
포르니아
소노라
사우다드
후아레스
Juárez
치와와
텍사스
샌안토니오
San Antonio
휴스턴
Houston
루이지애나
뉴올리언스

짧지만 강렬했던
40대 중반에 맞이한 자유,
18박 20일의 꿈

이 루트를 따라서 대략 6,000km 정도 달렸다. 대도시 삶에 싫증이 나는 나이다 보니 대도시가 아닌 중소도시를 위주로 거점을 삼았다. 물론 샌프란시스코나 LA 같은 대도시도 거쳤다. 메이저리그를 직관하기 위해선 필수적인 곳들을 중심으로 다녔다. 외롭기도 하고 쓸쓸하기도 했지만 누구보다 행복했다. 아마 그 시간엔 미국 안에 있는 2억 6천만 명보다 내가 더 행복했을 거다.

그 여행을 다니면서 순간을 기록했다. 원래 처음엔 메이저리그 경기 리뷰만 블로그에 올렸었다. 난 비 인플루언서라 이웃은 무려 4명이나 있었다. 그 4명이 누군지는 모른다. 언제 나와 이웃이 되었는지조차도 기억이 나지 않을 정도다. 그런데 어느 순간 내가 쓴 메이저리그 리뷰 조회수가 3만이 넘고 댓글이 수십 개가 달렸다. MLB Korea에서 내 블로그에 있는 글을 담아 국내 최대 포털사이트 스포츠판에 올린 것이 원인이었다.

'와…. 내가 이렇게 인플루언서가 되는구나.' 라고 생각했지만 이웃은 고작 6명이 늘어난 10명이 되었을 뿐이었다. 그래도 회사에서 제일 좋아하는 객관적인 지표로 비교하면 이웃 수는 무려 250%가 증가했다!

메이저리그뿐 아니라 여행 자체를 또 기록했다. 3주에 불과한 시간 동안 3년간 벌어질 법한 에피소드들이 나를 따라다녔다. 개인 SNS와 블로그에 그런 에피소드들을 묶어서 업로드를 해 놓았다. 마치 구독 하듯 그 에피소드들을 열렬히 읽어주던 샌디에이고에 사는 친구가 얘 기한다.

"처음엔 이게 말이 되나 싶었는데 네가 하는 짓들을 보면 너한테는 충분히 그런 일들이 생길 것 같아."

칭찬인지는 모르겠다. 일단 칭찬이라고 생각하고 싶다. 우린 칭찬보 다 디스가 더 어울리는 사이지만 칭찬일 거라고 믿어. 고마워 지민아.

내가 샌프란시스코에 있을 때 누군가 내 블로그에 댓글을 남겼다.

정말 재밌는 에피소드들이 가득하네요.
묶어서 책으로 한번 내봐요.

참으로 무책임한 의견이다. 당신이 출판해 줄 것도 아니면서. 하지 만 그 댓글 하나가 용기를 내게 만들었다. 그동안 디씨인사이드나 엠 팍 같은 곳에 여기저기 글을 싸질러서 글 쓰는 것을 매우 좋아했지만 책은 또 다르다.

근데 지금 이 출판사가 나한테 낚였다! 이유는 명확히 모르겠지만 나의 이야기들을 묶어서 책을 내주겠단다! 내가 파워볼 당첨되면 이 책 출판해 주는 출판사 건물한 채 사준다고 원고에 써놨는데 그거 보 고 낚인 것 같다.

어쨌건 에필로그니까 멋지게 마무리를 지어 봐야지.

   딸아, 아빠 미국 가서 야구 꼴 보고 올게

피아니스트를 꿈꾸다가 평범한 직장인이 되어 버린 평범한 40대 중반의 영포티. 아, 난 아이폰 대신 갤럭시를 쓰는 아재다. 아무튼 그 아재가 잠깐이지만 직장과 가정을 뒤로 놓고 3주간 메이저리그 로드트립의 꿈을 이뤘다.

평소에 나에 대해선 지극히 냉담하고 네거티브한 생각을 많이 해왔다. 그러다 뉴멕시코주의 어느 주유소에서 아이스크림을 먹다가, 뜨거운 햇살 아래 녹아내리는 아이스크림에 아무 연관도 없지만 정말 갑자기 이런 생각이 떠올랐다.

'나에 대해 그렇게 엄격할 필요가 없는데 왜 난 그동안 그렇게 나 자신에게 소홀했을까?'

내가 나를 좀 더 챙기고 사랑하다 보니 이렇게 행복하게 여행하고 있다는 것이 아이스크림 먹다가 떠오른 것뿐이다. 나의 지능만큼 참 단순한 순간에 단순한 생각이 들었다.

이번 여행을 마치고 좀 너그럽게 돌아봤다. 내가 조성진이나 임윤찬처럼 세계적인 피아니스트가 될 수는 없었지만 샌프란시스코 호스텔에선 주인공이 되어 피아노를 연주했다. 난 비록 못생기고 뚱뚱한 40대 아재지만 비숍이라는 작은 소도시의 호스텔에서 20대 남자한테 플러팅도 당해봤다.

그 어떤 비리도 없이 난 34.5대 1의 경쟁률을 뚫고서 음대 피아노과로 들어갔고, 수십만 명이 경쟁하는 취업난 속에서도 당당하게 우리 부모님의 자랑이 되었다. 드래곤 볼 치치를 넘어서는 세계 최강의 아내의 마음을 얻은 것도 나의 진심이었고 세상에서 가장 예쁘고 착한 딸을 얻게 된 것도 나의 유전자다.

이 정도면 나에게 후한 점수를 줘도 되지 않을까? 생각 없이 먹었던 녹아내리는 아이스크림을 혀로 핥으면서 문득 나에 대한 동정심이 들었는데 결론은 결국 '난 잘났다'로 끝난다.

아내에게 얘기했다. 다음 여행은 5년 이내 나 잠깐 휴직하고 3개월 동안 미국 돌아보고 싶다고.

아내는 응답했다. 이혼하고 가라고.

어쨌건 내가 마무리하고 싶은 얘기는 그게 무엇이든 당신이 누구든, 그냥 Just Do It. 문은 두드려야 열리듯이 꿈은 꾸어야 이뤄지고 실행해야 완성이 된다. 이 단순한 명제를 잃고 사는 이 땅의 수많은 청년 혹은 유부남들에게 잠깐이라도 깨달음이 되길 희망한다.

자, 이제 진짜 끝!

 딸아, 아빠 미국 가서 야구 좀 보고 올게

작가의 말은 다들 안 읽으시죠? 저도 잘 안 읽어요. 단편도 아니고 300페이지가 넘는 글을 다 읽었는데 작가의 말 정도는 그냥 스킵 해도 내용에 아무런 영향을 미치진 않잖아요? 저도 그래서 '작가의 말' 같이 책 마지막에 있는 내용은 잘 안 읽게 되더라고요. 그래서 여러분들도 굳이 읽지 않으셔도 됩니다. 그냥 제가 하고 싶은 말을 책 제목과 주제와 상관없이 주절주절할 수 있는 유일한 공간이 이곳이라 제가 하고 싶은 말만 할 거예요. 그래서 본 책 내용도 재미없을 수 있지만 이 구차한 '작가의 말'도 재미는 없어요.

오, 그럼에도 불구하고 여기까지 읽어주시는 것 같으니 계속 이어서 가도록 하죠.

처음에 나 혼자 3주간 미국에 야구 보러 간다고 얘기할 때 주변에서 하는 얘기들은 거의 하나였습니다. 정말 거짓말 안 하고 유부남, 유부녀 100명에게 얘기할 때 모두 다 동일한 말을 했어요!

"와이프가 그걸 보내줘?"

모두들 너무나 당연하게도 여행의 결정권은 여행을 결심하고 계획하고 떠나는 내게 있는 것이 아닌 제 아내에게 있다고 생각하더라고요. 그리고 그 누구도 내가 그동안 열심히 육아를 해서, 집안일을 많이 해서 제 아내가 저에게 선물을 줬다는 의미로 보냈다고 생각하는 사람은 없었어요. 제 와이프도 주변에 이 얘기를 하면 이구동성으로 "그걸 보내 준다고?"라고 한다고 하더라고요. 이게 여행을 도전하는 저보다 그 여행 도전하라고 허락하는 와이프가 더 대단한가 봐요. 아내한테 책 한번 써보라고 해야겠어요. 와이프가 대단하든, 제가 대단하든 어쨌건 대단함과 엄청난 결단력의 집합체인 이 로드트립이 결국 이루어졌습니다. 하나님께 감사하고 부처님께 감사하고 알라신에게도 감사해요.

혼자 다니니까 정말 편한 것들이 많았어요. 제일 먼저, 누군가의 동의를 구하거나 의견을 들을 필요 없이 나 혼자 하고 싶은 대로 하면 됩니다. 먹고 싶은 것도 내가 원하는 것만 먹으면 되고요, 잠자는 곳도 그다지 예민하지 않은 저는 그냥 침대만 있으면 되거든요. 그래서 정말 저렴한 INN에서 숙박을 할 수가 있었어요. 아내와 딸이 같이 가면 정말 행복하고 덜 외로웠겠지만 입맛 까다로운 우리 딸의 입맛을 맞춰야 하고 숙소도 깔끔하고 깨끗한 곳으로 3인이 입장하려면 비용도 만만치 않았을 거예요.

그래서 혼자 다니는 것이 오히려 비용을 더 세이브할 수 있었어요. 3주간 비용이 얼마나 들었냐고 많이들 물어보더라고요. 비행기 값을 제외하고 총 600만 원 들었습니다. 밥은 점심엔 서브웨이나 맥도날드 같은 곳에서 때우고 저녁은 주로 숙소에서 즉석밥과 컵라면으로 많이 때웠어요. 제가 너무나 사랑하는 월마트에서 베이커리나 과일을 사도 전혀 비싸지 않았어요. 그러니 밥 값이 정말 많이 세이브 되더라고요. 숙소도 어렵게 고르지 않고 그냥 지나가다가 괜찮아 보이는 곳이 있으면 가격만 확인하고 들어가니 비싸지 않았습니다. 주로 INN 같이 미국 전통 모텔 같은 곳으로 가니 대도시가 아니라서 그런지 비싸야

60~70불 정도 밖에 안됐거든요.

거봐요. 재미없죠? 왜 여기까지 읽으셨나요…. 이젠 마무리할 거예요. 그래도 처음 펴낸 책이니 감사한 사람들이 정말 많아서 이 기회에 인사나 할 거예요. 그런데 누구누구는 언급하고 누구누구는 언급하지 않으면 솔직히 제 지인들 중 서운한 사람 있을 거예요. 그래서 아예 공평하게 제 카톡 친구 목록에 있는 사람 모두 다 언급하자!라고 생각했는데 편집장님이 화낼 거 같아서 그냥 가족 외엔 아무도 언급하지 않겠습니다. 제가 또 친구가 별로 많지 않은 은근 따여서 서운해할 사람도 많진 않겠지만요.

가족과 카톡 친구 목록 외에 꼭 감사해야 할 분들이 있습니다. 이 책을 출판해 주는 행복우물 최연 편집장님과 직원분들. 언급 안 하면 이 책을 출판 안 해줄까 봐 넣으려고 마지막까지 지금 원고를 수정하고 있어요! 이 책 출판을 결정해 주신 그분들의 무모한(?) 용기에 감사를 드리고 싶습니다. 덕분에 나의 버킷리스트 하나가 또 지워졌습니다. 기회가 있다면 다음엔 더 멋진 글로 보답을 해드리겠습니다. 지금처럼 계속 무모해지길 바래요! 이 책을 계기로 더욱더 멋진 책들이 행복우물을 통해서 출판되길 기원합니다!

본격적으로 우리 사랑하는 가족들을 언급하면서 마무리하겠습니다. 날 낳아주시고 길러주신 엄마 아빠! 그리고 이 여행을 보내준 제 아내를 낳아주시고 길러주신 장모님, 장인어른. 일단 저라는 존재를 만들어 주신 분들이니 제일 먼저 얘기해야죠. 정말 너무 감사하고 사랑합니다.

그리고 이 모든 것이 다 가능하게 해주었던 우리 집 보스이자 나의 사랑하는 아내. 평생을 옆에서 충성을 다하겠습니다. 2013년 11월 이후 나의 모든 것이 되어버린 나의 사랑스러운 딸. 아빠를 항상 응원해

쥐서 고마워. 네가 원하진 않겠지만 곧 아빠와 함께 MLB 여행을 떠나 보자.

그리고 나보다 더 이 여행을 기다렸던 하늘에서 지켜보는 녀석. 다음 생엔 꼭 같이 가자.

무슨 수상 소감 같네요. 아마 서른 넘어서 상이란 걸 받아본 적이 없어서 이런 말을 할 기회도 없었으니 그러려니 하세요. 이럴 때 아니면 제가 또 언제 이런 소감을 말하겠어요?

정말로 고맙습니다. 이 보잘것없는 여행 에세이를 읽어줘서…. 이 재미없는 작가의 말을 끝까지 다 읽어주신 분들께도 감사의 말씀 드립니다. 다들 마음 속에 담겨있는 작은 꿈과 소망을 꼭 이룰 수 있길 바랍니다. 제가 이번에 그랬던 것처럼요.

딸아, 아빠 미국 가서 야구 좀 보고 올게

publisher   instagram

딸아, 아빠 미국 가서 야구 좀 보고 올게

초판 발행 2026년 4월 1일
지은이 한갑산
펴낸이 최대석
펴낸곳 행복우물
출판등록 307-2007-14호
등록일 2006년 10월 27일
주소 서울특별시 종로구 종로1길 50 더케이트윈타워 B동 위워크 2층 행복우물
전화 031-581-0491
전자우편 book@happypress.co.kr
정가 21,500원   **ISBN** 979-11-94192-66-4